帆船军舰谜案

[日] 冈本好贵

著

佳辰

译

上海文化出版社

主要登场人物

● **长戟号船员**

戴维·格拉汉姆——长戟号舰长

弗朗西斯·默里——副舰长，大副

罗宾·罗伊登——二副

约翰·考夫兰——三副

罗伯特·杰维斯——四副

理查德·弗农——五副

肯尼斯·菲尔德——帆缆长

亚瑟·莱斯托克——军医

亨利·福尔克纳——船工长

威廉·帕克——主计长

曼戈·哈登——炮长

阿尔弗雷德·迈耶——首席卫兵长

埃里克·霍兰德——水兵

尼佩尔·霍斯尔——水兵

盖瑞·沃尔登——水兵

曼迪——水兵，餐桌长

盖伊——苏格兰水兵

科格——黑人水兵

拉姆齐——印度水兵

赵——中国水兵

杰克——少年水兵

● **被强征而来的人**

纳威·沃特——鞋匠

乔治·布莱克——鞋匠，纳威的好友

加布里埃尔·塞缪尔——牧场主的儿子

休·布雷克——加布里埃尔的手下

佛莱迪·恰克——加布里埃尔的手下

威廉·波洛克——杂货店店主的儿子

支撑桅杆的索具：

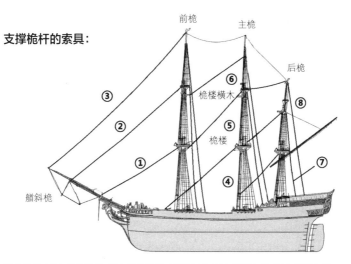

前桅　主桅　后桅
桅楼横木
桅楼
艏斜桅

①支帆索 ②中桅支帆索 ③上桅支帆索 ④侧支索 ⑤中桅侧支索 ⑥上桅侧支索
⑦中桅后支索 ⑧上桅后支索

帆与帆桁的名称：

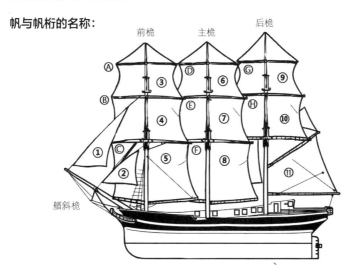

前桅　主桅　后桅
艏斜桅

①艏三角帆 ②前中桅三角帆 ③前上桅帆 ④前中桅帆 ⑤前主帆 ⑥主上桅帆 ⑦主中桅帆
⑧主帆 ⑨后上桅帆 ⑩后中桅帆 ⑪后桅纵帆
Ⓐ前上桅帆桁 Ⓑ前中桅帆桁 Ⓒ前主帆桁 Ⓓ主上桅帆桁 Ⓔ主中桅帆桁 Ⓕ主帆桁
Ⓖ后上桅帆桁 Ⓗ后中桅帆桁

第一章
地獄之始

这一天，南安普敦的海面宛如婴孩的呼吸一般平稳，阳光穿透薄云的面纱，在海面投下了宝石般的光辉。这是个出海捕鱼的好日子。

　　然而海面却不见半点渔槎，渔夫们齐聚在教堂的地下室里，挤在一处藏身匿影，在令人窒息的漆黑空间里待了将近半日，却无一人口出怨言。

　　不只是渔夫，就连商船的水手们也是如此，他们不在停泊的船上，也不在港口的仓库里，就连街上的商行里也不见他们的踪影。所有商船公司的水手都似预先商定一般，齐聚在城外革命派牧场主经营的牧场，蜷缩于仓库、草堆，甚至是满溢着恶臭的猪圈里。

　　即便今天是适合行船的好天气，这些海上男儿们也似置身于风暴一般，一旦被风暴掀起的恶浪卷走，就会被裹挟至比教堂地底或猪圈恶劣得多的去处。既然如此，就顾不得窘迫局促，也顾不得遍体猪粪，唯有待在原地，直至风暴过去。

　　而风暴眼正堂而皇之地盘踞在南安普敦的海岸。

　　那是一艘帆船。船体巨大无比，相形之下渔船有如玩具。木制船身漆着黑黄相间的横纹，三根巨大的桅杆自甲板上拔地而起，舰艉飘扬着白地米字式样的军舰旗，似是在夸耀自己的存在。

　　这便是英国的帆船军舰"长戟"号。

在船体最高的艉楼甲板上，舰长戴维·格拉汉姆正举着望远镜观察着返航的小艇。只见他把望远镜从眼睛上挪开，深深地叹了口气。

格拉汉姆把望远镜递给仆从，然后面向大海说道：

"强征队回来了。"

"成果如何？"站在舰长身后的副舰长弗朗西斯·默里问道。

格拉汉姆回过头来，这张脸孔历经无数暴风和烈日，以及海上的诸多危机，即便在正色肃然之际，也会带着狼一般的威严。

"零。"

默里时常拧巴着一张苦瓜脸，听闻舰长的话，脸色变得愈加阴沉。

"连一个人都抓不回来，真是一群废物。"

格拉汉姆再次将目光投向海面，望向了轮廓逐渐清晰的小艇。

默里怒骂强征队的无能，但格拉汉姆的想法不同。无论派什么人去，结果怕是并无二致。战端初启之际，只要去港口转一圈，就能轻易带走许多水手，但在开战两年后的今天，在南安普敦这样的港口城市，一旦看到军舰现身，水手们便不再出海，而是匆匆逃往陆地，躲在隐秘的藏身地，静静等待海军离开。

"水手们都躲起来了。"

"就算这样，也该带些旱地佬来吧。"

"治安官正在行动。我们能带走的只有水手，为了防止无关的青年人被带走，就算如今城里的每条街上都安排了守卫，也没什么可惊讶的。"

"那舰长有何打算？我们可没法一直待在这里。"

格拉汉姆思忖了片刻。默里所言非虚，本舰必须尽快驶向北海，与波罗的海舰队会合，并且不能在南安普敦长期滞留。要是抓不到水手，就只能将就抓些旱地佬了。虽说技术完全靠不住，但此刻还是以时间为重吧。

"史丁克，"舰长吩咐仆从说，"把我房间里的钱包拿来。"

受命的仆从应了一声，立即转身快步走开。

"你想要贿赂治安官吗?"默里问。

"当然不是，我有更廉价的办法，"格拉汉姆看向了默里，"我们租一辆马车，前往索尔兹伯里，在内地招人应该比这里更容易。"

自法国国王路易十六授首于断头台的冲击有如闪电般席卷欧洲，已经过去了两年多的时间。一七九五年，就似效法历史一般，英国和法国开始干戈相向。耗费人力甚多的军舰总是在渴求船员。

一个小时后，两辆马车从南安普敦驱车前往索尔兹伯里。

*

"欢迎回来，亲爱的。"

收工回家的纳威·沃特受到了妻子玛利亚的热情迎接。

"我回来了。"纳威温柔地将玛利亚揽入怀中。

"一直以来辛苦你了。"

纳威露出了温柔的笑容。

"没什么，要添一个家人了嘛，"他轻轻把手按在妻子隆起的肚子上，"怎么能因为干点活就叫苦连天呢。"

纳威是在索尔兹伯里出生长大的青年人。他从十四岁开始就在做鞋匠的活计。十年过后，勤恳的纳威深得师傅信任，如今已经受托为老客制鞋。在个人生活方面，他于今年一月和玛利亚结婚，生活又增添了一抹亮丽的色彩。

而在今年，他即将初为人父。从得知玛利亚怀孕的那一刻起，他就满心期待着这个备受祝福的日子到来。

客厅里，纳威的父亲西蒙和岳父马库斯正沉浸于双陆棋的酣战中。

西蒙是从业三十五年的老马车匠，如今已是手下有十六名匠人的大师傅。可上周他在车行挂新画的时候，踩脚的椅子坏了，不慎摔伤了腰，因此不得不回家休养。幸运的是，西蒙和纳威住在同一个屋檐下，多亏了儿子儿媳的帮衬，他才得以过上并无不便的生活。

马库斯前年还在经营肉铺，如今铺子已经交给长子夫妇打理，自己退休在家。他对隐居生活期盼已久，可一旦真的撒手不干，又闲得发慌，再加上倘若一直待在家里，妻子的唠叨就会时不时劈头盖脸地砸来，因此马库斯一天的大多数时间是在街上度过的。听闻西蒙受伤之时，他似乎觉得自己找到了打发时间的对象，两人一起专心地沉溺桌游就这样成了例行公事。

马库斯"嗯"地哼了一声，抬起手臂，舒展着圆滚滚的身躯。纳威到家是他们的结束信号。

"好了，既然纳威已经到家，那我差不多该走喽。"岳父边说边从椅子上抬起他那肥硕的屁股。

"您一个人回去没事吧？外边下雨了。"纳威说。

岳父把眉头一皱。

"啥，下雨了？我都不知道，白天天气明明不错。"

纳威爽朗地说：

"需要的话我送您回去吧？泥泞地不太好走。"

"不用不用，你刚到家，哪能劳烦你。"

6

"没事的，反正离吃饭还有一段时间，对我来讲，冒雨出门总比待在家被摔坏了腰的老头子呼来喝去要强。"

"你这小子！"西蒙挥起了拳头，但他依旧挂着笑脸。

"既然这么说了，那我就接受你的好意吧。"

纳威把头探进玛利亚所在的厨房打了声招呼。

"玛利亚，我先送你爸回家。"

"啊？"她停下了搅拌汤的手，"今天的菜是你最喜欢的烤猪肉，最好赶在菜凉之前回来吧。"

"嗯，那我走了。"

尽管天气并不凑巧，索尔兹伯里的街道依旧热闹，很多劳工来到酒馆，想用啤酒涤去一整天的疲劳。

马库斯望着从酒馆窗户漏出的灯光，喉咙里咕了一声。

"纳威，你送到这里就行了，我突然想喝一杯。"

"不妨事吗？到家要很晚了吧？"

马库斯观察着纳威的神色。

"要是可以的话，你也一起进来如何？为了感谢你一路送我到这里，请你喝一杯吧。"

倘若在这里奉陪岳父，吃饭恐怕就要迟了。但纳威也是一介酒徒，因此这个提议很有吸引力。

"乐意奉陪。"

两人穿过酒馆入口，绑在门上的铃铛响起了欢迎的乐音。

酒馆生意兴旺，柜台前挤满了人，没有一张完全空着的桌子。有一张桌子只坐了一个头戴白色毛线帽子的顾客，纳威他们遂决定坐在那里，这位白帽子顾客虽然背朝着他们，但纳威对他的身份已然有了眉目。

"果然是他。"当靠近座位时，纳威嘟囔了一声。果不其然，这个戴毛线帽的客人是他熟悉的人物。

"你好，乔治。"

这个被叫作乔治的人自大啤酒杯上抬起了头，看到纳威的脸后，惊诧地喊了声"呀"，随即露出了笑容。

"这不是纳威吗？咋了，你不是回家了吗?"

这人是乔治·布莱克，和纳威在同一家鞋店工作。他比纳威年长十二岁，由于很晚才开始工作，鞋匠的经历只比纳威长三年。尽管如此，他在职场上仍以踏实的作风得到了师傅的信赖，与同事也相处得极为融洽。即便年龄相差颇大，他和纳威仍亲如密友。

乔治的脸已被酒气染成了红色，大概是收工后就一直泡在这个地方。

"我在送岳父回家的路上，"纳威边坐下来边说，"岳父，这位是乔治·布莱克，我们在同一家鞋店工作。"

马库斯和乔治打了招呼，叫来店员付钱点了两大杯啤酒。当漂着细腻泡沫的木杯端上来时，三人一起干杯，将金黄色的液体灌入喉咙。

随着啤酒落肚，纳威身体的酸楚感得到了缓解。离开啤酒杯的嘴也自然地松弛下来，笑容流露而出。这就是收工后总是戒不了酒的原因。

之后，纳威用口袋里的硬币又要了啤酒，一杯变成两杯，回家的时间又晚了些。酒意上头的纳威已经不太在意回家的时间了，在酒馆久坐而晚归，之前也有过几次。玛利亚的脸色虽不太好看，但这样的选择从未造成什么严重后果，这次也不会有问题吧。他用懈弛的思绪思考着。

然而，这次却真的招来了恶果。

纳威正待喝第二杯的时候，门口的铃铛发出了急促的响声，纳威朝门口望去，只见一群男人鱼贯而入，他们的扮相在本地从未见过，一共有十二个人。这些人大都穿着格子衬衫，藏青夹克，白色厚裤，脖子上缠着红色围巾。一半以上的人都把后脑的头发留得很长，编成了发辫。每个人都露出一副散漫的表情。

其中唯有一人的扮相不同，他头戴三角帽，披着长长的外套，黄铜纽扣闪闪发光。下半身穿着白色短裤和紧身衣。

"不好意思，已经满座了。"老板窥探着对方的脸色。

穿藏青夹克的男人们无视店主的话在店内大步前进。

"那个……"店主再次开口，却被戴着三角帽男人说出的话给盖住了。

"抱歉，我们不是来喝酒的。对了，老板，能不能帮忙把店门关一下？一时半刻即可。"

一直背对着门口坐着的乔治觉察到不安的气氛，也转过了身子。

当纳威看到乔治的侧脸时，不由得吃了一惊。只见乔治刚看见藏青夹克的男人们，立刻就把眼睛瞪得滚圆，在酒气的熏蒸下似火燎烧的脸色霎时变得惨白。

纳威在惊讶和疑惑下脑子乱作一团。乔治究竟怎么了？他脸色苍白，浑身剧震，好似落入了隆冬的湖里。为何那些一身藏青夹克的家伙会把乔治吓成这样？

"我等乃是国王陛下的战列舰'长戟号'的使者！"头戴三角帽的人说道，"长戟号现在正在招募水兵，由我来评估这里的人是否胜任水兵，被选中的人必须立刻走进停在外边的马车，这是命令，你们没有拒绝的

9

权利!"

由于事出突然，酒馆里的人全都惊呆了。但没过多久，抗议声此起彼伏，酒客们一齐吆呼，试图把长戟号的使者轰出去，但这些人全都站在原地纹丝不动。

"纳威，快跑!"乔治在一片骂声中低语道，"这些人是强征队，是专门搜捕水手强行带到战舰上的海军部队，水手们怕他们就像害怕魔鬼。"

"我们又不是水手。"纳威在椅子上挪动着屁股。

"当强征队抓不到足够的人时，也会抓走不是水手的人。既然来到了这种内陆地区，就说明不会挑食，只要是年轻的壮小伙都行。要是被他们抓走，可就回不了家了。"

乔治半蹲下来，嘴里飞快地说着。一个身板壮硕的水兵过来按住了他的肩膀。

"喂，别让我为难，乱动可不行。"

"不要! 我的眼睛不行，帮不了你们的忙!"

"我可不这么觉得。你一看到我们就脸色大变，我可都瞧在眼里了。"

乔治被生拉硬拽地按回了椅子上。他满头冒汗，开始打起了哆嗦。

纳威看到他的模样，酒登时醒了，忐忑之情蚕食着内心。一开始纳威只把这场骚动当闹剧来看，随后才意识到自己并非居于观众席，而是身在舞台之上。纳威不安地看了眼岳父，他似乎也和自己一样，对事态的发展充满了恐惧。

"从最里边的座位依次往出口走，我会判断你们适不适合加入我们。被选中的人立马上车，其他的人就这样回家!"

"开什么玩笑!"酒馆后边响起一记格外响亮的怒吼。

声音的主人盛气凌人地靠近了三角帽男，这是个纳威也很熟悉的人物。

这位黄褐色头发，身材高瘦的男人是加布里埃尔·塞缪尔。他和纳威同岁，亦是主日学校的同学。但纳威极力避免与其扯上关系。加布里埃尔在学校的时候就是个自私粗暴的人，只要被同学说一句不入耳的话，立刻就要大打出手。虽说每次都被老师用木棒狠狠打手，但暴力的癖性始终没有改变。如今他在父母经营的牧场工作，在那里招募了休·布雷克和佛莱迪·恰克两个手下。这些人常在其他工人面前耍威风，虐待因病而失去资产价值的家畜，素来恶名远扬。

加布里埃尔似乎正和牧场的手下们一起喝酒，跟在他身后的是脖子粗如家猪的休和脸孔狡猾如狐狸的佛莱迪。不过这两人并没有像加布里埃尔那样嚣张，总的来说还是比较软弱的。

加布里埃尔站在三角帽男面前，伸出手指抵着对方的胸口。

"别突然跑出来胡说八道！"

加布里埃尔比对方高出一个头，但俯视之下的三角帽男并无丝毫惧色。非但如此，他还甩开了加布里埃尔的手，连挥几拳打在了他的下巴上，将其打昏在地。

酒馆里的抗议声在这番场面下戛然而止。三角帽男将手伸进夹克内侧，掏出插在裤子里的手枪，炫耀似的举了起来，扳起击铁的冰冷声音响彻了寂静的酒馆。酒客们登时大气都不敢出。

"把这个蠢货带走！"三角帽男尖厉地命令道。

当同伙架着加布里埃尔离开之后，三角帽男环顾着酒馆，厉声威胁道：

"要是以为摆出反抗的态度就会让我们嫌麻烦放过你，那就大错特错了！我宁愿让这些人上船，哪怕是不适合当水手的家伙也得给我上去，听懂了吗？"

如此威压和手枪的存在立刻让酒馆的来客变成顺从的羊群，酒客们排成一列走向门口，在门前被逐一评鉴。没有交谈的必要，只要是年轻力壮的男人，门口附近的水兵们就用蛮力将其塞进马车。休和佛莱迪也步了加布里埃尔的后尘，乔治也被要求上车，他涕泪横流地大喊道"饶了我吧，饶了我吧"，然仍被水兵们揪住两腋强行拉上马车。年迈的马库斯被免除征募，纳威却被抓了。

"好，你上车！"

跟不上事态而目瞪口呆的纳威被水兵们一把攥住了胳膊。马库斯冲出来揪住了水兵的手。

"他是我家的女婿，孩子马上就要出生了。孤儿寡母的也太可怜了，放过他吧！"

"闭嘴！"

岳父拼命恳求，水兵却以一声怒吼回答了他，随后抢起棍棒就往他的肚子揍了过去。

在这强力的一击下，马库斯闷哼一声蹲倒在地。见岳父被人施暴，纳威只觉得一股热血直冲脑门。

纳威将手挣脱出来，狠狠打在了那个恶毒水兵的脸上，水兵虽然一个趔趄，但随即就用充满怒气的眼神瞪向纳威，朝他的太阳穴挥了一棍。

纳威的身体犹如橡胶一般软绵绵地弯曲着，就这样瘫倒在地，剧烈的疼痛将他的意识带去了遥远的彼方。在彻底晕过去之前，他听到的是：

"赶紧把这个蠢货弄上马车。"

*

不知昏迷了多久。纳威的意识逐渐走出黑暗，好似两片叶子破土而出般露出了头。

纳威只觉得苦不堪言，连睁眼都万般难受，疼痛至今犹在，挨打的位置好似楔入了钉子，全身仿佛都因痛苦而抖动。而他立即意识到这并非错觉，摇晃是真实的，复苏的听觉捕捉到了木材凄厉的嘎吱声，以及某物用力砸向水面的声音。

不明所以的纳威抬起了沉重的眼皮。映入眼帘的是湛蓝的大海，纳威和其他被掳走的人一起挤在一艘维京长船式样的小艇上，十名水兵分列小艇的两舷运桨如飞，十四个可怜的囚徒犹如货物般被塞在后边。隔壁也有一艘船，载着差不多数量的人，乔治和加布里埃尔也在里边。

"你总算醒了，"在舰艉掌舵的水兵说，"昏迷了太久，还以为你已经死了。"

此时旭日高悬，碧空一望无际。自己究竟昏迷了多久呢？见天已大亮，纳威的脑海里骤然浮现出玛利亚的身影，他将同乘的人一把推开，跪下来对掌舵的水兵说：

"放我回去吧，我老婆还在家等着！"

水兵的脸上没有露出一丝同情。

"这么想回去的话，就游泳回去。"

纳威目光所及之处是南安普敦的街市，船已离岸甚远，建筑物纷纷变小似豆粒。而且他有生以来从未游过泳，纳威要从这艘船游到岸边，不啻于上天登月，简直毫无可能。

13

一想到玛利亚还守在家里，纳威的眼中就噙满了泪水。

"那什么时候能放我回去？等你们的事办完后，就可以放我回去了吗？"

"这种事我怎么可能知道？一切全都取决于上面。反正今天是别想说再见了，搞不好得一直在舰上干到老了干不动为止。"

纳威受到了堪比坠入大海的冲击。

"你是说我们得干到油尽灯枯才能回去？"

"有可能哦。要是缺胳膊少腿的话，也能放你下来。"

纳威咬紧牙关低下了头，苦闷的念头在肚子里翻滚。

"怎么会有这么不讲道理的事！"

舵手耸了耸肩。

"就自认倒霉断了念想吧。还有，我讲话算是客气的了，"水兵抬起视线说道，"你在舰上可别摆出这种态度，不然要倒大霉的。"

纳威顺着水兵的视线回过了头，巨大的船身遮蔽了视线。

生平第一次看到军舰，纳威就慑服在其威仪之下。自海面显露的部分就有两层楼那么高，从头到尾约有五十五码（约五十米），大小堪比一栋气派的房屋。

小艇靠近了军舰侧面。舷侧是升降通道，像是梯子和楼梯的混合体。虽说绳索似梯子般穿入了木板的两侧，但木板本身被嵌入了船舷，就似楼梯的台阶一样被固定在上面。

站在小艇船头的水兵士兵抬起钩杆，将前端挂在了连着台阶的绳索上，将船拽到了通道附近。而后他命令囚徒们自此登舰。而在未知的世界面前，没有一人从命上前。

"赶快上船！从最近的人开始！"

艇长手握棍棒大吼一声，站在台阶跟前的人才开始往上爬。他的动作异常迟缓，爬行速度堪比乌龟。

"其他人也麻利点！"

就这样，遭囚的人陆续朝甲板进发，终于轮到纳威了。虽然不愿上船，但自己别无选择，回去的路已经切断。他抓着绳索，一步步硬着头皮踩上台阶。台阶上浪花飞溅很是湿滑，他不得不小心地爬上去。

纳威翻过船舷，在甲板上站稳了脚。甲板之上虽无片瓦，却并无开阔之感。原因在于桅杆。一根桅杆立在船的前部，一根立在中间偏后，还有一根立在舰艉楼甲板。这三根桅杆高如教堂的尖塔，每根桅杆上都水平设置着三根帆桁，长得几乎伸出船体。自桅杆和帆桁上延伸出来的绳索堪比支撑帐篷的骨架，好似鸟笼的格子般横跨于天空。

纳威陡然间真切地意识到自己来到了另一个世界。我上船了，已经上船了。在绝望的驱使下，纳威望向陆地。熟识的大地已然化作了比瓦尔哈拉①更遥远的存在，牢不可破的家庭羁绊就像被送上断头台般一刀两断。

正当纳威手扶船舷耷拉着头的时候，一个锐利刺耳的声音传了过来。

"新来的，仔细听好！"

被掳来的人条件反射似的看向了声音的方向。某人带着部下一脸不悦地从舰艉楼甲板走向楼梯。他站在新人们面前，环顾了一圈后开口道：

"我是弗朗西斯·默里，长戟号副舰长，首先要恭喜你们，从这一刻

---

① 瓦尔哈拉（Walhalla），北欧神话中远离尘世的极乐之地，神明供养人间英雄和诸王的所在，亦称作英灵殿。

起，你们就获得了驰骋于世界之洋，为国王陛下征战的荣誉。我期待你们做出与名誉相符的成绩。"

纳威觉得他非常可憎，从眼神和语气就能看出默里蔑视这些被掳来的人，将其视为残次品。其他人似乎也对默里怀抱敌意，纷纷对其投来不满的眼神。

"我知道你们是从索尔兹伯里被带过来的，尽是些连船都没上过的生手吧。之后舰长会告知全体船员今后的行动，然后本舰将拔锚启航，换句话说，你们也要开始干活了。所以就趁现在教你们一些战舰的基础，在航行中可没法像稻草人那样一直站着。我只说一遍，都给我听好了。"

副舰长开始了训话，态度却像是被迫完成一件无聊的工作。

"首先，我先向你们介绍下你们生活起居的长戟号。长戟号是战列舰，简单地说，船上配置有许多大炮，是海战的主力。"

舰队作战之际，战列舰会排成一列战阵，故得了战列舰之名。但是默里并未特地提起这个，毕竟把名字的由来告知刚带上船来的旱地佬也没什么意义。取而代之的是，默里简要地描述了长戟号的构造。

"你们所在的没屋顶的甲板叫作露天甲板。露天甲板下共有五层，最上层是上炮列甲板，露天甲板在主桅前方的部分没有甲板板面，因此上炮列甲板就承担着防止雨水流入舰内的作用，上炮列甲板下面是中层甲板，往下是下层甲板，你们的食宿起居都在这两层，下层甲板之下主要是船舱所在的底层甲板。底层是储存食物、饮用水、燃料之类的货仓。"

默里顿了一顿，观察着面前的这些男人。从表情中看出他们没有听懂舰内构造，但副舰长并不在意，反正在此生活迟早都能理解，重要的是之后的话。

"接下来是工作内容，你们将以下级水兵的身份登记为本舰的船员，水兵最基本的工作就是操帆。"

默里仰头看向了桅杆。

"此刻我们的帆是完全收起的，但在航行的过程中，为了捕捉风，必须时常扬帆，但扬帆并不是全部，我们必须随风而动。风并非总是从帆的后方推动船体，有时是侧面，当然有时也是从军舰正前方吹来的。但无论风从哪个方向吹来，只需转动帆桁，令帆以正确的角度倾斜，帆船就能前进。

"风的强度也需计算在内。风吹鼓了帆，推动帆船前进。而飓风是海上的恶魔，会摧折桅杆，当风力增强时，我们要通过收帆来缩小帆的面积，以此保护桅杆。当风力减弱时，就必须展帆，让帆再次鼓满风。攀上桅杆，爬过帆桁完成收帆或展帆也是水兵的职责。"

纳威有些难以置信地抬头看向桅杆。真的要爬到这么高的地方吗？

万一稍有不慎摔了下去，岂不是要出大事。纳威觉得腹中一阵绞痛，只觉得难受至极。

除了纳威，还有很多人对这般高空作业感到不安。他们仰望桅杆，浑身不适地扭动着身体。

"别乱动！话还没讲完！"默里怒吼道，"我可不指望新手一开始就能溜到帆桁边缘，你们得在甲板上积累经验，受训后才能爬上桅杆。你们每个人都要受训，如果只会黏在甲板上，我们还不如雇个专门擦地板的娘们！"

爬上桅杆——想象着自己从桅杆上跌下来的样子，新人们纷纷露出黯然的表情。

"现在回归正题。操帆对你们来说是非常重要的工作，你们应该知道了吧？不必担心无所适从，在当值期间，你们会被派到指定的地方，当长官下达命令，你们就得遵照指令行动操作索具，也就是说，你们是长官的手足。

除此之外，水兵的活还包括打扫、搬运、保养武器和舰船，以及各种杂务。哪怕不当值，只要长官下令，也必须麻利地完成指定的工作。这艘军舰不是为了让你们过舒服日子而启航的。"

在这之后，默里开始讲起了军舰一天的日程安排。

"水兵分为两组，一组和二组，每四小时轮流当值。一组从零点干到四点，二组从四点干到八点，然后从八点到十二点，再从十二点到十六点这样轮班。唯有十六点到二十点不同，这段时间值半班，每两小时轮班一次。十六点到十八点是第一轮半班，十八点到二十点是第二轮半班。嗯，要说为什么唯有这个时间段两小时一轮呢？理由很简单，那就是为了能在傍晚吃上晚饭。二十点以后，不当值的人要去睡觉，为了让所有人能在十六点到二十点之间吃上晚饭，才这样分配时间。

"船上通过船钟报时，别和陆上钟塔的钟声混为一谈。船钟不是响三下就是三点这样简单，船钟作为换班的信号，每隔半小时响一次。换班后半小时敲一声，一小时敲两声，此后每隔半小时就加一声，等敲过八次钟，就过了四个小时。所以非当值的人一听到八声钟响就立刻赶去岗位。有关干活的安排就到此为止，听明白了吗？"

新人们只是快快不乐，没人回应。这样的态度激怒了默里。

"我问你听懂了吗，蠢货们？还是说你们是连人话都听不懂的畜生？听懂了就给我爽快地应一声遵命！再问一遍，都听懂了吗？"

好似干瘪的瓜一般，各处传来了稀稀拉拉的"遵命"。

"声音太小了！回答的时候要挺直腰板敬礼！敬礼的时候要么把手掌朝向自己，要么握紧拳头再敬礼，别让长官看到你的手掌，这就是海军式敬礼！"

这次的回答声比先前响亮了些，但副舰长似乎仍不满意。

"帆缆手！"

穆里大声喊道。一个脸庞下半满是浓密胡须的人从船头跑了过来。只见他跑到副舰长身边敬了个礼。

"给那个羊头小子尝尝'猫'的滋味，"副舰长向帆缆手命令道，"这家伙似乎还没意识到自己是皇家海军的一员。"

羊头小子指的是纳威，他那淡黄色的头发从小就带着鼓包，在学校里经常被周围的小孩调侃为羊头。

听闻叫到了自己，纳威不由得浑身僵硬，但同时又很诧异，什么叫尝尝猫的味道？

答案很快就揭晓了，只听见帆缆手应了声"遵命"，便从衣兜里掏出一截短绳，然后熟稔地站到了距离纳威差不多四英尺（约一点二米）的位置，扬起胳膊，将绳子抽在了纳威的背上。

虽说抽在了衣服上，可仍传来了堪比无数根针扎进肉里的剧痛，纳威大叫着蹲倒在地。

"猫"是舰上挥舞的鞭子的通称，这种鞭子是将短绳的末端拆开，然后重新编成九条细穗制作而成，由于纤细的鞭子看上去很像猫的尾巴，故得名"九尾猫"。

副舰长并未朝纳威瞧上一眼，而是瞪着其他哑口无言的新人说：

"这下看懂了吗？干活偷懒的人，忤逆长官的人，磨磨唧唧的人，这种人在这里就得吃鞭子。要是不想吃苦头，就得听长官的安排，全力做好自己的工作！当你无视命令的时候，就是死期到了！"

纳威慢腾腾地站了起来调匀呼吸。除去他之外，刚才还有其他几个人也应得很敷衍，但出于杀鸡儆猴的需要，只有纳威一人挨了鞭子。鞭笞的效果立竿见影，紧张和恐惧刺痛了新人的皮肤，令他们纷纷挺起了脊背。

"接下来传达你们的当值安排和战斗部署，就在那里……"说着，默里指了指正在主桅前摆桌子的男人，"伯克候补军官会把文件交给你们。当值安排和战斗部署全都写在文件上，轮到你当值的时候，就去文件记录的地方。在领取文件之前，先报上姓名，住址和以前的职业。"

新人们在伯克候补军官的面前排起了队，伯克麻利地应对着这些新手们，他先在花名册上填写新兵的姓名住址和陆地上的职业，然后在文件上写下各人的名字并分发出去。

纳威错愕地拿起文件，内心依旧沉浸于鞭打带来的痛楚和震恐中。他被安排的值班是右舷后甲板一组，而战斗部署则是右舷下层甲板的第三炮队。面对化为白纸黑字的自身处境，纳威深切地感受到自己果真陷入了无可挽回的境地。这个文件即水兵的徽章。

"之后去下面的中央舱口，从那里领取水兵制服。"

正如默里先前说的那样，主桅前方两舷设有其宽度足以称作通道的地板，中间的甲板被挖空，仅有下层的横梁，梁上搁着四艘小艇，显而易见，该空间是用来放置小艇的。在主桅和排列整齐的小艇之间，有一条通往下层甲板的楼梯。纳威按照指示，沿着那段楼梯走向中央舱口。

被下令的每一句话都化为了山洪浊流，根本无力抗拒，唯有委身其中。

在中央舱口前，主计手在分发装制服的麻袋。递过袋子的时候，主计手对每个人交代道：

"马上换上制服，把现在穿的衣服全都收进麻袋里。袋子由自己保管，要是带了行李，就一起装进袋子里。"

麻袋里有一条短小的藏青色夹克，一件白底黑格衬衫，一条红色丝巾，以及帆布质地的白色厚裤。

纳威心神恍惚地看着袋子里的东西，其他新人们都不情不愿地换上衣服，唯有纳威直愣愣地站在原地，没完没了地盯着袋子里的东西。

衣服代表了阶级。贵族穿丝袜，农夫穿罩衫，军人穿军服。只要穿上这身衣服，自己就真成水兵了。自己将不得不告别鞋匠纳威·沃特，告别迄今为止的人生，以及和玛利亚新婚燕尔的生活。

就在纳威陷入绝望之际，乔治走了过来。

"纳威，快换，再不换的话又要吃鞭子了。"

他已然换好了水兵制服，在酒馆撞见水兵时的惊慌失措已然无迹可寻。乔治似乎认命了，就似漂浮在水面的落叶，将前景交予了自身以外的一切。

"我只想死。"纳威说。

"别说这种话，死了就什么都没有了，只要留着性命，迟早会回到陆地上的。"

"什么迟早，我才不要！我现在就要回去，玛利亚再过两个多月就要生产了。"

乔治鼓励似的把手搭在了纳威的肩上。

"既然如此，你就更不能死了。难不成你想让你的亲生儿子连父亲的脸都见不到吗？"

这话给空洞无物的纳威注入了新的力量。纳威一心想着和玛利亚分隔两地，但倘若在此轻易地放弃了性命，就会令即将出生的孩子过上没有父亲的人生。

"只要活着，应该就有回到陆地的机会。在机会到来之前，我们先想方设法活下去吧。既是为了自己，也是为了你的家人。"

纳威攥着麻袋的手登时充满了力量。

"谢谢你，乔治，我明白了。"

纳威换上了水兵制服，衣服尺寸虽然有些臃肿，但也因此得以随心所欲活动手脚。倘若真要上下桅杆的话，尺寸还是宽松点比较好吧。

纳威摸了摸衣服，边上的瓜子脸男人突然冲上了船舷侧通道的楼梯，只见他从船上探出身子，开始大口大口地呕吐起来。

"他晕船了，"乔治对纳威说，"那滋味可真不好受。"

纳威认识那个瓜子脸男人，他是杂货店店主的儿子威廉·波洛克。虽然两人算不上亲密，不过纳威经常光顾波洛克的杂货店，所以时常在店内碰面。波洛克总是一副胆怯的模样，谈吐也给人不甚自信的感觉，因此给纳威留下了懦弱的印象。

几乎把胃呕空之后，波洛克开始沿着楼梯往下，脸色就如亡者一般苍白。但刚走没几步又向右转过身去，将头探向茫茫大海。虽说没他这么厉害，但感到不舒服的大有人在。不过幸运的是，纳威在船上并无大碍。

有一个水兵从舱口冲出来，冲着他们大声说道：

"从餐桌号最大的人开始，依次走下舱口，快点!"

餐桌号就记录在拿到的文件上。纳威刚走下一段楼梯，就闻到一股馊臭味。越往下走，气味就越浓烈，阳光也随之黯淡下来。待完全走下楼梯之后，沁人的潮香和无垠的天空都消失了，出现在眼前的是一个气味与猪圈难分高低、被零散的提灯勉强照亮的世界。船舱堪比地下室，这个地下室里挤满了数不胜数的人，就似旺季的旅馆般被嘈杂声填满，刺鼻气味的本质正是他们的体臭。

楼梯下站着一个头戴三角帽的军官，由他确认从舱口下来的新兵们的餐桌号，并命令身边的水兵带路。

纳威和乔治的餐桌号是一样的。

"你是七号吗? 后边这人也是吧? 好，餐桌号七，带路!"

军官大声说道，一个不满十五岁的少年出现在了纳威他们面前。

"你们是新来的对吧，"少年说，"我叫杰克，跟你们是同一桌的，由我带你们去餐桌，跟我来吧。"

杰克走向舰体前部，纳威和乔治小跑着跟在后边。天花板很低，再加上比天花板还要低的横梁从四面八方伸出，纳威不得不弯腰前行，外加昏暗的灯光，简直如同走在洞穴之中。侧舷以一定间隔排列着用绳索固定的大炮，炮和炮之间摆着长方形的桌子。无论作为隔断还是摆设，这炮都显得过于威重。一旦战斗到来，这些大炮会向敌人喷射烈焰。然而诸多水兵都围着桌子谈笑风生，简直把这里当作了客厅。这样的情景直观地反映了军舰的性质，这里既是他们的家，也是他们的战场。

"这里就是七号桌。"

围在桌边的人一齐转头看向纳威他们，这些人里有白人、黑人、东

23

方人、印度人，颇有国际色彩。

"听说补充了人手?"一个右手背文锚，左手背文鱼的红发男子打量着新来的人，"又来了靠不住的家伙。"

面颊蓄着浓密的黑毛，胳膊和胸口也毛蓬蓬的男人轻声安慰说：

"别这么讲。你应该也听说过舰长把强征队派去内地的事吧，到了这个时候，哪能指望什么熟练的水手。话说你们打算一声不吭地站到什么时候? 先自我介绍一下吧。"

乔治先开口说：

"我是乔治·布莱克，来这里之前是个鞋匠。"

"他说他叫布莱克，不就是英语里的黑嘛。科格，是你的同伴?"多毛男对一个黑人说道。

那个名叫科格的黑人做作地眯起眼睛看向乔治。

"哦，真稀奇呢，居然会有这么白的黑人。"

桌子顿时笼罩在笑声之中，纳威也跟着露出了尴尬的笑容。

"那边的蓬头男呢?"文身男说。

"纳、纳威·沃特。"

东方男人呼呼喘着气说：

"纳威·沃特——海军小艇①，这名字不是挺适合海军嘛! 你生来就是要当水兵的命吧?"

这对他们来说或许很有趣，但在纳威听来只有被愚弄的感觉。

"别这么说，"纳威话中带刺，"我可不是因为喜欢才来这的。我家里

---

① 纳威·沃特（Neville Vought）在英语里与海军小艇（Navy boat）谐音。

还有身怀六甲的妻子，却被不由分说地硬掳到这里。"

"哦，你这是在炫耀不幸吗？那就说说我的故事吧，"印度人说，"我是一艘从印度向英国运棉花的英国商船上的合同水手。经历了好几次暴风雨才来到英国近海，但商船在那里被英国军舰逮到，那边要求商船提供几个人手，于是我就被扔进了装祭品的盘子里。我是合同水手，本来定好抵达英国后拿到一半报酬，回到印度后再拿另一半，现在一便士都没捞到就被人扔下了商船，我已经四年没回故乡了。"

"喂喂，拉姆齐，"多毛男笑嘻嘻地说道，"你该不会喝酒喝糊涂了吧？说起不幸，这位可是稳居第一哦。杰克，快跟他说说。"

"我是被父母遗弃的，十二岁的时候在港口打零工。某天回家时，爸爸妈妈带着弟弟们不知去了什么地方，只有我一个人被抛下了。"

"嗯，你赢了。"当拉姆齐摆出投降的姿势时，全场爆发出迄今为止最大的笑声。

纳威不知该作何反应，多毛男又说：

"哎呀，把你撇在一边真是抱歉，我们这群人一直都是这样。纳威和乔治是吧，我是餐桌长曼迪，原本是个水手。八年前乘坐的商船被暴风雨打沉了，我抓着木桶漂流的时候被英国军舰救下，为了报恩一直在这里工作。如今你们也是围坐在餐桌边的伙伴了，伙计们，给新人们腾个位置吧。"

餐桌配的椅子是长椅，纳威和乔治在靠过道的一侧坐下，曼迪将两人的行李收好，和其他成员的行李袋一起挂在船舷一侧的挂钩上。挂钩下方是餐具柜，收纳着木盘和大啤酒杯等餐具。

余下的组员也做了自我介绍，就像拉姆齐和曼迪充满冒险的水手之路一样，其他人也有跌宕起伏的故事。

文身的水兵盖伊是苏格兰人，他的家族从祖父开始代代都是水手，盖伊也在十六岁那年成了某家贸易公司的水手，在十年的时光里游历了四方的大海。在英法开战的那年，他所在的商船被长戟号截住，遭到了强征。公司并不想让他这样优秀的水手被掳走，便把他藏进了船舱的空桶里，可对手英国海军是强征的恶鬼，一眼就看穿了伪装，将他带到了舰上。

科格是牙买加甘蔗种植园的逃亡奴隶，用来逃离种植园的偷渡船是英国海军的补给舰，舰上装满了食物，所以并无饥饿之虞，但他的偷渡仅仅两天就败露了。犯下偷渡和偷吃罪的科格受补给船船长逼迫，要么立刻被扔进海里，要么当水兵干活将功折罪。科格选择了后者，在之后的八年里，他辗转于多艘战舰，在海上生活至今。

而中国人赵之所以成为水兵，是舰长特权发挥了作用。他原本是走钢丝的演员。当他所在的马戏团在港口城市普利茅斯演出时，长戟号也停泊于此，舰长格拉汉姆就坐在观众席上。舰长相中了赵出类拔萃的平衡感，在公演结束后背着团长劝说赵加入。赵本就苦于团长的蛮横，遂决定登上长戟号。可是对海上生活一无所知的他很快就后悔了自己的决定，在最初的一年里，他把马戏团当成故乡一样想念。

少年水兵杰克则是在坎坷命运的指引之下前来这里的。被父母遗弃之后，他就遭房东扫地出门，被迫流落街头。在港口打一天零工的工资只够买一个面包，哪怕想在那里找一份正式的活干，仍是孩童之身的他也没法从船上装卸货物。虽说有段时间靠捡垃圾苟延残喘，但也到了极限。最终，他倒在恶魔的诱惑之下。某日，饿到不行的杰克在下班后抢了路边摊的水果，似兔子般撒腿就跑，但旋即被摊主抓住，差点挨了一百大板。这时长戟号的五副理查德·弗农插手进来，当时的"长戟号"恰好停泊于杰克工作的港口，五副上岸休假。弗农问明情况，对少年颇为怜悯，便邀请他去了长戟号。然后五副说服了格拉汉姆舰长，在获得许可后，杰克名正言顺地成了少年水兵。

"这里每天都管饭，我的肚子很是满足，"杰克笑眯眯地说，"一周有四天能吃到肉。"

"嗯，这里的饭相比在种植园干活的时候要好不少。"

科格也说了一句。

"对你们来说是刚好，但这些东西能合这几位老哥的口味吗？"拉姆齐露出了不怀好意的笑容，"在陆地和海洋，奢侈的定义很不一样哦。"

就在这时，上边响起了刺耳的噪声。

"全员，集合！"

"哦，看来那边在叫我们了，"曼迪缓缓站起了身，"去后甲板吧，要是迟到的话，可是会挨鞭子的哦。"

纳威等人从洞窟般的舰体内部移动到主桅后方的后甲板上。所有的水兵们齐聚于此，舰艉后甲板登时挤得跟鸡窝似的，几乎迈不开步。后甲板容纳不下的水兵甚至被挤到了船舷通道上。即便如此，空间仍嫌不足，好几个水兵甚至爬到了支撑桅杆的侧支索上。可即便拥挤到这种程度，也没有一个人敢去后甲板楼梯尽头的舰艉楼甲板。站在舰艉楼甲板上的就只有穿着比水兵更体面的军官，还有鲜红色军服的海军陆战队。哪怕连左右都分不清的纳威也能理解，彼处的甲板是特殊的所在。

为了推高气氛，舰艉楼甲板的鼓手敲起了大鼓，鼓声配合着人群，好似祭典的一幕。不多时，舰艉楼甲板出现了一个男人，这个身上穿着饰有金线的华丽军服的男人，正是长戟号的舰长戴维·格拉汉姆。

格拉汉姆站在挂着帆布套的护墙前俯视着水兵们，站在其身后的默里骤然扯起了嗓门。

"肃静！全体脱帽！"

舰艉楼甲板上的军官迅速摘下三角帽，后甲板的水兵们也脱下了各式帽子。有军方配发的圆形水兵帽，也有属于私人的帽子。

舰长从右舷转到左舷，眺望着水兵们，发出了充满威严的声音。

"先生们！短暂的休假结束了，本舰即将奔赴更为荣光的任务。毫不夸张地说，之后的任务事关英国存亡。"

听到"英国存亡"一词，水兵们激动地喊了起来。

"我国正与法国革命政府展开作战。但必须承认，战况正日益艰难。开战之初，敌人只不过是被革命的热浪冲昏头脑的普通市民，被视作战争的外行。而另一边，我方不仅是训练有素，行动干练的正规军，还有共同作战的盟友。向右看有西班牙和撒丁王国，向左看有荷兰、普鲁士和奥地利。但是之后又如何呢？青蛙们①在这两年半的时间一直与正规军战斗，至今仍与我们作对。

"而在战争的过程中，盟国被证明是脆弱的。今年四月，先是法国和普鲁士达成和解，而后荷兰亦退出同盟，向法国作出让步，这回西班牙也成了中立国，此三国虽在形式上保持中立，却无疑是偏袒法国的中立！这些号称中立的国家不允许英国舰队在沿岸停泊，法国舰队却可以堂而

---

① 对法国人的蔑称。

皇之地滞留在所谓中立国的海域,这就是明证!哪怕这些所谓中立更进一步,我也不会感到惊讶。数年前法国是欧洲之敌,如今换作英国被视为欧洲之敌!"

不安的情绪在水兵之间好似波浪般播散开来。

"肃静!"格拉汉姆大声喝道,"英国正在陷入孤立,但我们拥有举世最强的海军。半个世纪以来,皇家海军与法军进行了激烈的战斗,并取得了辉煌的胜利!在印度洋,在加勒比海,在大西洋,我等皇家海军一次又一次地击退了法国舰队!"

格拉汉姆挥舞着拳头,激昂地演说着。

"在本次战争中,我们海军将继续化为英国的矛和盾,击退我国的仇敌!没错,只要海军健在,联合王国的安宁就有了保证!"

以老兵为中心,诸多水兵对格拉汉姆的言语致以狂热的呼声。以水兵的身份生活越久,就越为自己是伟大海军的一员而自豪。

待水兵的狂热平息后,格雷汉姆继续说道:

"再强调一遍,英国海军举世最强……但是!"格拉汉姆的表情忽而转为严厉,神色中也混入了紧张,"但就是现在,皇家海军正面临着可能从根本上崩溃的危机!"

水兵们惊诧的呼声此起彼伏。

"那是上个月的事情,据悉,一艘从哥德堡出发装载木材的船被法舰截获,这是荷兰中立后发生的事件,北海原本是由荷兰海军提供巡航,可如今荷兰舰队悉数回港,法国海军得以在北海自由活动。"

格拉汉姆顿了一顿,所有水兵默不作声,不安地望着舰长。

"我国造船厂所用大部分木材都是从北欧进口的。北海是连接北欧和英国的贸易通道。如今这条通道正遭到青蛙的威胁，木村供应即将停滞。如此一来，造船厂将被迫停工，舰船也无法修理。也就是说，假以时日，作为皇家海军核心的军舰将从海上消失！我们必须不惜一切代价阻止这一切！"

格拉汉姆环顾着水兵们，待确认部下们已经认识到事态的严重性后，又接着说道：

"国王陛下自然无法默认这一事态，陛下敕令组建一支确保北海安全的舰队，本舰也在这支舰队之中。我们将前往斯卡恩锚地①，与接到相同命令的军舰会合，然后执行北海巡航任务。这将是漫长而艰巨的任务，可能持续数月乃至一年以上。但北海是我国军舰的生命线，既然遭到了威胁，我等就须以钢铁般的意志尽力保全。

"本舰上既有经验丰富的水兵，也有从今天刚成为水兵的人。新人缺乏技术是当然的，但一定要有清醒的认知。当英国海军遭遇全面失败之际，就是青蛙们涌入英国本土之时。待到如此境地，他们就会用自己最喜欢的断头台，到处乱砍无辜百姓的脑袋。殒命于断头台的那些人，或许就是你们的家人，这是保卫国家的战争，同时也是守护你们家人的战争！"

诸多水兵以呐喊呼应。其中也有被强征掳来的新人。提及家人令他们产生了危机感，也激起了对法国这一长年仇敌的炽热的敌忾之心。就连刚才还在诅咒自身境遇的纳威亦感到体内传来了一阵火热。

最后，格拉汉姆铿锵有力地说道：

————————

① Skagen，位于丹麦日德兰半岛东北端的海岬，临卡特加特海峡，现为知名的渔港和旅游胜地。

"来吧，去让青蛙们悔不当初！我等海军要用疾风暴雨般的炮击把法国的战舰一艘不剩地埋葬，把侵入北海的青蛙们尽数驱赶出去！"

水兵们挥舞着拳头全力叫喊着。

格拉汉姆满意地俯视着水兵们，在他的身后，默里用扩音筒大喊道：

"国王陛下万岁！"

万岁之声如波涛般溃散开来，有人在热血沸腾之际抛起了帽子，纳威也随着周围的人赞颂国王。

"那么，本舰即刻向斯卡恩锚地出航！"格拉汉姆说，"当值的人都去自己的岗位！闲着的人都去转绞盘①！"

水兵和军官们纷纷向自己的岗位移动。纳威不知如何是好，便揪住身边的曼迪问道：

"请问我该怎么办？"

"既然你是我们餐桌组的，应该属于一组吧。那现在就要当值了，你的岗位在什么地方？"

"应该是右舷后甲板上。"

"那就跟我一起走吧。首先在主桅集合。"

在尚未做好心理准备之际就被派去做水兵的工作，纳威满怀紧张跟在曼迪身后。

主桅在后甲板的最前方拔地而起。桅杆前站着一个军服上没有一丝褶皱的军官，周围聚集着一些水兵。

这个军官在惊涛骇浪的舰上练就了强韧的肉体，而他的眼中却洋溢

---

① 起锚装置。

着温柔知性的气息，三角帽下可以窥见水润的黑色头发，左右转动脖子的时候，垂在脑后的头发亦随着一起摇晃。

"这位是负责后甲板指挥的弗农五副。"曼迪对纳威耳语道。

"就是帮了杰克的人吗？"

"是的，他是从水兵中打拼出来的军官，对我们十分和蔼，是个好上司。"

"人都到齐了吗？"五副弗农说道，"还有刚当上水兵的新人，这些人就在甲板上操作索具。而这是他们初次当值，应该什么都不知道。曼迪负责指挥右舷的新手，布鲁克负责指挥左舷的新手。"

"遵命！"两名水兵挺起腰板应道。

而另一边，中层甲板上正在进行起锚的准备，绞盘是一根比主桅杆更粗更坚固的圆柱，在其侧面次第插入长过人身的旋转杆，当杆子尽数插进绞盘之际，非当值的水兵和身着红色军装的海军陆战队士兵纷纷站在了旋转杆前。

起锚的号令一出，站在绞盘跟前的诸人便伸手抓住旋转杆，开始用全部的体重推动。鼓手咚咚地敲着大鼓，兵士们咬紧牙关，吼声连连，竭尽全力旋转着。起初，绞盘纹丝不动，那是因为巨大的锚深深地陷入了海底的软泥中，不过随着一阵咔嚓声，转动便加快了。兵士们的步履逐渐平稳，锚链被不断卷起。不多时，巨大的锚就从海面上露出了头。

舰艏楼甲板的水兵们把锚固定在船舷上，在彼处指挥的斯蒂芬代理船副便转向后甲板，发出了几欲撕开海风的吼声。

"起锚，完毕！"

听到此言，弗农五副朝着舰艉楼甲板上的舰长复述道：

"起锚，完毕！"

这边的音量也震得空气发抖。

接到报告后，格拉汉姆舰长点了点头，随即下达了命令。

"各就各位，展帆！"

默里将扩音筒抵在嘴边。

"展帆！上杆！"

这回先是后甲板上的弗农，再到舰艉楼甲板的斯蒂芬，以这样的顺序复述了命令。各处甲板的指挥官呼喊传令的同时，桅楼员顺着侧支索爬了上去，沿着帆桁的踏脚绳移动，开始解开将帆绑上帆桁的束帆索，其余桅楼员则抵达了桅杆中间的桅楼，顺着中桅侧支索继续往上攀爬。像长戟号这样的大型帆船的桅杆并非由一整根木料构成，而是由下部、中部、上部三段拼合而成，这根晃动不休的桅杆左右两侧有侧支索，前后有支帆索，在其张力下支撑着。桅杆从下到上依次为主帆、中桅帆和上桅帆三张帆，所有帆的展开工作正在依次进行。

纳威战战兢兢地望着这些操作，即便是从最下层的帆桁上跌落，也难免身负重伤。但仍有桅楼员在连支帆索都看不清的高度上操作，倘若因为什么差错不慎跌落，登时就要交代了性命，光是看就让人胆战心惊。

而他并无闲暇继续观赏，后甲板也传出了慌乱的动静。设置于桅杆根部有孔的横木上插着数根木棍，这些木棍被称为系索栓，是用来连接操帆索的。栓部缠绕着八字形的绳索，水兵们拔出木棍，绳索瞬间松开，再也没了拘束。

松开的绳索乱糟糟地堆在甲板上，水兵们即刻拾起绳索将其展开，众人接连抓住伸展开来的绳索，拔河的队伍渐渐成型。

"喂，新来的，都别发呆。随便拿根绳索，你们要干的事就是用绳索把帆展开，等前边的人动起来照做就行。"

纳威提心吊胆地拾起了一根绳索，那根绳索就在桅杆下方的一个角落，握紧之际可以感受到拉力。

船帆自帆桁垂下之后，弗农五副向甲板组下达命令。

"绞帆索，放！"

排在纳威前边的水兵们开始一齐放出绳索。而纳威在命令下达后仍紧紧攥着绳索，遂被向前溜的绳索拉拽，一头撞在了前方水兵的背上。被撞的水兵只是瞥了纳威一眼，咂了咂舌，然后继续展开操作。纳威调整了一下姿势，学着其他水兵的样把绳索往前送。

随着甲板上的升帆索越来越少，帆也越来越宽，直至整体暴露在空中。而那帆看上去绵软无力，根本不像是战列舰的一部分。

然而随着船副的下一个命令，帆变得有所不同。

"展帆索，拉！"

随着船帆两端绳索的拉紧，一度有如团起的纸般潦草展开的帆，此刻蓦地化作了一面舒展开来的柔软墙壁。风刚触及此处，帆就似婴儿的脸颊般鼓胀起来，在风力的推动下，长戟号开始在海面缓缓航行。

此时此刻，舰艏楼甲板上的前桅和舰艉楼甲板上的后桅的展帆工作也在顺利进行中。当帆在所有桅杆上尽数展开之际，舰艉楼甲板上传来了下一个命令。

"左舷受风！"

弗农五副将命令复述了一遍，随即向后甲板的水兵们下达指示。

"右舷，帆脚索，转桁索，拉！帆脚前索，放！左舷，帆脚前索，拉！帆脚索，转桁索，放！"

全无经验的纳威仅能理解右舷和左舷下达了完全相反的命令，他加入了操纵帆脚索的队伍，用力拽起绳索，捕捉到风的帆充满了力量，纳威觉得自己就像是在和马拔河。

帆脚索和转桁索是将帆桁往后拉的绳索，帆脚前索是将其往前拉的绳索。不多时，帆桁的左端便靠近了舰艏，右端靠近了舰艉。

弗农五副下达了"停止"的命令，所有绳索都被收入了系索栓。纳威终于松了口气，由于不习惯体力活，手臂已在控诉着疲劳。除此之外，为防海风侵蚀，绳索上还涂了一层焦油，弄得手掌又黑又脏。

此刻长戟号正顺风航行，快活地冲向海面。纳威回头一看，陆地逐渐远去，玛利亚的身影又浮现在脑海里，直击他的胸口，喉咙深处涌起一股热流，虽然不知道要何年何月，但自己会回来的，自己会不惜一切代价活下来。

舰艏掀起了白色的波浪，起锚后的匆促已经过去，纳威倚在舷板上喘了口气，在舰艉楼甲板上，以舰长为首的军官正在交谈着什么，纳威根本听不清内容。唯有在吃水线上碾碎的波浪，被海浪摇晃得嘎吱作响的船板，猛烈拍击帆布的海风，水和风作用于军舰上的诸般声音响彻耳畔。若不大喊大叫，就算是面对面的距离，也听不清对方的话语声。

舰长又下达了新的命令。

"右舷受风！"

这是将此刻朝向右斜前方的帆桁调转到左斜前方的命令。纳威又和其他水兵们放松右舷的帆脚索，所有帆桁都向左倾斜。然而隔了片刻，上边又下达了左舷受风的命令，此后右舷受风和左舷受风的命令每隔一定时间交替发出。

纳威对此很是不满，重复这样的命令，不就等于交代我们把西边仓库的东西搬到东边，然后再把东边仓库的东西搬到西边吗？

趁着工作的间隙，纳威找到曼迪问道：

"为什么右舷左舷的命令要变来变去呢？"

"那是因为风是从军舰的正后方吹来的，所以需要每隔一段时间把帆桁的方向从左转到右，再从右转到左。"

对操船一无所知的纳威理解不了这是什么意思。

"如果风是从正后方吹来的，那让帆一直朝前不就得了？一会儿往左一会儿往右不是一点意义都没有吗？"

曼迪对此嗤之以鼻。

"可真是聪明的想法呐，虽然想这么说，但帆船可不是这么简单的东西。当风从正后方吹来的时候，如果帆朝向正前方，风会完全吹到最后面的桅杆上，帆挡住了风，使得前方的两根桅杆几乎不起作用。总而言之，就相当于只靠一根桅杆航行。所以得倾斜帆桁，让风吹到所有帆上。与此同时，被修正方向的船会在顺风的推动下斜向前进，但如果一直走斜路就会偏航。为了保持航向，才会一会儿右斜向前一会儿左斜向前蜿蜒前进，如果风是从正后方吹来的，这样操作航速会比较快。"

帆船是何其复杂而细腻的交通工具啊，纳威暗想。此后每下一道命令，水兵们就一刻不停地重复着拉绳放绳的动作。当宣告歇班的八记钟声（十二点）敲响时，纳威的手臂已因过度疲劳而颤抖不止，完全使不上力气了。

"该回去吃午饭了。"曼迪拍着纳威的后背说。

待众人都上桌后，曼迪向乔治问道：

"呦，这边的新人先生初次上工感觉如何？"

"感觉还凑合吧。"

乔治垂着眼睛回答，拉姆齐立刻插嘴道：

"啥叫还算凑合，这家伙和我在同一个组当值，活倒干得挺不错，比那些新手要做得漂亮多了。"

"嗯，就连挑刺鬼拉姆齐都这么说，那应该是真的不错吧。"

"谁是挑刺鬼？"

"管他呢，好了，吃饭吃饭。"

曼迪把跟行李袋挂在一起的木桶拿了下来，递到了纳威手上。

"那你去领餐吧。今天的打饭重任就交给你了，去厨房把食物盛进这个木桶就行。"

"厨房？"

"那边不是有道隔板墙吗？"

曼迪指着舰舷。的确，在前舱口的内部可以窥见一道从右舷连至左舷的木墙。

"厨房在墙的另一头，隔板墙左右各有一扇门，你们从左侧的门进去取餐，然后从右边的门绕出来即可。哦，对了，取餐的时候要递出木桶，报上餐桌号。"

正如曼迪所言，纳威望见手持盛餐木桶的水兵接连走进敞开的门，于是他也拎着两个餐桶走进厨房，刚一进门，金属灶加热过的空气就缓缓包围了纳威。前边排队的人渐次减少，终于轮到了纳威。前台有个类似剧院售票处的出餐口，那里站着一个头顶光秃，面色严肃的厨师。

纳威把餐桶摆在柜台上，报出了自己的餐桌号"七号"，然后厨师在一只桶里装入饼干，另一只桶里盛入了煮好的牛肉块。

纳威捧着木桶，绕着厨师和助手工作的空间转了一圈，从来时相反一侧的门回到了排列着大炮和餐桌的大舱室。纳威刚回到餐桌边，拉姆齐就抱着铜制水壶从后边跟了过来，拉姆齐开始把水壶里的东西倒进众人的啤酒杯里，里边装着的是啤酒。

盖伊嚷嚷着所有的啤酒杯必须满上。

"好，开始吧。今天轮到赵了。"

"哦，对。"赵背过身，从餐具柜里拿出一个木盘，科格开始切牛肉，切好的牛肉和饼干一起放在盘子里，但盘子并没有分到众人面前，而是在餐桌上排成了两列。

"可以了，赵。"科格说。

"嗯，那么……纳威……"

突然被叫到名字，纳威一时间不知所措，可就在下一瞬间，食物就摆在了他的面前。

"杰克，科格，我，拉姆齐……"

赵接连报出了组员的名字，把配好的餐从右上角开始按顺序摆在了每一个人的面前，待赵把全组的名字报完之后，餐也分完了。

赵转向餐桌，看着自己和其他人的盘子说：

"还算凑合吧?"

"什么叫还凑合，"科格拿着叉子说，"今天切得很整齐，应该没什么差别吧。"

"刚才那个算怎么回事?"纳威问。

"哦，那个是能为我们的用餐时间带来和平的咒语，"曼迪说，"要是按平常的顺序发餐，就会有人为分量发牢骚，抱怨说'别把少的发给我'或者'你别拿多的'。所以就让一个人背过身去，在一无所知的状态下决定谁分到哪个盘子，这样就公平了。"

一块拳头大小的煮牛肉和四块大饼干，外加啤酒，这是纳威在舰上的第一餐。牛肉是在家里极少能吃到的佳肴。纳威一边把这当艰苦生活的慰藉，一边将之送入嘴里。但在咀嚼的过程中，这般希望很快就破灭了。这东西根本不像牛肉，口感好似橡胶，熬心费力咀嚼良久才变成纤维状，咸味在口中扩散开来，完全不似纳威所知的口感柔软，咬一口就汁水四溢的牛肉。他接着又吃了饼干，饼干充满潮气，口感十分糟糕。

看着眉头皱起的纳威，盖伊咯咯地笑了起来。

"新人好像不喜欢这顿饭呢。"

"这当真是牛肉吗？"纳威用叉子戳了戳肉一般的东西。

"嗯，当然是牛肉咯，不过都是用盐腌了半年以上的牛肉。"

"军舰上提供的都是这种食物吗？"

"喂，新人，"盖伊笑着说道，"稍微动动脑子就知道了吧？海上可不卖新鲜食物，也就是说没法经常补充，所以食物必须长期保存。"

拉姆齐咽了口肉，接着说道：

"除去饼干和肉以外，还有干豌豆和燕麦粥，以及奶酪和黄油，每天的食物就是这样轮换。"

"豌豆汤没那么难喝，你会喜欢的，"科格嚼着饼干说道，"燕麦粥也还过得去，但黄油干巴巴的，奶酪臭烘烘的，这个菜谱可不招人喜欢。"

"不过，最难吃的还是莫过于风急浪大时的伙食。"赵一边说着，一边把叉子戳进肉里。

"为什么在浪大的日子里吃不好饭呢?"

"因为没法开火,"杰克精神满满地回答,"海上风急浪大,军舰晃得厉害,要是使用明火,就有可能会引发火灾。"

"船上的火灾对船员而言意味着死亡,"拉姆齐说,"因为连逃的地方都没有。想象一下,家里着了火你却跑不出去,很可怕吧?"

"所以在风暴的日子里——"杰克说,"我们就吃冷水泡的豌豆和燕麦粥。"

"我已经了解糟糕的饮食了,也知道大家都在忍着。"

"忍着?哪有这种事,"盖伊说,"我已经很满足了,以前在商船做水手的时候也是差不多的菜单,不过这里的量更多,最重要的是每天都能喝到酒。"

"对对,"曼迪附和道,"毕竟军舰的饭是皇粮,这伙食在海上算是最好的了。"

他兴高采烈地说着,咕嘟咕嘟地喝了口啤酒,然后放下了杯子,嘴唇上仍留着一圈泡沫的他转向纳威问道:

"喂,第一次上工感觉如何?"

"一开始不知所措,不过其实也没那么难,只是翻来覆去地拉紧放松绳子而已。"

餐桌上传出了安静的笑声。

"听好了,"盖伊说,"在船上很少用绳子这个词,索具一般都称为索。"

"在船上提到绳子,指的就是绞刑。大家都觉得不吉利,所以都不愿说。"拉姆齐说。

"绞刑？在船上？"

"仔细听好，"曼迪边说边把身子探到了餐桌前，"船上有不同于陆地的法律和规则，要是坏了规矩，就会倒大霉。"

"不能打架，最坏的结果是挨鞭子。"科格说。

"赌博也是禁止的，要进禁闭室。"赵加了一句。

盖伊又接着说道：

"偷盗当然也是重罪①。在陆地上是要被吊死的。在这个地方，你会被很多人鞭打，打得你宁愿一死。还有就是必须顺从长官，要是忤逆就是叛国罪，叛国罪最坏就是被处以绞刑。"

曼迪嚼着饼干说道：

"还有，虽然称不上犯罪，但没要紧事最好别去舰艉楼甲板，那里是军官们的地盘。要是我们这些平民在那乱晃，会被挥着鞭子赶出去的。军舰和一座小小的都市没什么分别，大人物住的是舰艉干净整洁的房间，而我们必须挤在这间大舱室里度日。"

此后，纳威从餐桌的同伴那里学到了舰上生活的基础，众人的话越说越多，甚至开始詈骂长官，但在宣告十三点三十分的三记钟声敲响之后，舱口处传来了被扩音筒放大的声音。

"一组的新人们，集合！去舰艏楼甲板，集合！"

"喂，有人找你们哦，"盖伊快活地说道，"赶紧走吧，慢慢腾腾可是会吃鞭子的。知道舰艏楼甲板在哪吗？那里是露天甲板的一部分，在前

----

① 彼时的英国从商店里偷出价值五先令的东西就会被绞死。

桅那边。"

纳威和乔治快步走向舰艏楼甲板，前桅跟前站着两个军官，其中一个是脸胖肚圆的中年男人，肩膀上坐着一只拴着绳的猴子，另一名军官约莫三十岁，长着粗壮的脖子和胳膊，一副粗鲁状。从服装上看，纳威猜想那个带着猴子的军官应该也是船副。另一个人头顶三角帽，穿着前面有双排纽扣的夹克。

粗鲁的男子在眉间刻下了深深的皱纹，抱着胳膊等待新人们的到来。他似乎对新人的数量了然于胸，待最后一人到达时，他用严厉的声音说道：

"我是肯尼斯·菲尔德，是这艘军舰上的帆缆长，不过比起这个……"

菲尔德突然大吼起来：

"太慢了！你们以为召集过去几分钟了？这帮废物，你们是乌龟吗？要是发生战斗或者暴风雨，慢一分钟就可能导致战舰覆灭。喊你们的时候就赶紧过来，混账东西！下回再敢迟到，就让你们尝尝'猫'的厉害！"

边上的船副以不紧不慢的口气说道：

"算了算了，菲尔德先生，像你这样威胁，会把新人们吓坏的，舰长也交代过，不要随便鞭笞手下。"

"失礼了，杰维斯四副，我当然会遵照舰长的意思，"菲尔德用手轻触帽子，简单地敬了个礼，"可我觉得从未披上红色格子衬衫的人就算不得真正的水兵，水兵在鞭子的磨砺之下，才能成长为真正的海上男儿，就像我自己一样。"

罗伯特·杰维斯四副咧嘴一笑。

"你是在炫耀自己过去品行不端吗?"

菲尔德清了清嗓子,转向新来的水兵们。

"这回把你们召集过来,不为别的,就是为了锻炼你们。任务就是任务,今后与法舰交战的可能性极大,因此舰长要的是优秀的水兵,不需要在甲板上爬来爬去的船虫。所以我要对你们展开训练!"

菲尔德仰起头朝上看去。

"你们瞧见桅杆上设置的踩脚点和樯楼了吗?

高度约桅杆一半的位置有个正方形的木制踩脚点。

"我会让你们从侧支索爬上去。"

所谓侧支索,就是从两侧拉住桅杆的网状绳索,自桅杆正侧面的侧舷拉出了十一根索,所有的索都被名为绳梯横索的水平延伸的索连接起来。

突如其来的难题令水兵们惊慌失措,不安地抬头望向樯楼。没错,副舰长确实提到过这样的训练,不料被掳走的第二天就降临到自己头上。"

"喂,史密斯,你先示范一下。"

菲尔德身边那个长着猪鼻,目光呆滞的帆缆手走向侧支索。只见他一把抓过侧支索的纵索,脚踩在船舷的边沿,扭身扑向了侧支索,然后他手脚并用抓住绳梯横索,像爬梯子一样朝着樯楼前进,在樯楼前,侧支索分为两部分,一部分通往桅杆,一部分通往樯楼边沿,史密斯不假思索地选择了通往樯楼边沿的路线。这条路线的斜度超过九十度,若想爬上去,就得背对着大海,手脚须比之前更加用力。尽管如此,史密斯还是毫不在意,一鼓作气爬上了樯楼。

"有劳，你可以下来了，"菲尔德向史密斯下了指示，随即转向了新人们，"史密斯刚才爬上了通往桅楼顶端的侧支索，若非历练老成的水兵恐怕难以做到，你们就老老实实地爬上与桅杆相连的侧支索吧。桅楼内侧有个叫'新手洞'的出入口，从那里可以爬进桅楼，明白了吗?"

不等新手回应，帆缆长就开始点名。

"你们赶紧上，那边的白痴脸和蠢蛋脸，你们先上。"

所谓白痴脸指的是纳威，而蠢蛋脸则是刚上军舰就晕船发作，呕吐不止的波洛克。

纳威的手脚开始颤抖——我绝不可能爬到这么高的地方。这般想法伴随着吐意奔袭而来。而波洛克反应尤甚，只见他脸色铁青，几欲流泪，浑身颤抖着哀求道:

"我、我不行，放、放过我吧。"

菲尔德快步走到波洛克跟前，一把拽住了他的衣襟。

"让我来教会你这脑子一团浆糊的蠢蛋吧。我是长官，在军队里头，长官的命令是绝对的，我叫你做你就做，胆敢顶撞，那就是违抗命令，少不了吃一顿鞭子，懂了吗?"

波洛克拧巴着脸，像极了挨骂的小孩，只听见他颤着声音说道:

"我、我明白了，求你别打，我怕痛。"

"那就赶紧给我上去，"菲尔德厉声说道，粗暴地放开了手，随即转向纳威，"你也别傻站着，赶紧给我去侧支索!"

在极度的恐惧下，纳威的手脚失去知觉，脑袋晕晕沉沉，眼下的状况仿佛与己无关。他刚迈出一步，乔治就拽住了他的肩膀，在耳边低语道:

"爬侧支索的时候千万别往下看，懂了吗？"

纳威并不知道乔治为何要提出这样的建议，但这句话还是牢牢地镌刻在他深陷恐惧而一片空白的脑子里。

两人奉命从右舷的侧支索往上爬，左舷的侧支索并未用于训练。之所以只限右舷，那是因为此刻的右舷是上风位置，如果从右舷往上，风就会吹向后背，姿势多少也能稳定一些。加之万一坠落也大概率会掉到甲板上，相比掉进海里，掉在甲板上要安全得多，不过若从相应的高度坠落，也免不了筋断骨折。

即便其中已有对新手的照顾，但纳威就连站上起点都踌躇不决。侧支索的末端固定于船舷上，这就意味着若要抓住侧支索，就得将自身暴露在海面上，而且从刚才开始，海浪就一直摇晃着舰身，虽不至于把人甩落，但这样的环境也给纳威施加了莫大压力。纳威用双手紧紧抓着侧支索。

"快，往上爬！"

菲尔德怒吼的同时，纳威终于下定决心开始行动，虽说如此，他却未尝表露出半分胆气。纳威先是如履薄冰地把脚踏上船舷边沿，接着又把脚踩在了侧支索的绳梯横索上，绳索陷了下去，令人胆战心惊，爬侧支索的感觉就像爬绳梯，可纳威从未爬过绳梯，而且今天是他头一次站在风浪摇晃的船上，因此根本就是手足无措的状态。

纳威紧紧抓着侧支索，一步步往上攀爬。与此同时，一个冷静的想法在他的心中萌生。仔细想想，眼下的状况不就等同于自愿行走于死亡之穴的边缘吗？索求船员性命才能航行的帆船是不正常的，人只要像人一样在陆地上起居就行了。

纳威的情绪彻底崩溃了，回去吧，准备挨鞭子吧。

正待放下脚时，上边传来了喧闹的声音，纳威抬头一看，桅楼员正从桅楼上探出头来，讥嘲着纳威他们。

风势减弱的时候，不知谁说的侮辱之词清楚地传到了下面。

"蜗牛们正在慢吞吞地爬哦。"

桅楼里传来一阵轻蔑的笑声。

"禁止窃窃私语！"

杰维斯四副怒喝了一声，大笑很快就平息了下去。在戏谑消失的同时，纳威的手脚再度萌生了向上的力量，他那因恐惧而萎靡的心被先前的嘲讽所激发的怒气填满了。

桅楼员嘲笑纳威是蜗牛。对纳威而言，这是最让他感到屈辱的恶言。他从小就跑得慢，和其他孩子赛跑的时候总是最后一名。每次跑输的时候都会被孩子们嘲笑成蜗牛或是乌龟什么的。对此他很是不忿，愤懑以挥拳或脚踢的形式时不时爆发出来，然而腿脚慢的问题并没有得到改善。从那以后，纳威对"快点""太慢了"之类的言辞非常敏感，要发奋给那些嘲笑他的人看，这样的意志几乎已成了他骨肉的一部分。

爬上去，粉碎那些喊蜗牛的水兵的期待——此刻，这样的心情触动着纳威，驱使他前往桅楼。纳威慢慢攀上了侧支索，爬到途中，为了看看到底爬了多高，他正欲低下头，但随即想起乔治的忠告，便打消了这个念头。在做鞋匠的时候，乔治也时常给出正确的建议，为他提供了不少助益。纳威很快就抵达了侧支索分别延伸至桅杆和桅楼边缘的岔口，他扭动身子，避开通往桅楼边缘的侧支索，迫近了桅杆。虽说离桅杆越近，侧支索就越窄，但纳威并未胆怯，而是小心翼翼地将手伸向逐渐变小的索眼，终于将手搭在了新手洞的边缘。

爬上新手洞，站在桅楼之上，他挺起胸膛露出微笑，看向了桅楼员们。看到原本鄙夷的人出现在眼前，桅楼上的人想必会露出兴致索然的表情，但事实并非如此，桅楼员们拍着手，笑容满面地欢迎纳威。在船上表现出勇气的人，无论地位如何，总是会受到称赞。

纳威就像掩饰尴尬似的低头往下看去，而从桅楼的缺口望见甲板的那一刻，他脸上笑容如泡沫般消失了，反射似的蹲倒在地。甲板就在下方，看得人心惊胆寒。纳威此刻才开始想，自己居然能爬到这么高的地方。倘若在攀登侧支索的途中往下一看，恐怕会因为恐惧而当场僵住，一动都不敢动吧。但更骇人的是桅杆仍在往上，从这里开始，还有几条更陡峭的侧支索向桅顶延伸，这上边并没有桅楼这般稳定的落脚点，有的就只有桅楼横木——上桅帆的下方的桅杆和横梁交叉而成的结构，远远望去只是一个小小的突出物。老练的桅楼员将全身的重量都寄托在如此脆弱的东西上边，在海风的吹动下不靠安全绳四处活动，真是一群不要命的家伙。

"喂，快瞧，"一个桅楼员俯瞰着下面说道，"那个家伙从一开始就一动都不动。"

桅楼员口中的人自然是波洛克，他仍在船舷附近，看起来只爬了两层横索。

"这可不行啊，"纳威身旁的桅楼员说，"瞧他这副样子，以后只能是擦地板或者抽污水的人了。"

终于，等得腿发麻的菲尔德举着拳头怒吼道：

"喂，你小子打算扮死人扮到什么时候？"

"上不去，"这个可怜的瓜子脸男人哭诉道，"再高就不行了，已经没法再高了。"

"在这个地方根本就不存在不可能这个词！"

菲尔德抓着侧支索，跃上船舷，从口袋里掏出一根鞭子，朝波洛克的屁股抽了过去。

波洛克惨叫起来，双腿一阵扑腾，乱蹬的脚尖偶然撞上了菲尔德的前额，帆缆长向后摔在了甲板上，他一时间呆呆地张着嘴，随即满面通红地站起身来，向手下的帆缆手下令道：

"史密斯，迪扬，去给我把他拽下来。"

于是史密斯和另一个大个子帆缆手上前拽住波洛克的衣服，将其拖到了甲板上。波洛克的肩膀撞到了地上。

"痛痛痛……"

菲尔德站在了按着肩膀想要站起身来的波洛克面前。

"你知道你做了什么吗？"

"什么？"

菲尔德用手指拨弄着鞭子的尖端说：

"你这粪坑里的苍蝇都不如的下等人居然敢对我施暴，这是决不能容忍的违反军纪的行为，你将受到审判，得到应有的处罚！"

波洛克的身体开始发抖。

"施、施暴？我不是故意的，只是脚偶然碰到了吧？"

菲尔德丝毫不予理会，继续说道：

"管教犯错的水兵也是军官的职责。史密斯，迪扬，给我把这家伙的衣服扒下来！当场喂他吃鞭子！"

帆缆手按住狂叫的新人，开始脱他的衣服。

"不、不要！救命！救命啊！"

新来的水兵们被即将降临于眼前的可怖惩罚吓呆了，但对于长年生活在军舰上的人生，这仅是见怪不怪的日常场景。有人嘻嘻哈哈，有人无动于衷，也有人对挨鞭子的倒霉蛋抱有同情。

波洛克被按住双臂，背对着菲尔德站了起来，他虽在拼死挣扎，但是脱身的希望渺茫。菲尔德仍拨弄着鞭子的尖端，面带残忍的微笑向牺牲者走了过去。

"慢着！"

"嗯？"菲尔德转过了身，看向叫住他的那个人。

阻止他的人是乔治。乔治紧绷着脸，但仍直勾勾地看着菲尔德。

"搞啥啊你？"

"请饶了他吧，他并不是故意踢你的，只是痛得两腿乱蹬，碰巧踢中了你。无论在你鞭打他之前，还是踢到你之后，他都被吓得紧闭双眼。"

"你对长官有意见吗？"

"我只是将所见的情形原封不动地说出来而已。这只是不幸的事故，并不是值得鞭打的事情。"

菲尔德只想赶紧撵走这个妨碍者，躁动的施虐欲令他迫不及待地想要挥起鞭子。但既然有长官杰维斯在场，这么做是行不通的。这位船副虽然严守规则，却也不是容忍无礼鞭打的人。于是菲尔德这样说道：

"你若想让我停止鞭打，就给我爬到桅楼横木上去。"

菲尔德露出了微笑，抬头望向远处的桅杆。

"桅楼横木是比桅楼还要高的落脚点，要是你能爬到那里再爬下来，我就不抽他了。再加上十分钟的时间限制，要是慢吞吞的，我可等不起。"

菲尔德一边用鞭子轻轻拍着手心，一边等着答复。他觉得这样一来，多管闲事的家伙就能打退堂鼓了。今天才当上水兵的人不可能爬到桅楼横木上去，何况还加了十分钟往返的限制条件。没有哪个新手敢接受这样的提议。

然而，乔治却轻咬着嘴唇说道：

"我去。"

菲尔德停住了手。

"你说啥?"

"可以开始了吧?"

不等对方回答，乔治就扑向了侧支索，快节奏地往上爬去。他的动作虽不似史密斯那般行云流水，但要比纳威老练不少。

这个飞速爬上来的新人为桅楼带来了一阵骚动，纳威也一时忘却了高处的恐惧，抓着侧支索，低头紧盯着乔治。

乔治已然爬到了侧支索的岔口，他和史密斯一样，选择了通往桅楼边缘的路线，继续往上爬去，他很快就抵达了桅楼，可他的目标并不在此。只见乔治并未爬进桅楼，而是继续沿着侧支索向上。他全然不顾军舰的摇晃和袭来的风，轻轻松松地爬上了高达一百二十英尺（约三十六点五米）高的桅楼横木。

就在这时，听闻消息的未当值的水兵们也纷纷涌到甲板上，底下登时骚动起来。回到甲板上的时候，乔治受到了诸多水兵大力拍背的粗暴祝福，可他并未沉溺于荣光，而是快步向菲尔德走去。

"不到十分钟吧?"

菲尔德使劲扯着鞭子。

"你这家伙,明明就有当水手的经验吧。彻头彻尾的外行是做不出那种动作的,"他咬牙切齿地说道,"在登记水兵之前应该问过有关职业的问题,他们说今天登记的新人里没有水手,你撒谎了吧?"

"他问的是来这里前的职业,所以我只说了鞋匠。你们又没问我以前做过什么。"

"这是诡辩!"

"好了好了,"杰维斯四副把猴子放在肩上,插进了两人中间,"确实,隐瞒水手的经验并不值得褒扬,但这样一来,知道他是一个优秀的水兵,不也挺好的吗?"

杰维斯四副带来的猴子叽叽地叫着。

"你瞧,蒙大拿也是这么说的哦。"杰维斯伸手抚摸着猴子的脑袋。

"唔……既然长官这么说了……"菲尔德退到了后面。

"那么,勇敢的水兵,你叫什么名字?哦对,是叫乔治吗?我会把你的事告诉舰长的。当然,你会从下级水兵晋升为上级水兵的。期待你今后能作为桅楼员大显身手。"

"遵命!"乔治向杰维斯敬了个礼,然后立刻转向菲尔德说道,"对了,帆缆长,你看说好的事情……"

"好好好!放开他!"菲尔德对着被释放的波洛克吼道,"废物东西!我早就看出你不中用,从今往后就给我一直在甲板上当差!"

随后菲尔德又冲着围在桅杆周围的新手们大叫道:

"你们也别给我发呆!训练还没完呢,下一个!快!"

爬桅杆的训练结束于表示十五点三十分的七声钟响之后。在船舷通道围观的餐桌组成员们向着纳威和乔治跑了过来。

"我看到了！"曼迪一把搂住了乔治的肩膀，"要是你有过当水手的经验，一开始就该说出来嘛。这样一来，你立刻就能登记成上级水兵了。下级水兵和上级水兵的待遇是不一样的。"

乔治并没摆出老行家的架子，而是淡然地说道：

"我当水手已经是很久以前的事了。在尝试之前，我也不确定自己能不能做到，幸好身体还记得爬上侧支索的感觉。"

"我都不知道乔治是水手。你在当鞋匠之前是在船上吗？"

"嗯，是的。"乔治简短地回答。

"放弃真是太可惜了，"盖伊说，"明明胳膊都生锈了，却还能做出那样的动作。你当水手的时候，是不是被人称为桅杆王子啊？"

"别说这种话，"曼迪说，"你很清楚船上的严酷吧？受不了不干也是可以理解的。"

"太酷了，乔治，"纳威两眼放光地说，"居然敢对抗这么可怕的人。"

"我只是……只是忍受不了蛮不讲理的暴力，仅此而已。"

*

之后的第一轮半班平安无事地过去了。宣告第二轮半班的四记钟声（十八点）一响，纳威等人下到中层甲板，在桌边坐定后，纳威说：

"现在开始吃晚饭是吧？"

"不哦，"曼迪摇了摇头，对纳威微微一笑，"晚饭前还有个重要的仪式。"

"仪式？"

"可别说得太夸张了，"赵无奈地说，"才没有什么仪式，只是分配酒而已。"

就在这时，拉姆齐拎着一个锡桶走了过来。

"生命之水来喽。"

拉姆齐把水桶放在餐桌上，盖伊则默默地打开餐具柜的锁扣，开始将里边的木杯分给众人，桶上绑着一个八分之一品脱的量杯，曼迪把桶里的液体舀满在量杯里，在提灯的照射下，杯中的液体呈现琥珀色。

随着量杯的轮换，纳威也模仿众人的样子倒酒，酒里没有一点泡沫，似乎不是啤酒。

"这东西是格洛格，"见纳威一直盯着酒看，曼迪说道，"朗姆酒加水稀释三倍，算是一天结束时发放的奖励，喝吧。"

纳威依照吩咐，将嘴凑在格洛格酒上，一股淡淡的甜味渗入鼻腔。

"这东西很适口，比啤酒喝起来更清爽。"

"兑过水了，"盖伊说，"朗姆酒本来就是烈性酒，喝下去喉咙会火辣辣的。军官可以喝不掺水的朗姆酒，真是个好身份呐。"

曼迪一口闷干了格洛格酒，放下杯子说道：

"接下来喝啤酒吧，"曼迪看着呆呆站着的纳威，"也就是说，可以吃晚饭了。"

*

纳威的初次夜间当值简直狼狈不堪。

他先是被夜晚的露天甲板吓了一跳。舰上零星的灯光微微照亮了周围，夜晚的露天甲板一片漆黑，就像是蒙了一层麻袋。露天甲板上的照明就只有用来防止两舰相撞的一对大油灯，因此舰艉楼甲板上还洒落了些许能够看清周围的光线，但自此往下的后甲板和舰艏楼甲板就是一片漆黑了，洒落在漆黑深渊的两处甲板上的唯一光源就是月光，而此月亮正被云层遮蔽。

在连旁人的脸都看不清的情况下还要继续干活吗？纳威深感不安，但终归只是杞人忧天。夜间航行的重点并非快速前进，而是尽可能不偏航。为此桅杆上的帆全都收了起来，以减轻受风的影响。没有操帆的命令，水兵们便背靠背度过悠闲的时光。虽说值班时严禁交头接耳，但纳威周围的人都在小声说话。谈话的内容是让菲尔德帆缆长惊掉下巴的乔治。在一成不变的舰上生活中，水兵们总是渴望新鲜的信息，什么都行。

"话说回来，那个新人可真强啊，三两下就爬到桅楼横木上面去了。"

"是啊，他轻松赢下了和菲尔德的赌局。"

"瞧瞧菲尔德那时的嘴脸，哎呀，简直太痛快了。"

"那家伙是什么人？好像是叫乔治吧，之前在什么船上工作？"

"乔治来这里之前是个鞋匠。"纳威说。

"嗯？你认识他吗？"

"我跟乔治在同一间铺子工作。"

众人纷纷聚集在纳威周围，开始抛出各种问题。但是当水兵们发现纳威能聊的只有作为鞋匠的乔治·布莱克，而对作为水手的乔治·布莱克一问三不知时，水兵们便一哄而散，离开了纳威。

三记钟声敲响，纳威在脑海中计算着时间，夜里的值班始于二十点，所以此刻是二十一点三十分，一想到还要再等五轮钟响，也就是两个半小时，纳威就郁闷起来。白天还能靠欣赏风景（说是景色，其实也只有海和天空），多少消磨一些时间。但身陷这般仿佛被封入墨水瓶的黑暗之中，意识不自觉地内收，脑海中浮现出的全是有关玛利亚的事。她大概也被困于绝望的牢笼中吧，一想到妻子的事，就感到胸口一紧，情绪瞬间沉重起来。就似罹患坏血病后，血从旧伤中涌出一样，纳威的内心流露出诅咒自身命运的情绪。要是没一时热心送岳父回家，要是能抵挡住去酒馆喝一杯的诱惑，要是喝完一杯就赶紧离开酒馆，只要选择了其中的任何一项，自己就不会被带到这种地方。玛利亚现在怎么样了？是不是悲伤过度泪流不止呢？一想到妻子泪盈盈的样子，纳威的心里就传来阵阵酸楚。

而就在这时，突如其来的某事，将沉浸在哀叹之中的纳威拉回了现实。

"呕，唔呕呕呕呕呕呕呕——"

这是在酒馆前后经常能听到的声音。先是滴落的液体撞击到甲板上的响动，紧接着是水兵们的叫嚷声。连同纳威在内，坐着的水兵纷纷站起身来，不知是哪个蠢人在黑暗中吐尽了胃里的东西。

"这他妈的是谁？吐到我身上了！"

愤怒的声音在咫尺之间响起，下个瞬间，纳威的脸上就挨了一拳。

"停下，蠢货！看都没看见，不要胡闹！"

另一个沙哑的声音怒吼道。

连人影都瞧不见的男人们在黑暗中横冲直撞。骚动的中心是一个被吐了一身而暴怒的男人，他朝着黑暗胡乱挥拳报复。在他的身边，有躲避拳头四下逃窜的人，有试图阻拦伸手去抓的人，也有不幸中拳蜷缩在地的人。还有人因呕吐物滑倒，场面一时间混乱不堪。

尖锐的哨声自舰艉楼甲板传了过来。

"你们在吵什么?"一个沙哑而阴沉的声音传来,"来人,掌灯!"

骚乱登时平息下来,水兵们纷纷变得似晒干的鱼一样老实。不多时,罗宾·罗伊登二副手里提着提灯走下后甲板。罗伊登二副是本舰最年长的军官,通常副舰长由该舰资历最老的船副担任,但罗伊登的位子却落到了默里手里,这意味着他作为副舰长实在是过于平庸。然而即便是再平庸的船副,也不可能平息不了一场夜里的风波。罗伊登举着提灯环顾着水兵们,眼前的景象实在过于悲惨。有人被气得面皮通红,有人被打得鼻青脸肿,有人淌着鼻血,有人裤子上沾着呕吐物,还有人单手握着酒瓶躺倒在甲板上。

罗伊登走近躺在地上的水兵——造成这般惨状的罪魁祸首——用脚尖使劲顶着他的肚子。

"喂喂,给我起来!"

水兵的反应很是迟钝,虽然在呻吟,却没有睁眼看罗伊登,明显已经醉倒了。

"你过来!"罗伊登向曼迪吩咐道,"去打点海水,浇在这家伙身上。"

"遵命!"曼迪敬了个礼,随即消失在下方的甲板上。

"好了,等一下再收拾这个蠢货,"罗伊登转头看向那个在盛怒之下疲弊不堪、气喘吁吁的水兵,他看到了那个水兵拳头上沾着的血,"从目前的状况来看,伤人的是你吧,霍兰德。"

"是的,长官。"霍兰德不服地抬起了下巴。

"你为什么要使用暴力?"

"因为这人吐在了我的裤子上。"

"嗯,可是把呕吐物弄到你身上的是躺在那里的蠢货,跟其他人无关，你为什么要伤人？"

霍兰德逐渐恢复了平静。

"那个……被吐了一身把我气得半死……所以我不把干出那种事的人揍一顿，就觉得不甘心……"

"然后呢？你挥出去的拳头打中那个蠢货了吗？他的脸上倒是连一点瘀青都看不到。你在什么都看不见的地方挥拳打人，让其他人受到了伤害，你可明白？"

"对不起，"此刻霍兰德的声音已细小得几乎被风盖了过去，"因为我一时头脑发热了。"

"头脑发热并不能当成施暴的理由，"罗伊登严厉地说，"我会把你的所作所为和那个蠢货的事一起报告给舰长的。"

霍兰德沮丧地垂下肩膀。罗伊登似乎认为他的暴力行径已经到此为止了，将视线从暴徒身上挪了开来。接着，他又将视线投向了纳威，纳威正用手捂着鼻子，可鲜血还是不停地从他的手指缝里潺潺流下。

"你没事吧？"

"只是流了点鼻血。"

"看样子流了不少啊，鼻梁断了也不一定。以防万一，还是让军医检查一下吧。你是今天才来的新人吧，知道医务室在哪吗？"

"我不知道。"

"那你知道厨房在哪吧？"

"是的，这个知道。"

"穿过厨房就是医务室，军医就在那里，快去看看吧。"

纳威道了谢，然后下到中层甲板。刚把脚迈进去，纳威的心脏就吓得几欲飞出。只见黑暗中有数个模糊的白色影子飘在空中。那些来路不明的白影几乎让纳威叫出声来，但他立刻就辨明了它们的真面目，那些东西是吊床，不当值的二组成员在里边睡觉。纳威露出苦笑，穿过躺在吊床上的那些人，走进了不见一丝烟火气的厨房，从那里打开了通往舰艏的门。

打开门的一瞬间，纳威又被惊得僵在原地。在医务室的中央，从舰艉方向的地板到舰艏方向的天花板，横亘着一根几乎有人体两倍粗的原木。这根圆木如独角兽的角般突出船头，是艏斜桅的一部分。房间被这一小段艏斜桅松垮地分割成右舷和左舷两部分，纳威进入的右舷一侧悬挂着八张吊床，其中一张吊床上躺着一个看起来状况很糟的男人。

"是谁?"左舷一侧传来了询问声。

纳威不知该如何作答，于是他穿过吊床向左舷走去。翻过艏斜桅时，左舷的情况清晰地映入眼帘。左舷一侧并没有吊床，取而代之的是靠墙摆放的带抽屉的药架和圆桌，圆桌周围放着椅子。

其中的一张椅子上坐着一个正在翻书的男性，这人年过四旬，眉间镌刻着深深的皱纹。他用浅灰色的眼眸盯着纳威说:

"来天堂等候室是有什么事吗?"

"我要找医生，我的鼻子挨了打，血怎么都止不住。"

"我就是本舰的军医。"

在对方表明身份之前，纳威完全没有这样的意识，因为眼前的男人穿着和帆缆长菲尔德一样的服装，纳威把对方当成了军官。

"你吗?"

"你不认识我，大概是今天刚被带到这里来的旱地佬吧。我是亚瑟·

莱斯托克，既是军医也是准尉，也就是你的长官。我可不是和蔼可亲的小镇医生，所以讲话请注意点，哪怕你不喜欢治疗，也别口吐暴言。"

纳威被莱斯托克那严肃的表情和言语吓得浑身僵硬，但军医的脸色旋即缓和下来。

"哈哈，开玩笑的。不管病人是谁，我都会平等以待。"

纳威紧张的神色逐渐缓和下来，在莱斯托克的影响下放松了不少。

莱斯托克拉开了圆桌边的椅子，让纳威坐了下来，然后递给他一块干净的布。

"把这个按在鼻子上，我看看有没有骨折。"

莱斯托克摸了摸纳威的鼻子。

"嗯，好像没断，止不住血有可能是鼻子里边裂开了，像这样暂时按住鼻子就行。对了，刚才你说被打，是跟人打架了吗?"

纳威把事情的来龙去脉一并说了出来，军医皱起眉头，喃喃自语道:

"看来明天中午又有活要干了。"

"什么意思?"

"到明天就知道了。对了，鼻子还疼吗?"

"嗯，还行。"

于是莱斯托克走到隔壁的架子边上，从抽屉里拿出装有琥珀色液体的瓶子，倒了四分之一玻璃杯，递给纳威。

"白兰地，多少能消除疼痛吧。"

纳威道谢后接过玻璃杯，缓缓将里边的东西喝了下去。咽喉里一阵火辣辣的麻痹感之后，一股暖意在胸中蔓延开来。

"感觉如何?"

"鼻子弄成这样，所以不大清楚滋味。"

"我不是问你酒，是问你舰上的生活如何？"

"当然很痛苦了，突然被抓到海上当水兵什么的。我家里有个怀孕的妻子，不过就算单身，我也不想在舰上生活，感觉自己就像是被扔进地牢的囚犯，当然往上走就能看到太阳，可外边风高浪大，待久了就会冷到不行，而且伙食也很糟糕，今天吃的牛肉又硬又咸。"

纳威目不转睛地盯着杯中摇晃的白兰地，寻觅着可以概括自己心情的言辞。

"说实话，我一点都不想待在这种地方，但实在是没有办法，只好在这里住下。我之所以能够忍受这种荒谬的命运，全凭想再度见到家人的心情。"

"被强迫与家人分离而来到这里的人并不只有你一个，倒不如说这艘舰上绝大多数水兵都是这样的人，但他们每天都和同伴一起欢笑。"

"只是漫长的航海冲淡了对家人的思念吧？"

莱斯托克摇了摇头。

"你刚才不是也说了吗，因为没办法，所以只能待在这里。当你面对自己无能为力的事情时，是会选择哭着诅咒命运，还是笑着苦中作乐呢？"

纳威缓缓地转动着杯子里剩下的白兰地。

"你听过快乐水手的故事吗？对陆地上的人而言，水兵们就是一边唱歌一边工作，和同伴一起喝酒欢闹的印象吧？可他们并不是因为开心而唱歌欢闹的，只是为了忘却严酷的舰上生活，想用歌与酒来创造乐趣。要是你想过挺直腰板的生活，那你也该这样做。"

"您对我真是太好了。"

"我虽是军官，但同时也是军医，对痛苦的人实在没法不管不顾。好了，血止住了吗？"

鼻血虽然止住了，但喘不上气的感觉犹在。纳威把剩下的白兰地一饮而尽，道完谢后站起身来。

莱斯托克给了纳威最后一个忠告。

"在绝望中寻觅小小的希望吧，没能做到这点的人，全都主动化为海上的碎藻消失了。"

之后，纳威返回了后甲板，骚乱已经彻底平息了，余下的当值并未发生什么特别的事情。八声宣告交班时间的钟声响起，纳威一边打了个哈欠，一边伸了个懒腰，时间是零点，这是纳威头一次这么晚睡。熬夜是不缺蜡烛的有钱人专属的奢侈，在陆地上时曾万分向往，但在黑暗中无休无止地等待只是一种煎熬。

"辛苦了，"曼迪说，"一天下来，你对这里的生活有啥感想？"

"活着都那么苦了，哪有闲心去发表感想。"

夜幕笼罩的甲板上响起了扩音筒的声音。

"今天被征召的新人，去底层甲板领取吊床！"

"你知道底层甲板吗？"曼迪说，"下了中央舱口后应该马上就能领到吊床，大概不会迷路吧。不过还得教你怎么用，我领你去。"

曼迪从连在船舷上的吊床箱中取出自己的吊床，带着纳威走向中央舱口。刚下到底层甲板，就看到主计手们正在分发吊床。告知来意之后，领到一张吊床和两条毯子，其中一条是备用的，换洗的时候可以使用。

拿到寝具后，纳威走上舱口，却在下层甲板上被曼迪拦了下来。

"喂喂，你想去哪？我们的床铺在这边哦。"

曼迪指了指舰艉。

"咦？但这里是下层甲板吧?"

"吃饭和睡觉不是在同一个地方。在中层甲板的那张桌子吃饭，并不意味着要在那个地方睡觉。睡觉的时候不按餐桌组，而是当值组的人凑在一起睡觉。要是分开来睡，半夜当值的时候就会有人偷懒吧。"

"也是，在一片黑暗中没人搞得清楚。"

下层甲板上，刚值完班的水兵们正忙着就寝的准备，人的密度大到不小心就会撞上去，但按曼迪的说法，这里似乎还有富余。

"舰体停泊的时候，会有两倍的人睡在一起，因为停泊的时候没有晚班，所以现在在上头的那些人也会睡在这里。到了那时候，每次早上起床时就会觉得喘不上气，就像把头塞进装满燕麦的麻袋里。"

纳威所在的后甲板右舷组睡觉的地方也在甲板右舷，旁边是用来排放船底积水的链式水泵。

吊床悬挂在梁上的挂钩上，曼迪先把自己的吊床准备好，然后就拿过纳威的吊床。

"看，先把吊床放低。"

曼迪巧妙地操纵着吊床上下的绳子，做出一个挂在钩子上的吊环。由于扎吊环时留了足够长的绳子，所以挂在钩子上的吊床就到了膝盖以上的高度，而另一边，隔壁曼迪的吊床则差不多在肚脐以上的高度。

"这样高低错落地躺着，哪怕人多也会显得宽敞一些吧。"

纳威想要躺在吊床上，但这个陌生的寝具却似磨人的婴儿般扭动着他的身体，将正待爬上去的纳威甩落到甲板上，摔了个屁股蹲。

"像你这样战战兢兢地躺进去是不行的哦。爬吊床重在气势，我来做个示范，你仔细瞧好了。"

曼迪用右手抓着吊床的里边，先把右脚放在上面，左手为保持平衡而伸得笔直，左脚狠狠地蹬向甲板，令身体腾了起来，然后就这样扭动身体，仰面躺倒在吊床里。

"诀窍是在跃起的一瞬，有意识地用右手一拽，把左脚放在右脚旁边。"

纳威照他说的试了一下，由于吊床比曼迪的低，所以没费什么力气。他扭动着身子坐进吊床，纳威很担心睡觉的时候会不会掉出去，但睡意旋即将他迅速地包裹其中。纳威累到不行，在不熟悉的环境下很快陷入了沉眠。

在海上最初的一天就这样结束了。

*

"全员起床！"叫醒水兵们的声音冲下舱门，传到了下层甲板上。

纳威仍觉得困意缠身，只想被吊床包裹着，但周围的水兵们已经开始起床，准备开展新一天的工作。

"喂，快起床吧，不然帆缆手会把吊床的绳子割断的。"曼迪摇晃着吊床里的纳威。

"还很困啊，现在几点了？"

"喂喂，别睡迷糊了，值班是四小时一轮，所以是四点。"

"冷静想想，要是连四小时都睡不够，脑袋肯定会晕乎乎的啊。"

"睡不够的话等下一轮歇工再继续睡吧。总之先起来。"

无奈之下，纳威想先把左脚放到甲板上，但脚还没着地，吊床就转了半圈，把纳威甩了下去。

"好痛！"纳威的半个身子撞在了甲板上，疼得半死。

"忘了告诉你，下吊床的时候更要小心，你醒了吗？"

虽说睡意骤然淡薄下去，但倦怠依旧笼罩在纳威全身。身体就像盖上了湿毯子一样沉重，关节好似生锈般难以移动。

"瞧，先把吊床卷成一团，放在露天甲板的吊床网上。"

纳威在曼迪的协助下，将吊床卷成细长的香肠状。登上露天甲板收起吊床后，等待水兵们的是甲板的清扫工作。

众人拿到一块《圣经》模样的方形石头，并被命令打磨候补军官们撒过沙子的地方。为了不弄脏裤子，水兵们要先把裤子卷到膝盖之上，然后匍匐着擦着地板，但冰冷坚硬的甲板毫不留情地摧残着水兵们的膝盖。擦完一遍后，候补军官用海水冲掉沙子，水兵们又得到了打扫新场所的指示。早上的值班就似这般循环往复。

纳威受命做着擦地板的杂活，作为鞋匠的自尊遭到了伤害，就在他伴随着满腔悲愤和膝盖疼痛擦着甲板的时候，头顶传来了声音。

"喂，让一让。"

纳威抬起头来，那里站着一个有目共睹的丑男。这人左右眼睛就似杏仁配核桃一样毫不协调，鼻子更是像画出来的团子鼻，嘴唇很厚，自唇缝中可以窥见乱糟糟的牙齿。衣着邋遢，没戴帽子，没穿夹克，上边衬衫的纽扣松了两颗，裤子的膝部都磨破了，露出了里边的膝盖。

"没听见吗？让开让开！"丑男像驱赶家犬一样摆着手。

纳威往后退了一步，丑男跪在了纳威所在的位置。

"找到了，就是这个，"丑男用手指比划着甲板上的裂缝，"喂，把填絮①给我。"

他向背后拿着工具箱的助手吩咐了一声，那人马上把需要的东西递了过来。丑男随即开始用凿子之类的工具将其塞进缝隙里，待裂缝填满后，再换作木槌将填絮敲实。

"请问你在做什么?"纳威好奇地问。

"啊? 啥? 你连我在做什么都不知道?"

"师傅，这人大概是昨天带上来的新人吧。"给他递材料的助手说。

"难怪你不知道，这是在堵甲板上的裂缝，要是放着裂缝不管，水就会渗进木头里造成腐烂。"

"哦，这样啊。"

"对了，我是无所谓，不过你最好还是别这样和其他军官说话。"

"啊，军官?"

"对啊，"男人站起身来，"我是亨利·福尔克纳，这艘舰上的船工长，船工长的军衔是准尉。"

"对不起，长官。"纳威怕挨鞭子，慌忙敬了个礼。

"没事，我说过我无所谓，"福尔克纳转过身来命令助手，"喂，焦油。"

之前敲实的位置被涂上了焦油，裂缝彻底被盖住了。

"好，下一个，今天还有二十二个地方要修。别慢吞吞地，赶紧干活。"

---

① 将绳子揉散成纤维状。

福尔克纳领着助手前往下一个破损处。

*

上午两记钟声（九点）响起之时，不当值的新人又被召集。被集中在后甲板上的人脑海中浮现出了昨天爬桅杆的情形。这回又会被迫做什么呢，众人一边被恐惧折磨着心神，一边等待着后续发展。

后甲板上的约翰·考夫兰三副令新人水兵们的不安愈加强烈。这人是用眼罩遮住左眼的军官。坚硬的眉毛和小胡子威严地撇着，评估似的盯着新兵。

不多时，水兵们从中央舱口里陆续搬出了大木箱，待所有箱子准备就绪后，带领水兵们的首席卫兵长阿尔弗雷德·迈耶向考夫兰敬了个礼，然后报告说：

"手枪和短弯刀全都准备完毕。"

考夫兰默默地点了点头，然后好似融化的冰块般慵懒地站在了新人们面前。

"你们有没有经历过战斗？"考夫兰用一只眼睛瞪着新人们，突然问了一句，"当然不会有了。你们所经历的战斗，顶多也就是在酒馆跟人打架吧？在海战面前，这种打架连儿戏的价值都够不着。长载号的任务是巡航，假如发现敌舰，自然会投入战斗。按舰长的看法，在这种情况下，本舰绝不能有没法战斗的废物。"

考夫兰把随身佩戴的细剑连同腰带一起取下，啪地一声扔到了甲板上。

"因此我要对你们进行训练，让你们能够在战场上作出最低限度的应对。海战中支配战场的正是大炮，甚至有人说大炮的多寡决定了胜负，

66

但有时对敌舰的最后一击是白刃战，在两船帆桁几乎相撞的距离战斗，进入敌舰击垮敌兵，扯下军旗高呼胜利，这就是海上白刃战。"

考夫兰的嘴角立即舒展开来，仿佛在说白刃战才是战场上的精华。

"水兵们的武器多种多样，首先从最基本的开始……迈耶！"

虽只是被叫到名字，但首席卫兵长知道自己该做什么，只见他从木箱里掏出手枪和短弯刀，在考夫兰三副身旁站定。

"手枪和短弯刀，这两件正是水兵们在白刃战中的基本装备，首先从手枪说起。你们绝大多数人都是没有碰过手枪的，所以我就从头说明手枪的工作原理。"

手枪的结构比起纳威的想象要简单不少。若要使用手枪，必须抬起击铁，扣动扳机时，击铁会猛然向下，撞上药池上方的火镰，溅出火花。这是击发手枪时的动作。再装上引燃药、弹药和弹丸，就能发挥武器的效用。火花点燃装在药池里的引燃药，火焰传递到弹药上，引发爆炸，以足以杀人的力量从枪口里喷射出子弹。

对手枪的说明结束后，新人们领到了手枪，并被命令抬起击铁。迈耶卫兵长依次看过每个人的手枪，检查击铁的状态，随即考夫兰三副伸出手，命令众人举起手枪。随着"开火"的命令，扳机被扣下，喀嚓喀嚓的声音一齐响起。接下来是击发实际装弹的手枪，新兵们三人一组依次站在舷侧板前，听取迈耶关于装填引燃药，弹药和弹丸的指导。纳威被选进了最初的三人组，装填这些危险物品出乎意料地容易。扳起火镰，将引燃药倒入下方的药池，弹药和子弹只需装入枪口并用木棍压实即可。装填的过程中除了被叮嘱不得触碰扳机，并无其他告诫。当考夫兰下令举枪时，纳威等人伸出手枪指向了地平线。

迈耶检查了射手们的姿势，修正了错误的姿态。当三人全都正确地举起手枪的时候，考夫兰下令道：

"开火！"

纳威果断扣动了扳机，砰的一声，刺耳的声音传遍四方。射手们的眼前腾起了白烟，这是他有生以来第一次开枪，紧张感骤然褪去，没有击中的感觉，也没有内心的触动，毕竟只是在没有标靶的大海里喷射铅丸而已。

就这样，新人们不停地击发手枪，最后一组射完后，考夫兰下令收起手枪。

"现在我已经教过你们如何使用手枪了，但你们切勿觉得自己因此变强。手枪确实是一件优秀的武器，你可以用扣动扳机这般微小的力量将敌人打倒在甲板上，也可以攻击够不到的对手。但是依我看来，手枪的缺点多于优点。"

见新人们面露困惑的表情，考夫兰继续说道：

"手枪原本就是不甚确定的武器，即便想击倒远处的敌人，在摇晃不定的军舰上，子弹多半也会打偏，而且无法连击，发射一次弹丸就结束了。在白刃战的中途，因为左右都是敌人，自然没时间慢悠悠地重新装弹。听好了，手枪并不能守护你们的性命，就当是让子弹打头阵吧。在冲进敌舰之前，先朝敌军抱团的地方射击，这样的话，即便不刻意瞄准，也有可能打中人。射完的手枪要立刻抛弃，没装子弹的枪毫无用处。取而代之的是拿着它去战斗。"

考夫兰从木箱里拿出了短弯刀，在阳光下，涂有防锈油的刀身闪耀着晃眼的亮光。

"这才是水兵最重要的武器，要是刀能像手足般运转自如，那么在白刃战中存活的概率就会大大提高。打倒敌人就等于守护性命，从今天开始，你们每天都要训练短弯刀的用法，直到熟练为止。要是上手太慢，就给我做好在值半班的时候额外训练的准备吧。首先，迈耶先生会为你们展示基本的架势，之后会让你们进行实操。都给我瞧好了。"

首席卫兵长拿好短弯刀，摆出立正的姿势。

"预备！"

随着考夫兰的口令，他将握住短弯刀的右手放在腰间，左手抵在背上。

"刺！"

只见他把右脚向前伸去，同时刺出短弯刀。虽然动作极其简洁，但附加了体重的刀尖仍发出可怖的声响划破虚空。

"短弯刀的基础是刺，无论如何都不能做出双手握剑往下挥的动作，毫无遮掩的身体只会招致敌人的利刃，人体只需用刀尖刺入便已足够，刺穿脖子就能直接解决，哪怕刺中腹部，大多数人也会因为疼痛、流血和恐惧蹲倒在地，丧失斗志。刺就要刺得彻底。"

在这之后是实操的流程，每个新人都被配发了短弯刀。单刃短弯刀握起来沉甸甸的。纳威用力握住绑着粗绳的刀柄。所有的新人都保持足够的间距进行刺击。但仅仅重复了十次，纳威就感到手在发颤。

"蠢货！像这种软绵绵的攻击，别说敌兵，就连一张帆布都划不开。"考夫兰的怒吼声响彻耳畔。

然后还进行了其他架势的攻击和防守训练。当纳威等人终被放回去，已是六声钟响（十一点）之时。纳威迈着完成一天工作的码头工人般的步伐回到餐桌上。昨天被赞誉为帆桁王子的乔治也在考夫兰的严苛训练之下尽显疲态。

餐桌上已摆好了午饭。今天的菜色是盐煮猪肉和豌豆汤。

"你们两个好像累坏了吧?"科格有些担心地说。

"累是正常的,毕竟不当值也没得休息嘛。"赵一边往嘴里送豆子汤一边说道。

"舰长也真是不留情面,"拉姆齐边切猪肉边说,"这是要把昨天才当水兵的人来个彻底的特训啊。"

曼迪哼了一声。

"呵,这不是当然的吗?要是因为舰上都是废物而沉船的话,就会被打上无能的烙印的。"

"你们都不用训练吗?"纳威问。

"当然会定期训练的,"曼迪回答,"上级水兵除了训练短弯刀和手枪之外,还要训练火枪,因为有时也要爬上桅楼瞄准敌人射击,还有每周一和周四的炮术训练。"

周一就是明天了。

"看来是没工夫休息了。"纳威垂头丧气地说。

"天快黑了,还有下午的值班呢,先喝一杯养精蓄锐吧。"

盖伊把啤酒倒进纳威和乔治的啤酒杯里,开始唱起了歌。

> 何以解忧,酒有神效
>
> 军舰上的头号良药
>
> 虽想在烈酒中泡澡
>
> 小气的军官却不拔一毛

诸位还请痛饮啤酒，纵情欢闹

　　啤酒，啤酒，还要，还要

　　歌声配酒，餐桌上渐渐被欢快的气氛所笼罩，只要有人唱歌，其他人就会用喝干的啤酒杯或手来敲饭桌打拍子。纳威也和同伴们化为了喧嚣的一部分。正如军医所言，与其为休息不足而口吐不满，还不如和大家一起吵闹更能振奋精神。

　　可午饭之后，纳威又窥见了舰上生活的残酷一面，通知正午已至的八声钟响刚过，哨声就响了起来。

　　"全员在后甲板集合！惩戒大会！"

　　被扩音筒放大的菲尔德帆缆长的声音传到了纳威等人所在的位置。

　　"一定是为了昨晚的骚乱吧？"曼迪一边起身一边说，"得赶紧过去，要是去晚了，免不了要吃鞭子。"

　　后甲板上挤满了水兵，军官们一脸严肃地站在舵轮周围，水兵们只得保持着距离，以免侵入军官的领地。此外舰艉楼甲板上还站着一排身着绯红制服的海军陆战队士兵，营造了森严的气氛。

　　纳威在登上舰艉楼甲板的左侧舷梯旁看到了一个从未见过的物体。这东西由两片密闭舱口的格栅板组合而成，一片靠在高起的舰艉楼甲板墙上，另一个则压在立起的格栅板下面。两个格栅板用绳子绑在一起。迈耶卫兵长挺直腰杆站在格栅板的侧边，在他的身边有两个表情僵硬的水兵。纳威立刻认出了那两个人。一个是长相蠢如青蛙的男人，正是昨晚在甲板上大吐特吐，引发一时混乱的水兵，另一个则是被呕吐激怒，在黑暗中横冲直撞，结果导致连同纳威在内的数名同伴负伤的家伙。记得他的名字是霍兰德。

格拉汉姆舰长手持文件从后桅背面的舰长室里走了出来。他的眼里蕴含的光比任何军官都要严厉。当格拉汉姆行至向阳之处时，迈耶向舰长敬了个礼。

"准备完毕！"

格拉汉姆默默颔首，然后念出了手中文件上的名字。

"伊登·加纳，缝帆手助手。"

被叫到名字的人被迈耶手下的下士抓住，站到了舰长跟前。他用双手摆弄着摘下的帽子，缩着肩膀战战兢兢地窥探着舰长的表情。

卫兵长迈耶报告了罪人的情况：

"此人于昨晚当值时以醉酒状态来到后甲板，呕吐后弄脏了甲板。检查行李之后，发现了海军绝不会提供的酒。"

"这人是从哪里搞到酒的？"

迈耶舔了舔嘴唇，略微含混地说：

"好像是在南安普敦停泊的时候，从一个妓女的手里买来的……"

格拉汉姆从文件上抬起眼睛，南安普敦并未向船员发放登陆许可，来的是一艘载有妓女的小船。

"船来当时检查行李的是谁？"

舰长立刻呼唤起当事人。

"开普勒候补军官！"

军官队伍里跑出一个马脸男，这人摘下了三角帽，正欲说点什么，但舰长的裁决来得更快。

"你这是玩忽职守，在公审结束后，待下一个四声钟响为止，去侧支索那边反省！退下！"

舰长传下的命令是让他手脚绑在侧支索上暴晒，开普勒候补军官垂头丧气地回到队列中。绑在侧支索上不仅要经受风吹雨打，还会处于众目睽睽之下，是一种屈辱的惩罚。

格拉汉姆转向加纳。

"回到正题。加纳，你有什么要辩解的吗？"

加纳张开了嘴，却一句话都说不出。几度开口之后，总算颤颤巍巍地说出了一句话：

"那个……我不是值班的人，晚、晚上不用做事。"

"所以就能喝得烂醉了吗？就算不用干活，你怎么知道敌舰就不会出现？要是敌舰在夜雾中突然出现，你是打算迈着醉步进入战斗吗？"

加纳无言以对，唯有脸色苍白地站在那里。

"并非休假，却喝了不曾配给的酒而大失体统，简直是岂有此理。你的恣意妄为着实令人发指，判你鞭笞八下！"

水兵间响起了如海潮般的悄然低语。就算是醉酒呕吐弄脏了甲板，鞭打八下也算是严厉的惩罚。

两个下士从两边抓住了瑟瑟发抖的加纳，将他拖到了立起来的格栅板上。加纳以上身赤裸，手脚张开的状态被绑在了上面，两名帆缆手一边用手梳理"猫"的穗毛，一边在加纳的左右站定。海军陆战队的鼓手敲响了鼓，打出了令人惊恐的节奏，昭示着那一刻即将到来。

在纳威看来，这般击鼓助兴简直就像表演一样。没错，事实上这就是一场表演。在舰上犯罪的人究竟会有何等恐怖的后果——这是要每个人对此铭记于心的表演。

"开始！"格拉汉姆大声下令道。

站在右侧的帆缆手高高地挥起鞭子，猛击在了加纳白色的后背上，加纳发出了惨叫，后背留下了红色的狰狞爪痕。

"一！"首席卫兵长高声喊道。

紧接着，左侧的帆缆手挥起了鞭子，野兽般的叫声再度响起，红色的爪痕交叉在了一起。

"二！"

之后，两名帆缆手交替挥下鞭子。在纳威眼里，这是令人恶心的光景。每抽一鞭，加纳后背的皮肤就削掉一块，红色的创口自此显露。他的叫喊声缠络住了纳威的脖子，令他喘不上气，当一切终于结束之际，加纳白花花的后背已然变成了斑驳的紫红。

"这就是海军有名的红格子衬衫，"曼迪指着伤口告诉纳威，"有人开玩笑说水兵只要穿上红格子衬衫就算够格了，我可不愿意碰到这种事。你最好也当心点，要是情节严重，搞不好会吃更多的'猫'。"

从格栅板上释放的加纳当场萎靡在地，连自行走路都做不到了。军医莱斯托克和助手将其带进了医务室。

对蠢货的惩罚告一段落，格拉汉姆舰长浏览着后面的文件。

"埃里克·霍兰德，上级水兵。"

霍兰德走到了舰长跟前，看过刚才的鞭刑，他的脸已在恐惧下陷入僵滞。

首席卫兵长报告了霍兰德的罪行。

"此人昨夜当值时引发了暴力事件，多名水兵遭到殴打，其中数人受伤。施暴的原因是先前受罚的加纳吐到了他的腿上。"

舰长看着罪人说：

"霍兰德，你为什么要对加纳之外的人施暴？"

霍兰德咕咕地咽了口唾沫，鼓起勇气开始说话：

"我、我眼前一片漆黑，我本想向着弄脏我的混蛋挥拳，结果拳头打中了不相干的人。"

格拉汉姆摇了摇头。

"你的毛躁令人吃惊。对你的体罚本该是戴着镣铐绑在甲板上，可是根据记录，你在两周前就有打架的前科，名字已被列入了首席卫兵长的特别关注名单。如果姓名登记在案的人再度违反规定，将会受到比惯例更重的责罚，你可知道？"

"是……是的。"霍兰德支支吾吾地应道。

"那就命你去禁闭室充分反省。"

霍兰德瞪大了眼睛，就似被人用烙铁按了一下。他那僵硬不已的脸上笼罩着恐惧和抗拒，仿佛被宣判了死刑。水兵们一片哗然，远远高过对加纳的鞭笞命令。为了平息场面，副舰长不得不大喝一声"肃静"。

当霍兰德被首席卫兵长带走时，菲尔德帆缆长咆哮道：

"惩戒大会到此结束！各就各位，进入下午值班！"

水兵们从后甲板上四散离去，此刻四面八方传来了热络的嘈杂声。

纳威问曼迪：

"大家怎么这么激动？难不成关进禁闭室比鞭打还厉害？"

曼迪露出了意味深长的笑容。

"这艘船上有个迷信，凡是被送进禁闭室的人都会死得很惨。"

"这是怎么回事？"

"唔，待会儿我要去当值了，不管弗农五副再怎么温厚，要是成天喋喋

75

不休，他还是会喂我吃鞭子的。这事说来话长，你若有意了解详情，可以在晚餐时间去问盖伊，他很喜欢这个故事，肯定会快快活活地告诉你的。"

当天晚餐时，刚配完餐，曼迪就开口说道：

"喂，纳威好像很想了解一下禁闭室的诅咒哦。"

盖伊吹了声口哨。

"你是因为可怜的弗兰德被关进去了，所以才在意吗？"

"听说关进禁闭室的人都会悲惨丧命，是真的吗？"

科格露出了笑容。

"那个禁闭室有个说法，有个死去的法国舰长的灵魂附在里边。"

"什么？死去的法国舰长？"

曼迪一边说着，一边把豌豆汤拽了过来。

"盖伊，反正你总是跟新人讲这个故事吓唬他们，就告诉他吧。"

于是盖伊快活地说了起来。

"这是一则流传已久的传说，长戟号参加了桑特海峡海战①。长戟号在战斗中虏获了一艘名叫帕拉缪斯号的敌舰，将该舰的人尽数转移到长戟号上，俘虏之中还有敌舰舰长。地位高的舰长毕竟没法和其他俘虏一视同仁，因此唯有舰长被关在下层甲板舰艉区域的禁闭室里，其他俘虏则被塞进了腾空的船舱。这样一来又如何呢？翌日一早，送饭的海军陆战队士兵发现了死去的法国舰长，他把裤子绑在横梁上，上吊自尽了。舰长可能是无法承受自己的军舰覆灭之痛吧。死者按照礼节被水葬了，但真正的故事从这里开始。"

---

① 一七八二年，美国独立战争中英国海军和法国海军之间的战斗。

盖伊喝了口啤酒，又接着说道：

"长戟号和其他战舰一起踏上了返回英国的归途，据传有两个水兵因为胜利而得意忘形，玩了严禁的赌博，赌博暴露后被关了进去。当天晚上，禁闭室里传出了惨叫，赶来的陆战队队员一进去就看到两个戴着脚镣的受罚者吓得浑身颤抖，按他们的说法，两人看到了一团飘在空中的苍白光球，这事很快就在舰上传得沸沸扬扬，法国舰长的魂灵现身成了众人议论的话题。到此为止还只是怪谈，但接下来发生的事令长戟号陷入了恐慌。"

"发生什么事了？"

"其中一个受罚的水兵在释放后的第二天从桅杆上坠亡，那家伙是个老练的水兵，而且当天风也不是特别大，所以很难想象他会从桅杆上掉下来。几天后，另一个受罚者也遭遇了悲剧。那天长戟号遇到暴风雨，那场风暴大得可怕，几乎能将整艘船掀翻。当风暴平息后，众人又发现了一件惊人的事情，在这场风暴中丧命的就只有他一个人。虽然出现更多的牺牲者也不足为奇，但风暴就似盯准目标一般，只带走了那个赌博的水兵。一周之内，两个被送进禁闭室的人都死了，大家都说法国舰长的亡灵还在禁闭室里，被送进禁闭室的人会遭到诅咒。"

纳威忘了吃饭，全神贯注地听着盖伊说话。

"还有被关进禁闭室而死的人？"

"嗯，当然，还有很多哦。"

"说得可真吓人啊，却连个名字都报不出来，"赵冷淡地说了一句，"大家都很怕这艘舰上的禁闭室，但自从我来到这里，实际进入禁闭室的人还一个都没死过。"

"这么说来，这事全是胡说八道了？"

"不完全是胡扯，"曼迪说，"法国舰长在禁闭室自杀确有其事，之后被关进禁闭室的两人相继死亡应该也是事实。但事实上并不是在一周内相继死亡，或许是半年，或许是一年，反正是被关进去后很久才死的。到底是怎么死的也不清不楚。从桅杆上摔死的那个据说是在风大的夜里被迫收帆才出事的，另一个人则是和其他水兵一起被海浪卷走的。"

曼迪喝了口啤酒，然后总结道：

"总而言之，舰上的人处于封闭的环境，闲着没事，便会对一些小事不断添油加醋，扯得天花乱坠，大家以此取乐也是常有的事。法国舰长亡灵的故事是这艘军舰上最有名的传言，所以每当禁闭室的人被放出来，大家都会议论纷纷。"

"不管怎么说，被关禁闭室都是极力想避免的惩罚，"拉姆齐说道，"因为不仅会被关进黑暗的房间里，还要戴上镣铐，锁在地板的铁条上。也就是说，得一直坐着，不能自由活动，就这样持续一整天。光是听听就很要命……"

然后话题转移到了禁闭室的实际情况上，有关法国舰长亡灵的故事就此打住了。

*

翌日清晨的早餐是燕麦粥和饼干，燕麦被煮得稀烂，最后淋上糖浆。大家像果酱一样把调成甜味的燕麦粥抹在饼干上，然后默默地吃着。

吃完饭的曼迪把新木桶放在了桌子上。

"纳威，把今天的食物从炊事长的房间里拿出来吧。"

做饭的当然是厨师和手下，但要把战列舰全体船员的食材运至厨房，光凭他们几个是无论如何都做不到的。因此按照海军的惯例，餐桌组要派一人去炊事长的房间里领取组员的食物，然后送进厨房。

"炊事长的房间在底层甲板的舰艉那边。你可以从前舱口进去，这个时间其他组也去取食物了，应该能找到的。"

纳威双手捧着木桶下到底层甲板，当他抵达阴湿的底层甲板时，众人已在右舷的房间前排起了长队，每个人都拿着木桶，纳威心想那一定是炊事长的房间，便排在了队伍的最后。

领取到小组配给的取餐员们接连出了房间，终于轮到纳威了。炊事长房间的气氛类似岳父肉店的后院。门的右手边是一个木制的切肉台，炊事长正挥舞着切肉刀，把腌肉切成一组的分量。切肉台另一侧的墙边摆放着约莫齐腰高的大桶，里边是切开的肉、干豌豆、燕麦和饼干。桶边还有放置奶酪的架子。桶前站着炊事长的手下，取餐员报出餐桌号，从他那里领取食材，纳威也跟着领到了食物。

当饼干装入木桶的时候，吊在天花板上的提灯照亮了其表面，纳威瞥了一眼，蓦然发觉上面有白色的斑点。他心觉诧异，为了看个清楚，便探头向递过来的桶里看去。

饼干上蠕动着白色的斑点，当纳威辨认出其真身时，不禁发出了惨叫。

"哇！这些饼干算怎么回事？"

纳威将装着饼干的桶往前一推，就似要将其顶回去似的。白色斑点的真身是活蹦乱跳令人作呕的蛆虫。纳威打心底里怕得发抖，但其他人的反应却平淡而冷漠，炊事长、其手下，以及排在纳威身后的取餐员都似看到惹人烦的醉汉一般，向其投来了厌恶的目光。

"吵什么吵?"

纳威转向声音传来的方向,看到门口站着一个身穿军官服装的人。那是一个四十岁左右,有着薄眼皮和鹰钩鼻的男人。他神经质地用手指玩弄着垂在肩上的辫子,嘴里嚼着烟草,摸着辫子的右手手背刺着骷髅的文身。

"帕克主计长,"炊事长笑道,"这家伙好像不喜欢饼干里的驳船船夫①。"

主计长威廉·帕克将烟渣一口吐在了横梁上的木桶痰盂里。

"你就是南安普敦来的新手吗?"

"是、是的……"

"蛆虫有什么好大惊小怪的。昨天和前天你不是都吃过饼干了吗?"

"可是那时我吃到的饼干上并没有蛆虫。"

"对啊!"帕克对此嗤之以鼻,"无知真是太好了。蛆虫只是在厨房里被处理掉了而已,你吃的饼干原本也爬满了蛆虫。"

听闻这样的事实,纳威只觉得喉咙一紧。

"别总是一副旱地佬的思维。饼干就是长蛆的,肉就是腌得像石头一样硬的,黄油就是干巴巴的,奶酪就是臭得刺鼻的,全都是理所应当的事情。这些是海上的常识,要是有意见的话,我可以取消你的口粮。我掌管着本舰上的所有物资,想怎么做就怎么做。"

对方傲慢的语气令纳威很是恼火,他紧咬牙关,强压着怒气说道:

"我又不是不吃,只不过被突然冒出来的蛆虫吓了一跳。"

---

① 对蛆虫的趣称,驳船是饼干的比喻。

"哼，那就赶紧去厨房吧。因为你的缘故，配餐队伍都停了。"

当食材送到时，厨师吩咐纳威把肉放进装满水的盘子里，把饼干装进麻袋，地板上已经放了好多个装饼干的麻袋，纳威终于得知厨师是如何去除蛆虫的。麻袋口子张得老大，可以窥见里边的饼干。饼干上摆着装有死鱼的盘子，比起干燥的饼干，蛆虫们似乎更中意含有水分的鱼。它们纷纷爬出袋子，在盘子上蠢动着。厨师则拿起爬满蛆虫的盘子，打开炮门，连鱼带蛆一起倒进大海。再把新鱼装进盘子，又将其放在饼干上。通过这样的循环，尽可能地去除蛆虫。

当纳威把桶带回餐桌时，那边只剩下曼迪一个人了。

"拿好了。"

"辛苦了……咦，你咋了?"曼迪注意到纳威泄气的脸。

"没什么，我看到饼干上有蛆虫……"

"哈哈哈，"曼迪快活地笑了起来，"你是遇见了驳船船夫吗?"

"大家怎么都这么淡定啊，就连主计长都说饼干爬满蛆虫是理所当然的。"

曼迪的笑声消失了，只见他眉头一皱，就似蛆虫爬进了嘴里。

"你跟主计长说过话了吗? 那家伙很惹人嫌吧。"

"是啊。他还威胁我说，要把我的口粮给停了。"

"记好了，主计长是被所有人讨厌的家伙。"

"他性格有这么糟吗?"

"性格的确不好，但更要紧的是职务本身。主计长掌管着舰上的所有补给，以及船员工钱和补给的分配。你知道这是怎么回事吗?"

"这活太轻松了吗?"纳威并不明白，于是随口应了一句。

"不是哦，"曼迪摇了摇头，"因为他可以欺上瞒下。食材有时会被老鼠啃食或者淹水而报废，负责记录这部分废弃食材的正是主计长。只要他写下比实际损失更大的数额，就会出现既进不了我们的肚子，又不存在于船舱中的食材。主计长可以自由支配这些食材，比如在上岸的时候拿去卖钱。"

纳威惊诧地喊了出来：

"做了那样的事不会受惩罚吗？"

"可别误会了哦，没有任何证据表明主计长在做这种事，只不过是传闻而已。不过凭借职务之便，总有蒙混过去的办法。再说了，帕克主计长是水兵出身，为了弥补当水兵时体会到的各种不公，会对舰上的物资出手也毫不奇怪。水兵们都这么说。"

"主计长做过水兵吗？"

如此讨嫌的人，居然会以命相搏在桅杆上工作。纳威突然有些不敢相信。

"嗯，你瞧见他手背上的文身了吗？文身是水兵的文化，从候补军官晋升为军官的家伙身上是不会有文身的。军官的文身就是水兵时代的痕迹，从水兵打拼到军官，虽然很优秀，但怎么都尊敬不起来。"

曼迪摆出一副故事讲完的样子，抬起双手挺了挺腰。

"算了，反正主计长的活动场所是在不见天日的舰内，唯一的慰藉就是在当值的时候不用面对他。当值时需要面对的恶心长官，有菲尔德帆缆长一个就足够了。"

*

下午的四记钟声（十四点）响起时，上边下达了把餐桌、餐具和行李全都搬进船舱的命令。

"怎么了?"正在餐桌上和同伴闲聊的纳威问道。

曼迪边打开饭桌上的锁扣边说:

"昨天说过的,炮术训练要开始了哦。"

大队人马已在船舱排起了长队,混在其中的纳威心脏怦怦直跳。大炮是完全与己无缘的存在,昨天试射手枪的时候就很紧张,这回却要操纵比这大得多的铁块。而且大炮并非独自一人就能击发,而是须由数人组队操作。纳威担心自己的失误会给队员们带来麻烦。

少了餐桌和生活用品的甲板成了空荡荡的大空间。纳威在下层甲板上找到了自己负责的大炮。纳威那队的炮手里有两个熟悉的面孔,这对他来说无疑是一桩幸事。一个是黑人水兵科格,另一个是少年水兵杰克。

老兵们使用滑轮装置将炮门次第吊起,阳光从敞开的炮门射入,照亮了甲板。自然光照射之下的下层甲板不再是地窖,更像是半地下的仓库。

指导炮术训练的是弗农五副和另一名军官,那名军官的衬衫被壮硕的肌肉撑起,半张脸遮满了黑色的短须,外加峻刻的眼神,与其说是军人,倒更像是盗贼头目。

"诸位!"弗农五副大声喊道,"本日的炮术训练即将开始,不过有些人是初次参训,所以有请哈登炮长给诸位讲解一下操炮的基础,已多次参训的人也要认真听讲。"

被称为哈登炮长的魁梧军官走到了前面。

"新人们,我是炮长曼戈·哈登!虽说平日里负责大炮的管理,但也会像这样进行炮术指导,在开训之前,我先强调一件事。大炮是强力的武器，强到足以在一英里外的战舰上开一个洞。但若处置不当，也是极度危险的炸弹。相比火枪，发射炮弹需要多得多的火药。要是不小心点燃了火药，当即就能要了你的小命。在炮击训练中，首先要学的是如何正确地处理火药，快速发射的意图只是其次。"

哈登炮长顿了一顿，环顾着水兵们，威胁似的说：

"大炮决定着海战的成败，请务必认真训练！刚才我也强调过了，要是不按照规定的程序操作，大炮就会变成极度危险的东西。所以要是有人胆敢爱答不理，就一拳把你撂倒，我可不是嘴上说说！"

纳威咽了口唾沫。

"那我首先展示一下大炮发射前的流程，喂，邦兹！"

"到！"仪表堂堂的水兵大喊一声。

"你们队最擅长操作大炮，给他们示范一下。好了，其他人都聚在邦兹队的大炮周围，当然了，新来的人要在最前排观看！"

邦兹的大炮周围登时挤满了人，炮长威严地站起身来发出指示。

"为了让新手们都能看懂，先慢慢来，第一步，放开大炮。"

安装在木制炮架上的大炮两侧用吊炮索，后方用驻退索固定。吊炮索被松了开来，驻退索向后拉伸，绑在了甲板中央附近地板的环上，原本紧紧固定在炮门跟前的大炮被往后拉开，炮门和大炮之间遂有了足够的空间进行装填。

"好了，这样一来，大炮就从无聊的摆件变成了狂暴的公牛，接下来进入实际演示环节，在此之前先说明一下炮队的分工，炮队六人一组，队员会被分配从一号到六号的号码。"

哈登说明了操炮六人组的作用。

"一号是队长，负责装填弹药、瞄准和开火，二号调整炮身，三号装弹，四号用湿海绵擦灭炮膛中的火星，五号给队长递弹药，六号被称作'药猴①'，负责把弹药从装药室运到大炮处。把炮架推到炮门前是由二号到五号的队员负责，这门大炮的重量超过一吨，就算放在炮架上，单凭一个人的力量也完全推不动。"

哈登环顾了一下新手们的脸，然后继续说道：

"五号由新手们担任，你们只需从药猴手里接过弹药，然后将其交给队长。就像参加水桶接力一样简单，别跟我说做不到。好，现在请邦兹队进行实弹射击。会比较危险，各位离远一点。"

哈登搬起放在脚边带盖的桶形容器，将其递给了瘦长的少年水兵。

"那就开始了！"

负责装填弹药的三号水兵和药猴少年同时行动起来，斑斑白发的三号水兵向舱口跑去，炮弹被放置在舱口附近地板处的炮弹架上，炮弹架是围绕舱口设置的横木，上面挖有半球形状的凹坑，凹坑顶上放置着直径六英寸（约十五厘米）左右的炮弹，被打磨得锃光瓦亮，还涂了油。

少年水兵拧下容器的盖子，从里边取出一个装满火药的袋子，鼻子侧边长了颗大痣的五号队员将其接了过去，小心翼翼地递给了邦兹，邦兹把弹药筒装进炮口，一直把手探进炮膛深处。待邦兹离开炮口后，满脸不痛快的二号队员用推杆将其压紧，这时三号带着炮弹回来了，他在二号的协助下为炮口装填了炮弹，又将推杆塞了进去。炮弹和弹药紧贴在一起，当炮弹被充分推入后，为了将炮膛内的东西固定紧实，还需塞

---

① 英语为 Powder Monkey，指军舰上负责搬运火药的少年。

入一个海绵状的填充物，也要用推杆压紧。待炮击所需的一切全都装好后，邦兹将道钉模样的粗针插入导火索的插口，刺破弹药筒露出火药，再从摆在大炮附近的木箱中取出沾满火药的海鸟羽毛，插进导火索的插口，这根鸟羽就是导火索。

"好，推出去！"

哈登一声令下，两人将长杆抵在炮架后方，另外两人拽着吊炮索，将大炮移到炮门跟前。

"准备射击！"

大炮就位后，哈登喊了一声。随着这声号令，大号击铁被咔嚓一声拉起，邦兹站在大炮后方，将拉绳扯到极限，进入随时可以进行炮击的状态，令人窒息的时刻到了。邦兹队一动不动，只等哈登的号令。

随着海波的摇晃，当炮门一侧的船舷微微上抬时，哈登下令道：

"开炮！"

邦兹把绳一拉，击铁就落了下来，与此同时，炮队的所有成员全都捂着耳朵从大炮边跃开。沾满火药的鸟羽噗地一声被点燃了。须臾之间，雷鸣般的轰响接踵而至。纳威的膝盖被震得瑟瑟发抖，炮台甩着驻退索，以可怖的气势后退，直到吊炮索的伸展极限方才停止。遮蔽视线的硝烟和刺鼻的火药味弥漫开来，占据了大炮的周围。

大炮飞进了茫茫大海，但工作并未就此结束。被分配到四号的龅牙水兵抓起插在水桶里的海绵棒，走到大炮跟前，将羊毛做的海绵塞进炮口，大炮内侧传来了水化为蒸汽的声音。四号队员仔细地转动海绵，擦去炮膛中的热量和污垢。

待四号水兵离开大炮后，哈登说道：

"这就是炮击的顺序，必须经过装弹、移动大炮、发射、清扫四个阶段。确保完成每一个步骤，要是装弹不充分，炮弹就飞不远。大炮必须齐心协力才能推动，击铁一旦落下，就要立即跳开，否则会被炮架撞伤。无论情况多么紧迫，都不能怠于清扫，要是炮膛里还有火星，下回装弹的时候就会爆炸。都懂了吗？"

哈登啪地一下把手一拍。

"好，那就各就各位，完成一系列操作！"

由于并未配发弹药和炮弹，因此各队都在进行模拟操作；纳威从杰克手里接过想象中的弹药筒，摆出交付队长的样子，但移动大炮并不是只凭假把式就能解决，纳威负责炮架右侧的吊炮索。这是一项极费气力的任务。炮架上装有轮子，看起来很好移动，但即便用上了足以让肌肉哀嚎的气力，仍旧岿然不动。直到船身摇晃，甲板似下坡般下沉时，大炮终于向前迈进了几寸。纳威还以为只要完成最初的一推，之后就轻松多了，可没过多久，船身就荡了回去，甲板的斜角成了上坡，大炮也晃晃悠悠地停了下来。最后，当大炮就位之际，纳威的胳膊就像初生的牛犊一样抖个不停。

当所有炮队都把大炮推出炮门，拽起拉绳之际，弗农五副把扩音筒放在嘴边说道：

"接下来进行实弹训练，装药室里已经备好了弹药，'药猴'快过去拿！"

一听到实弹训练，纳威就不安起来，他对先前亲身体验到的那种压倒性的破坏力产生了深深的畏惧。大炮被拽了回来，以便能够装填弹药和炮弹，杰克带回了弹药筒，纳威接了过来，用震颤不已的手递给队长。

队长放入弹药，科格滚入炮弹，纳威盯着这一幕，仿佛这事关自己的生死。听到推炮的号令，纳威用尽全力拽着吊炮索，紧张和疲劳令他头晕目眩。

"奇数号大炮，准备射击！"

纳威的大炮是三号，正是奇数号。队长小心翼翼地抬起击铁，当所有的击铁都抬起时，所有人都在等待弗农五副的命令。设置在下层甲板右舷的大炮共有十四门，其中的一半同时开火，纳威预感这次的震动绝非先前可比。令人内心紧绷的沉默还在持续。

然后是弗农五副的一声怒吼：

"开炮！"

纳威立即跃离了大炮，接下来的爆炸声惊天动地，大到让人疑心这艘船会被炸沉。纳威被迎面而来的冲击波压倒，全身陷入麻痹。宛如柱子般喷出的炮火，裹挟着杀气后退的炮架，瞬间膨胀的硝烟，这一切都被纳威看在眼里，却并未留在记忆之中。他只是呆呆站着，眼睛被硝烟熏得生疼，泪水蓄满眼眶。

不多时，硝烟散去，从炮门中望见了苍茫大海的地平线。没有任何痕迹表明炮弹落在了何处，纳威所感受到的那种舰倾船覆的冲击被大海悠然地吞入腹中。

*

当天，纳威的半班是在昏昏沉沉中度过的，之前炮术训练的冲击余波未消，令他的头脑陷入了麻木。当第一轮半班结束后，就到了晚餐时间，就在这时，发生了一桩奇怪的事情。

就在杰克把行李袋和餐桶放下时，突然惊叫了一声：

"咦，这是什么？"

"怎么了？"赵搭话道。

"桶里有这个东西。"

杰克将桶里的东西举了起来。这是一把古旧的短刀，刀柄是木制的，整体雕刻着鱼鳞图案，中间镶嵌着绿色石头，设计极具特色。刀刃和刀柄的连接处锈迹斑斑，看样子是颇有年头的老物件了。

"我从没见过这样的东西。"

拉姆齐这么一说，其他人也纷纷表示赞同。

这时乔治姗姗来迟。

"怎么了？"

"喂，乔治，这把刀是你的吗？"

当曼迪展示短刀时，乔治作出了戏剧性的反应。只见他把眼睛瞪得滚圆，好似瞧见了幽灵一样，整张脸因恐惧而僵在那里。

"喂喂，你怎么了？"

曼迪担心地问了一声，餐桌长的话令乔治恢复了动作。他丝毫没有关注眼前的同伴，只是不停地转动脑袋确认四周。当乔治的目光转向中央舱口时，他倒吸了一口凉气，再度屏住了呼吸。

纳威循着乔治的视线望去，只瞧见某人上楼梯的背影。

"到底怎么了？你有些不对劲吧？"曼迪攥住了乔治的肩膀。

餐桌组的成员全都担心地望着乔治憔悴的样子，但他只是重复没事，根本不愿交流。因此这顿饭洋溢着尴尬的气氛。谜之短刀被放在了餐桌的一隅，乔治食不甘味，只是不停地看着短刀。很明显，他认得这把短刀，可自他身上散发出的沉重氛围堵住了众人想要询问的嘴。

八声钟响（二十点）之后，餐桌组的成员为了交班而走向中央舱口，乔治最后一个离开座位。而他并未立即去往自己的岗位，而是抓起了刀，用力推动炮门，撑开了一条缝隙。他从缝隙间把短刀抛进了漆黑如墨的大海。

第二章

惨剧开幕

在这之后，长戟号继续向东航行。自那天起，乔治时常若有所思，露出忧心忡忡的表情。纳威问他怎么了，他只是冷淡地回一句"不用担心"。

针对新兵的训练仍在继续，纳威学会了在攀爬侧支索时不要把体重过多地施加于绳梯横索之上，只用手臂的力量即可顺利登顶。但鞋匠出身的他并没有足够的臂力将自己的身体抬上桅楼。

在下级水兵中，爬桅能力提升最快的是加布里埃尔。他在被带到这里时，反抗心理曾一度非常强烈。纳威看到他攀登侧支索的速度，还是不得不承认对方远胜自己。加布里埃尔的个性可以用恶毒以蔽之，但令人恼火的是，一直以来，他都能颇得要领地将所学之物理解消化，并为己所用。

就在纳威过着这些规矩森严且单调乏味的日子的时候，凶案发生了。那是长戟号在丹麦沿岸航行时发生的事。

那天，就在西边的天空染上暗红色的时刻，自海面吹往岸边的风急遽增加，在舰艉楼甲板上负责指挥的格拉汉姆舰长一边盯着如流水般飘过的碎云，一边发出忧虑的叹息声。舰长的担心是有原因的，此刻长戟号所在的位置是海难事故多发的海域。从舰上望去，除去远处陡崖连绵而成的陆地外，似乎并无其他吸引眼球的东西。然而就在这片海域之下，从崖边延伸出去的几道条状隆起，宛如闪电的轨迹，在静候可怜的船只到来。那些隆起从悬崖边绵延至海岸，长约一英里。倘若是经验不足的舰长，哪怕船被海面吹来的风推移，也会误以为距离陆地尚远而心生麻痹。如此乐观的结果，便是船底被从陆地伸出的无形獠牙撕碎而遭遇海难。

"只留下主帆和中桅帆，把展开的帆也缩小两段。"

格拉汉姆下令收缩长戟号的船帆，以减弱强风的影响。

"逆风而上，舰艏朝十点钟方向，左舷全开。"

长戟号的船头朝上风方向倾斜了约三十度，另外三个主帆桁在可移动的范围内全部转向左舷展开，这样一来帆船就能缓缓地逆风而行。格拉汉姆正在谨慎行事，意图让帆船尽可能地远离那些暗藏恶魔獠牙的海岸。

然而，仿佛在讥嘲这般努力似的，海风将长戟号玩弄于股掌之间。强风吹来的方向起了变化，长戟号又开始被推向岸边。格拉汉姆舰长重新传下了改变张帆角度的命令，但在调整的途中，风向再度发生了改变。

"风很不稳啊。"默里阴沉地说。

格拉汉姆咂了咂嘴，经过一番苦斗，太阳已经藏匿于地平线之下，天空尽化为墨色，今宵是新月，周围的状况已经难以把握，潜藏恶魔之牙的海域仍在延伸，舰长想极力避免因强行往前而在浑然不觉之际近岸触礁，遂下了决断。

"前桅向左舷展开，主桅横帆，不要倾斜，保持平直，后桅向右舷展开。"

格拉汉姆舰长命令三根桅杆的帆桁全部打乱，这是一种名为交叉撑的操帆技巧，通过将帆转到迥然不同的方向，无论风从何处吹来，都能使推进力降至最小。格拉汉姆是想用该法来顶住无从捕捉的猛烈大风，防止被推到岸边。

"今晚是忍耐之时，只能祈愿明早风力减弱了。"

格拉汉姆回到了舰长室。

长戟号以几乎纹丝不动的状态迎来了深夜当值的时间，纳威沿着楼梯向上走去，与夜班结束的水兵们擦肩而过。风势依旧很大，他刚踏上后甲板，头发就瞬间立了起来，连海潮的气味都被强风刮得几乎消散。军舰正在纵向摇晃，没有下雨已是唯一的慰藉。

"今天的风可真大啊。"某人在背后向纳威搭话道。

纳威回过头来，黑暗中隐约可见一顶白色的毛线帽，说话的人是乔治。

"小心啊，别从桅楼上摔下来。"

"啊，谢谢。"

乔治被登记为上级水兵，分配的岗位也从舰艏楼甲板改为主桅的桅楼员。白天当值的时候，他和其他桅楼员一起收帆展帆，夜间当值的时候，他则作为瞭望员，独自攀上桅楼，观察有无异常状况。

乔治踩着侧支索上了桅顶，纳威靠着舷板坐了下来，经历了数次夜间值班，他早已得知除非天气极端恶劣，否则夜里几乎不用干活。有些和纳威在同一个部门的人甚至在这个时间段睡了过去。当然了，如果被军官瞧见，少不了当场吃一顿鞭子。

纳威坐下来还不到一分钟，就有人从他身边走过。紧接着，侧支索发出嘎吱嘎吱的声音，那个人开始往上攀爬。

究竟是谁呢？纳威十分惊诧，夜间瞭望员只有乔治一人，而他已经登上了桅楼，那究竟是谁在攀爬侧支索呢？

除去纳威，也有人注意到了那个神秘人物。

"喂！你在干啥？你不是当值的吧？"

是曼迪的声音。

数秒的沉默后，对方回答道：

"我只想吹吹夜风。"

"现在是睡觉时间。"

"我知道，吹一会儿夜风就下来。"

那人冷淡地回应完后，又开始攀爬侧支索。

"三更半夜，还刮着这么大的风，居然说要吹吹风？"曼迪不屑地说，"不知道他是哪来的，但怎么看都不像个正常人，是脑袋撞在横梁上力道太大傻掉了吧。"

纳威认出了刚才爬上侧支索的那个人，那无疑是加布里埃尔的声音，绝不可能听错。可加布里埃尔为何要上桅杆？如果只想吹吹夜风，站在甲板上就足够了。上边已经有瞭望员乔治了，难不成他是找乔治有事？他刚这么一想，却即刻摇了摇头，将这个念头从脑海中驱逐出去。加布里埃尔和乔治并不认识，自从被带上长戟号以后，因为值班时间不同，也无法熟络起来。因此加布里埃尔不可能为了见素不相识的乔治而特地爬上侧支索。

纳威抬头看向黑暗，就连桅楼的轮廓都无法看见，当然也不知道那两人是否在对话。即便天气晴朗，要是不大喊大叫，声音就无法从桅楼传到甲板上，在这般混乱的环境中，又怎么能听到说话声呢？

正当纳威对加布里埃尔古怪的行为感到不解时，耳畔传来了侧支索嘎吱作响的声音，那是有人从侧支索上爬下来的证据，乔治不可能一声不吭离开岗位，大概还是加布里埃尔，他在桅楼待了十分钟左右。

当加布里埃尔下到甲板时，纳威下定决心问了一句：

"你在做什么?"

"吹吹夜风。"

加布里埃尔并没有停下脚步，随口应了一句就快步离开了。在新月之夜完全的黑暗中，伸手不见五指。军舰在强风中猛烈地摇晃着。这人专程爬上桅楼，却又在十分钟后返回，越想越觉得行为异常。

纳威感觉加布里埃尔很可疑，开始胡思乱想。可接踵而至的一场异变，又将纳威那即将没入思绪之海的意识拽了回来。

就在咫尺，纳威仿佛听到了某物撞击发出的钝响，紧接着又传来好似从喉咙眼里挤出来的"呜"的一声，然后某物压在了坐着的纳威身上。

"哇，什么?"纳威吃了一惊，反射性地喊了一声。

纳威伸手去摸撞到自己的东西，那是一个人。

"怎么了?"某人在黑暗中叫了出来。

"我也不大清楚，"纳威站起身来，"但好像有个人晕倒了。"

周围的水兵们犹如被风吹过的麦田般骚动起来，每个人都想确认倒地的男人是谁，但新月之夜不带提灯的话，是不可能辨认出身份的。

"喂，谁帮忙拿个灯来，完全看不清楚。"某人说。

"什么事?"舰艉楼甲板传来了罗伊登二副的声音。

"好像有个人晕倒了。"

"来人，帮我拿个灯来!"想到之前也发生过类似的事，二副赶紧下了命令。

但事态比之前的呕吐风波要严重得多。直到罗伊登二副提着提灯下到后甲板后，这才搞懂发生了什么事。

倒在纳威身上的是埃里克·霍兰德，数日前霍兰德打破了纳威的鼻子，而现如今他也鼻血横流。再仔细一看，就连右耳也有血线流出，这可不是寻常状况。

"去找军医！"罗伊登下令道。

"怎么了？"声音是从上边传来的，是乔治在说话。

"有个水兵倒下了！"曼迪在风中大声喊道。

乔治没有回应，也没有从桅楼上下来。即便甲板上发生了骚动，也不能放弃瞭望员的职责。

数分钟后，莱斯托克赶到了现场。

"喂，借过一下。"

莱斯托克一边拨开聚集的水兵一边喊道，此刻在后甲板左舷当值的水兵们纷纷围在霍兰德周围，现场人满为患。

"太惨了，"军医刚看到霍兰德就说了一句，"是从帆桁上掉下来的吗？"

"不，是突然晕倒的。"

听到这话，莱斯托克皱起了眉头。

"还有救吗？"罗伊登二副问道。

军医检查完病人，然后说道：

"他已经死了。"

周围的人吃了一惊，人群开始骚动。

"鼻子和耳朵同时出血，就是头部遭到强烈冲击的明证，不会简简单单变成这样的，应该是发生了什么事情。在他倒下之前，有没有人看到或者听到什么？"

纳威立刻回想起来，在霍兰德倒地之前，他曾听到一记闷响。于是他把这事告诉了莱斯托克，军医命人再取几盏灯来。在四盏提灯的包围之下，莱斯托克小心翼翼地检查着霍兰德的头。

"就是这个，"军医盯着霍兰德的头说，"头顶的颅骨碎了。"

"怎么会这样？"罗伊登问。

"从伤情来看，应该是被什么又重又硬的东西狠狠砸了一下。"

罗伊登倒吸了一口凉气。

"军医啊，你知道你在说什么吗？"

"我知道，他一定是被某人杀害的。"

水兵们纷纷发出了惊呼，船上的人因病或者值班时发生事故身亡的事情并不稀见，但在舰内发生谋杀案实属特例。甲板上登时乱作一团，罗伊登厉声呼喊着："肃静！"

就在混乱转为窃窃私语之际，罗伊登二副问了一声：

"有没有人目击杀人的瞬间？"

周围并无明确的回答。本来在这样的新月之夜，连旁人的脸都看不清楚，是不可能目击那恐怖的一瞬的。

没有从水兵那里获得答案，罗伊登终于按捺不住，将目光投向了纳威。

"你叫什么名字？"

"纳、纳威·沃特。"

突然被问到，纳威有些紧张。

罗伊登瞬间眉头一皱，一定是听到了和"海军小艇"谐音的名字，心里咯噔了一下吧。

"沃特，受害者就倒在了你的身上，也就是说，受害者就死在你附近。你有没有发现有人靠近，或是有人从这里逃走吗？"

"我什么都没发现。这里很暗，风又很大，而且我还在想心事……然后就是一记闷响加上呻吟声，霍兰德突然倒了下来，把我吓了一跳。"

罗伊登二副叹了口气，就这样摇了摇头。

"是谁都好，快回答我！应该是有人悄悄靠近了受害者，你们有谁觉察到这种迹象了吗？"

回应他的唯有大风摇动索具的响动和海浪拍打舰体的声音。

"真是的，怎么一个人都没有！就算再怎么暗，风声再怎么吵，这么一大堆人，就没有一个能提供点有用的情报吗？你们都是些又聋又瞎的稻草人吗？"

"是诅咒！"某人突然说了一句，"一定是死去的法国舰长下的诅咒！"

"对，对对！"其他水兵也纷纷呼应道，"霍兰德被关进了禁闭室，那个法国舰长的亡灵盘踞的禁闭室！"

对于长期在长戟号上服役的人而言，法国舰长的亡灵就好比埋在沙滩上的骸骨。平时隐匿在众人的视线之外，但只要被大浪冲刷将沙子卷走，骸骨就会显露出来，向周围散布恐怖的情绪。

"肃静！都给我肃静！"罗伊登二副怒吼道，"法国舰长的亡灵是以前的水兵为了打发时间编造出的谣言，不可能是什么诅咒！"

虽以军官的身份为抑制混乱而口吐否定之言，罗伊登却在按捺着声音的颤抖。他自己其实非常迷信，对这种目不能见的存在抱有强烈的意识。

"我会把这事报告给舰长的，军医，请你下达搬运遗体的指示。伯克候补军官，我不在的时候这里就交给你管，其他人都给我回去当值！"

罗伊登二副进入了舰长室，霍兰德的遗体被防水布托了起来，就这样消失在楼梯底下，聚集在霍兰德周围的水兵们也迈着沉重的步伐回到了自己的岗位。

夜幕之中，纳威回溯着记忆。确实，在霍兰德倒下的时候，自己正在思索加布里埃尔的可疑行为。周遭一片漆黑，风和浪淹没了一切细小的声音。但即便如此，自己竟会完全没有注意有人接近吗？到目前为止，夜间值班的时候还是能感觉到他人的动静。哪怕月亮被厚重的云层遮蔽，或是在这般风急浪大的时候，一旦有人靠近或远离，也马上就能知道。事实上，当加布里埃尔靠近的时候，自己当即就觉察到了。似这般浑然不觉是很不正常的。纳威的脑海中浮现出了连长相都不知道的法国舰长的身影，身体猛然哆嗦起来。

*

当清晨的四声钟响（六点）鸣响之际，格拉汉姆正在军医的陪伴下前往位于上炮列甲板上的舰长餐厅（专供舰长招待来宾或军官时使用），他刚确认过昨夜遇害的水兵的遗体。舰长在听完莱斯托克的说明后，对霍兰德之死并非意外表示了认同。今天下午，霍兰德将以水葬的形式送到上帝的跟前。他得以从极其严苛的舰上生活的环境中解脱，获得永远的安宁。但活着的人必须解决掉杀人这个重大问题。格拉汉姆一边走，一边微颤着肩膀，身为一舰之长，决不能容许杀人犯出现在舰内。

格拉汉姆推开了舰长餐厅的门，坐在自右舷延伸到左舷的桌子边上的众人全都把目光集中在舰长身上。这些人分别是副舰长、船副、代理船副、航海长、帆缆长、炮长、船工长、主计长、首席卫兵长、随军牧师、厨师、教师、军医助手、武器管理员、缝帆长。军衔高于下级军官的人全都聚集在了一处，格拉汉姆和莱斯托克落座后，会议正式开始。

　　"我已经听说了，"格拉汉姆舰长皱着眉头说，"昨天深夜值班的时候，后甲板上有一名水兵被杀了。死者是上级水兵埃里克·霍兰德，他的头部被某人用钝器敲击，而应该受到审判的杀人凶手尚未落网。"

　　军官们认真地听着，即便是经验丰富的军官，也几乎没有所搭乘的军舰上发生谋杀案的经历。军舰本就是与世隔绝之地，没有可供逃亡的去处，杀人凶手自然会被处以绞刑。在这般封闭的圈子里杀人，就是名副其实的作茧自缚的行为。

　　"杀人案发生当时，负责夜间值班的是罗伊登二副。现在有请他说明当时的情况，罗伊登先生，交给你了。"

　　"遵命！"

　　罗伊登简略地告知了昨夜的所见所闻。

　　二副刚把话说完，帆缆长菲尔德就说道：

　　"凶手绝对就在后甲板右舷当值的那些人里，"他自信满满地说，"你说当时在场的水兵们全都没有发现凶手靠近死者，没错吧？那么答案只有一个，那就是凶手就在霍兰德附近，紧挨着他，伺机狠狠地敲了他一下，随即把凶器抛进海里，然后跟其他水兵一样，摆出一副震惊的样子，假装什么都不知道。还有其他的解释吗？"

　　现场弥漫着代表肯定的沉默。听完罗伊登的说明，得出与菲尔德相同结论的军官大有人在。

感到舆论有利的菲尔德扬扬得意地继续说道：

"我觉得那个最近刚来的纳威·沃特非常可疑，这家伙不是前不久被霍兰德打了一拳吗？"

"为这点小事就能杀人？"弗农五副发出质疑的声音。

"新兵里偶尔也会混进一些不怎么上道的家伙。"

舰长以沉重的口吻说：

"菲尔德先生，我同意在甲板右舷当值的某人就是杀人凶手，可仅凭推论就给某人定罪，恕我无法苟同。这里确实不受陆地之法的约束，唯有靠自发的纪律确保秩序，但在做出公平裁决的原则上并没有什么分别。"

在舰长的责备下，帆缆长闭上了嘴。

"跟杀人凶手同处一个屋檐下，再也没有什么比这更糟了，"格拉汉姆舰长严肃地说，"得尽快找出凶手处以绞刑，有关本次凶案的调查，我想委托给弗农五副。"

弗农有些惊诧地看向了舰长。

"我吗？"

"水兵们十分厌恶出卖同伴的行为。即便有什么要紧信息，也很有可能在军官面前保持沉默。而在这一点上，你颇得水兵们的信任。要是水兵们知道由你负责调查本案，理应会采取配合的态度。"

从水兵一路晋升至船副的弗农非常理解舰长的想法。军官的生活要远好于水兵，战舰上作为食物饲养的猪、牛、鸡、鹅等家畜，这些新鲜的肉蛋全都供应给军官，绝不会有半分流进水兵的嘴里。军官们的酒也不是兑水的朗姆酒，而是如绸缎般口感丝滑的红酒。下榻之处也是整齐的单间或是用帆布隔开的空间，可以很好地保护隐私。由于平时的工作都是高高在上地传达指示，因此也不似水兵那样频发事故。要是再加上威逼和鞭笞，军官和水兵之间便再无羁绊可言了。在水兵之中，也有不少人认为军官是统治阶级，水兵是奴隶阶级，所以水兵和军官之间就竖起了一堵冰冷的隔板墙。在本次的凶案中，或许就会有人阳奉阴违地袒护凶手。

弗农在当水兵的时候，也对军官们抱有相同的怨怒之情。而天生的武勇，水兵的才能，再加上幸运——全凭这些，如今弗农得以晋升为船副。水兵时代的苦日子正是弗农的根基，他下定决心，不让别人尝到自己所受的苛待，因此绝不会对水兵不分青红皂白地痛骂，更不会突然掏出鞭子，而是始终以公正的态度对待他们。虽说有些军官认为弗农的态度过于宽松，但他在水兵中树立起的威望却是不争的事实。

"弗农五副，"格拉汉姆说，"本次的凶案调查能委托给你吗？"

这并非请求，而是命令。

"遵命！"弗农五副即刻敬礼并回应道。

格拉汉姆满意地点了点头。对首席卫兵长迈耶说：

"迈耶先生，我希望你能在弗农五副的指挥下为他提供支持。"

"遵命！"首席卫兵长也一脸严肃地敬了个礼。

诸事谈妥之后，格拉汉姆在解散军官之前对他们说道：

"弗农五副每天第二轮半班时当面向我报告调查情况，直至查明凶手。还有，其他人也要留意舰内是否有人做出可疑的举动，都给我竖起耳朵，仔细听听水兵们有没有说起与谋杀案有关的事情，完毕！"

军官们一个接一个走出舰长餐厅。

福尔克纳船工长刚出餐厅就打了个大大的哈欠，刚才的集会对福尔克纳来说实在过于无聊。毫无疑问，谋杀是可怕的行为，但他满脑子想的都是修船。在帆船上，每天都会有新的破损出现，就似拔完又生的杂草一般，修了又修，坏了又坏。船体的损坏有时候会严重影响航行，与军舰以及在此生活的所有船员的安全重责相比，区区凶案简直是细枝末节。福尔克纳从底层甲板上取回装有木工工具的箱子后，前往位于舰艄的船工仓库，两名助手已经在仓库等着了。福尔克纳一边收集板材和钉子，一边向助手问道：

"今天从哪里开始？"

一个眼角下垂，愁容满面的助手看着手上的修理清单回答道：

"下层甲板第八炮门的排水沟，好像漏水了。"

"我需要一个脚凳，你拿着。"

到了干活的地方，福尔克纳爬上脚凳，用提灯照亮横梁。排水沟建在梁上，确实有漏水之处。福尔克纳从脚凳上下来，打开了木工工具箱。

就在此刻，他的动作停了下来。

"喂，"福尔克纳对助手说，"你看见我的铁锤了吗？"

福尔克纳对修船以外的一切都不感兴趣，但他的脑海里还是想到霍兰德的死因是钝器击打，而现在，工具箱里的铁锤不翼而飞。

福尔克纳推导出了理所当然的结论。

*

纳威正在下层甲板中央舱口附近，和其他的新人们一起学习如何系索。帆船上布满了大量用以支撑帆和帆桁的索具，那些绳索在风雨的肆虐和滑轮的摩擦下时常受损。绳索断裂的时候会突然绷开，所以表面可见受损痕迹的绳索就必须立刻修补。修理绳索是水兵的活，要是做不好，无论资历多老都会被当成半吊子。

这项技术算是基础中的基础，而负责指导该技术的是一位名叫尼佩尔·霍斯尔的上级水兵，纳威很不擅长与他打交道。霍斯尔留着短发，五官端正，容貌可谓俊俏。他的嘴角总是挂着淡淡的笑容，散发着一股和蔼可亲的气场。总而言之，他是个洋溢着前辈风度的男人。

直至现在，纳威仍对初次接受系索手法指导时的情景历历在目。绳索用的是名为绞接法的手法修补的。或许是为了炫耀自己高超的技术，霍斯尔以初学者难以理解的速度将绳索依次接起。虽说参与者们纷纷表示不满，要求手速慢些，但霍斯尔仍毫不发忧地说着"没办法，那我再来一遍，你们可得看清楚了"这般以前辈自居的话。当然了，大多数人都做得很糟，但因为纳威本就是鞋匠，手还算灵巧，因此也就做出了堪用的绞接索，霍斯尔看了之后说：

"嗯，做得不错，虽然还是没我的好。"

直接夸一句也就罢了，可这种说话方式就似在贬低纳威一样，而且是自然流露出的言语，简直太恶劣了。从那时起，纳威就下定决心，尽量不和霍斯尔说话。

这天，霍斯尔仍是老样子。本日的任务是复习迄今为止学过的内容，尝试自行完成绳索的绞接。纳威将两根绳子一端的捻线解开，将其拆成数股（数十根纤维绞在一起即成一股，股再绞合成索），接下来，他将股和绳索的交接处啮合在一起，在尚未解开的绳索中间作出空隙，并将解开的股按一定的顺序插入其中。两边的绳股组合在一起，形成了一条完整的绳子。最后，纳威在接合处抹上焦油加固，完成了作业。

霍斯尔看着完成的绳索，以一如往常的口吻说：

"不参照样本就能做到这种程度，真是不错，再多加练习，你就能做得像我一样出色了，加油吧。"

"我会努力的。"纳威平淡地说。

其他学员也接连完成了两条绳索的绞合，但完成度都不及纳威。

"唔，"霍斯尔一边检查着所有成品，一边说道，"这些东西貌似都不堪使用啊，你们还记得我教的东西吗？"

自己教学方法有问题的想法似乎并不存在于霍斯尔的脑中，接着他又拿起了乔治接的绳索。

"这算是勉强及格吗？布莱克，听说你在菲尔德帆缆长面前大展身手，当上了上级水兵是吧？上级水兵做出这样的绞接可是会被人笑话的哦。"

"对不起。"乔治消沉地应道。

纳威很担心乔治，自从乔治看到餐桶里凭空冒出那把神秘的刀后，他的模样显然有些不对劲。他非但依旧不参加餐桌组的对话，反倒变得更加内向，脸上常常挂着钻牛角尖的表情，即便问他怎么了，也只会被敷衍过去，这让纳威感到无计可施。

"呦，呦呦，"霍斯尔故意发出了戏谑的声音，"波洛克，你是不是把绞接当成玩毛线了？"

霍斯尔从红着脸的波洛克手中抓过他接的绳子，高高举了起来。绞接的位置本就会稍稍变粗，但波洛克的绞接处好似面包般膨胀起来。

"你还真是一点长进都没有啊，做出这么难看的绞接是想干什么？说起来，你爬桅杆的水平也一塌糊涂对吧？第一天训练的时候，你是不是紧紧抓着侧支索喊着'妈妈，救我'啊？"

当然了，这样的事情并没有发生过。周围的水兵们其实都知道，但仍有几个冷酷之徒附和着霍斯尔的侮辱笑了起来。

波洛克面朝甲板，肩膀不住地颤抖。

"上不了桅杆，做不了绞接，你在这里是混不下去的。"

霍斯尔随手扔掉了波洛克的作品，然后拍了拍手。

"好了，各位再从头开始吧。你们也不想做一个连绳索都接不好的累赘吧？"

然而课程被人临时打断了。

"能打扰一下吗？"

在场的所有人都望向了声音的方向，视线前方站着弗农五副和首席卫兵长。

"哎呀，长官，"霍斯尔脱帽问候道，"请问有什么事吗？"

"你知道昨晚有个水兵被杀的事吧？"

"嗯，嗯，当然，"霍斯尔刻意颤抖着身体，"当时我在左舷后甲板当值，听到骚动真是吓了一跳。"

"我奉舰长之命，正在调查此事。所以现在想向事发当时在右舷后甲板当值的人打听情况。"

弗农看向纳威说：

"沃特，可以来一趟吗？"

"好的。"纳威站了起来。

"我想听听你的说法。我们去一个可以安心说话的地方，随我来。"

言毕，弗农和首席卫兵长一同向舰艉走去，纳威急忙跟了上去。军官们在畜栏前驻足，畜栏处于舰艉区域被防水板包围的位置，其中铺满了稻草。三十多头猪在里头呼噜呼噜地来回踱步，再加上弥漫的家畜臭气，实在称不上让人安心的地方，但弗农所谓的安心似乎只是周围没人的意思。

"好了，在这就不用担心被别人听了去，"弗农盯着猪说，"我尽量不泄露调查的事情，因为军舰上的每个人都渴望娱乐，而传流言就是最简单的娱乐。可流言也有歪曲事实的风险，为了让话题变得有趣些，会不断往里添加子虚乌有的东西，不久就会变为扭曲的缝合物似的虚构之物，令众多水兵感到不安和混乱。这样一来，在打听的时候，大家说的都不是事实，而是受那些妄言启发的话，这会妨碍调查。你也别随随便便把这里的谈话透露给别人。"

"好的，明白了。"

"那我就提问了，听说你当时就在霍兰德的旁边，案发时他倒在了你的身上，这点没错吧？"

"是的，我背靠着舷侧板坐着，霍兰德就在侧边，一记钝响之后，他就倒在了我的身上。"

"也就是说，霍兰德被打中的时候，凶手就在你附近吧？"

"是的，应该是这样，"纳威不甚自信地说，"可是昨天连月亮都没有，真的是一片漆黑，根本看不到人影。"

"就算没看见，就没感觉到什么吗？在霍兰德被打中之前，你有没有感到有人靠近。"

"真的什么都没有，当时风高浪大，周围也挺吵的，再加上我在想心

109

事，正在发呆……"

"可你听到霍兰德被打的声音了吧?"

"是、是这样。"虽说只是确认了事实，纳威却感到了一股如同被责难的不适，畏畏缩缩地应了一句。

"没必要这么警惕，"弗农平静地说，"我也找其他几个当值的人问过了，他们跟你一样，都说没注意到凶手靠近。"

弗农的关切缓解了纳威的紧张。

"可要是弄到现在什么收获都没有，那可就麻烦了，要是情报没有超出罗伊登二副所见的范畴的话，我也没法向舰长报告。沃特，你可能没能发觉凶手接近，不过你有没有注意到什么特别的事情? 就是那种在之前夜间当值的时候从未遇到的事。"

这个问题令纳威想到了攀爬侧支索的加布里埃尔，由于谋杀案发生在他离开以后，所以加布里埃尔的迷惑行为很快就被他抛在脑后。不过这正是在以往的夜间当值从未遇到的事情。

于是纳威提到了本不当值的加布里埃尔曾来过这里，说是要吹夜风，然后就爬上了侧支索。

正如预料的那样，弗农饶有兴致地把眉毛一抬。

"哦? 不在当值时间的水兵居然爬上了侧支索，这的确不太正常。顺便问一声，当时应该是一片漆黑，你能确定那个水兵就是你的同乡吗?"

"能，听声音就知道了，绝不可能听错。"

弗农认可地点了点头。

"吹夜风的话确实像是骗人，睡眠时间对水兵而言堪比黄金，一般情况下是不可能削减的。很显然，对加布里埃尔来说，那天晚上爬上桅杆是要做一件很重要的事情。可是他在谋杀发生之前就已经从桅杆上下来了，也离开了甲板，对吧？"

"对，就是这样。"

"弗农五副，那个水兵的行为的确令人费解，可要是他在谋杀发生前就已经不在了，那就应该跟他没什么关系吧？"

首席卫兵长迈耶插了句嘴。

"不能这么说。这是难得的新情报，我们何不把好奇心发挥到最大呢？说不定会有意料之外的重大发现。而且你也对那个名叫加布里埃尔的水兵的行为感到奇怪对吧？"

"嗯，这我不否认。"

"沃特，你还注意到什么吗？"

"没了。"

"好吧，多谢，你可以回去练习绞接了。"

纳威向两人敬了个礼，然后原路折返。

"你怎么看，首席卫兵长？"

迈耶是个精明人，因此他并未特地确认提问的意图。

"果然只能认为凶手是在右舷后甲板当值的人。"

"你为何这么想？"

"因为昨晚是新月，新月之夜有多暗我再清楚不过了，除了有防撞灯的舰艉楼甲板外，其他地方漆黑一片，就似被关进了柜子。假设杀人凶手来到了如此黑暗的后甲板，连人在哪都分不清楚，在这种情况下，要怎么靠近霍兰德并把他打死呢？

"可要是凶手是右舷当值的人就另当别论了。舰内有油灯，从吊床上

111

起来到走进夜空之下的这段时间里，凶手可以紧紧尾随在霍兰德身后。哪怕走到外边，只需继续跟着目标，就能判断究竟该在哪实施致命一击。坦白说，凶手必定是距离受害者很近的人，那个叫沃特的家伙相当可疑。"

"沃特的确在霍兰德旁边，但旁边也分左右，应该还有其他可疑的人吧？"

"嗯，我明白您的意思，但现在我们并不知道沃特对面是谁，也有可能那边压根就没人。"

弗农点了点头。

"看来就只能向舰长报告说，纳威·沃特很可疑了。"

"哦，你们原来在这里。"

弗农和迈耶看向了声音传来的方向，来者是福尔克纳。

"福尔克纳先生，怎么了？"

"长官，我有件事要报告……"

福尔克纳将铁锤从自己的木工工具箱里不翼而飞的事说了出来，听到这个，弗农点了点头。

"原来如此，就在钝器杀人的第二天，你发现锤子不见了？这似乎不是偶然，可是……"

弗农五副咬着嘴唇挠了挠额头。

"五副，怎么了？"迈耶问。

"我们的前提是凶手就在右舷当值的人里，而且夜间在后甲板当值的人里并没有军官和下级军官。"

"没错，只有舰艉楼甲板的值班安排了军官，那又如何？"

"那凶手就只能是水兵了，可水兵会特地潜入船工长的卧房盗走铁锤吗?"

福尔克纳的床在底层甲板的舰艉，那里也是候补军官、主计长和军医的卧室，是军官和下级军官的领域。在军舰内部，存在着这样的军官专属圣域，下级水兵是不能贸然进入的。倘若水兵被发现进了那里，立刻就会遭到盘问。如果被发现毫无理由地在那里转悠，即便按规矩吃一顿鞭子也无法抱怨。

慎重起见，弗农向福尔克纳问道:

"船工长，铁锤只有你的工具箱有吗?"

"船工仓库也有。"

船工仓库位于舰艉，水兵也可自由出入，是罕有人至的场所。如果是水兵的话，从那里拿走铁锤会安全得多，根本没必要冒着撞见长官的风险，特地摸进福尔克纳的卧榻。

"锤子果真被用作凶器了吗?"迈耶提出了疑问，"会不会是某人出于什么理由借用了?"

福尔克纳摇了摇头。

"我问过部下了，他们什么都不知道，而且如果真要借用，也该先跟我打个招呼。擅自拿走和盗窃没有什么区别。在军舰上，盗窃是会被严惩的。"

"把事情整理一下吧，"弗农说，"目前还无法断言工具箱里丢失的铁锤是否真用作杀人。但假设那就是凶器，事情就完全不同了。如果水兵是凶手，就不会特地去船工长的工具箱里挑选凶器。这艘军舰除了舰艉之外，也有保管刀子和铁锤的地方，凶器只要从那里找就行。如果凶器是从水兵禁入的地方找来的，那凶手就极有可能在军官之中。"

这话好似暴风雨般撼动着他们，就似水兵之间有着深厚的感情一般，军官之间也有经过漫长时间培养出来的羁绊。

弗农沉重地说：

"像这样干站着也没用，我们去问问军官们有没有拿过福尔克纳的锤子。说不定只是某人出于特殊需要一声不吭地拿走了。"

这种可能性实在太小了，船工长在心里嘀咕道。

"迈耶，你去找下级军官确认一下，我去问军官，还有……"弗农有些踌躇地说，"顺便问一下，昨晚案发的时候，他们都在做什么。"

"遵命。"迈耶阴沉地应道。

*

过着一成不变的生活的水兵们总是渴望着新鲜信息，因此，昨晚的凶案对水兵们来说无异于一顿令人垂涎的大餐，一到餐点，他们就把饼干和咸肉抛诸脑后，贪婪地谈论着凶案。

"喂，曼迪，纳威！"盖伊两眼放光地说，"昨晚案子发生的时候，你们就在受害者身边吧？能不能告诉我具体发生了什么？"

"具体的话……"纳威不知该怎么表达，他并不喜欢盖伊为有人死亡而兴高采烈，"也没什么可说的。我真的不知道发生了什么，当时一片漆黑，什么都看不见。"

"可你当时不是离霍兰德很近吗？几乎就在触手可及的地方。哪怕这样也什么都没发现吗？"

"算了，盖伊，"曼迪责备道，"昨晚你也当值，应该知道吧。当时大风呼啸，没有月光，耳朵和眼睛都起不到什么作用。"

"可你不就在边上吗?"盖伊穷追不舍。

"喂喂,"科格露出戏谑的笑容,"也难怪纳威没有发现,因为凶手是法国舰长的亡灵,一般人是看不见的。"

"可亡灵会敲死人吗?"杰克抛出了疑问,"亡灵一般是咒死对象吧?"

"嗯,小鬼说得有道理。"拉姆齐一边说,一边把酒杯从嘴边拿开。"提起亡灵,就是将厄运转嫁到别人身上,令其发生意外,或是凭附对象令其生病,把人敲死实在太直接了。"

"那会是谁干的呢?"科格问。

"说起来……"曼迪心不在焉地说着,"昨晚有个不当值的家伙说要吹夜风,然后爬上了侧支索。但他很快就从上面下来,回到甲板下边去了。霍兰德是在那之后不久被打死的。"

"那家伙很可疑吗?"赵一边掸着手上的饼干屑,一边问道,"杀人是在他走掉之后才发生的吧?虽然行动本身很古怪,但也只是一时鬼迷心窍吧?"

"他叫加布里埃尔。"纳威漫不经心地应了一句。

曼迪瞪大了眼睛。

"啊?纳威,你认识那个疯子吗?"

"他是我同乡。加布里埃尔并没有疯。"

"那他为什么深更半夜爬到桅杆上去?"

纳威看着乔治问道:

"乔治,你是主桅的瞭望员吧?昨天加布里埃尔爬上桅杆的时候,他有没有对你说什么?"

乔治正待把勺子送到嘴边,却突然停止了动作,勺子上的牛肉滚落下来，掉回了盘中。其他人也看向乔治，而他只是盯着盘子里的肉。

"喂，你没听见吗？"等得不耐烦的盖伊问了一句。

乔治用左手抓着毛线帽。

"加布里埃尔确实爬上了桅楼，突然来了一句'今天风真大呢'，我吃了一惊，就问'你来做什么'，他回答说'我只是来吹吹风'，然后他就一声不吭地站在桅楼上，过了几分钟就下去了，仅此而已。"

周围传来了不满的嘟囔。本以为会有什么出乎意料异想天开的展开，不料乔治明确地证实了加布里埃尔的话，搞得众人都很失望。可纳威对乔治的话产生了怀疑。在说话之前，乔治伸手抓着头上的毛线帽。使劲揪帽子和头发是乔治的习惯，唯有在烦恼或不安时，这个习惯才会出现。在做鞋的时候，要是鞋没能按照自己的想法成形，他也会伸手摸头。也就是说，当乔治被要求讲述他和加布里埃尔在一起时发生的事情时，他深感不安。可他说出的答案平淡得让人失望，如果这就是事实，这样的习惯就不会出现了。乔治并不愿回答他和加布里埃尔在一起时发生的事情，难不成是为了蒙混过关而撒了谎吗？

"对了，你们听说了吗？"赵一边掰碎饼干一边说，"要是顺利的话，明天似乎就能抵达斯卡恩锚地。"

"哦，那可太好了，"曼迪说，"要是运气好的话，就能得到短暂的休整吧。"

"为什么？"

"要是其他军舰还没到，就会在那里等着。等待的时候不必航行，所以只要抛锚收帆就完事了。因为不需要操帆，就可以休息一下。"

"得了吧，军官们会把积攒下来的杂活推给我们的。"科格说。

谈话从谋杀案转换到如何度过假期。尽管如此，纳威仍看到乔治一遍又一遍地抓着他的毛线帽。

*

霍兰德的水葬是在午后第四声钟响时（十四点）举行的。遗体被装在用帆布缝合而成的纵长袋子里，就似被纳入了棺材。为了让其沉入海底，袋子里还装有炮弹。装有遗体的袋子被搬到了舰艏楼甲板上，葬礼开始了。参加葬礼的人都是自愿来的，主要是与霍兰德关系亲密的餐桌组成员和同组当值的水兵。虽然时间不长，但纳威也作为同组当值的战友参加了葬礼。

葬礼匆匆结束了，随军牧师念完引自《圣经》的死者悼词后，四名水兵将遗体抬到了放置吊床的胸墙之上，然后把遗体滑入大海。

"祈愿霍兰德的灵魂能被引导至上帝座前……阿门。"

从军牧师结束了祈祷，葬礼宣告结束，但水兵们并未解散，只有纳威想走，却被曼迪一把拽住。

"喂，你打算去哪？还有很重要的活动呢。"

"啊？"

"拍卖。"

纳威被浑浑噩噩地领到了桅杆跟前，在那里，霍兰德所在的餐桌长正把一个装着行李的帆布袋放在脚下。

"那个装随身物品的袋子是霍兰德的。现在会把那家伙的遗物拿去拍卖，大家一起竞拍。"

"是要把过世的人的东西买来再利用吗？"

"这只是次要的，重要的是出钱。在这里付的钱，会送到死者家属手

117

里，出钱是为了让遗属多少能改善一点生活。"

当手摇铃叮叮当当响起之际，水兵们便聚到一处，开始了拍卖。首先拿出的是一个破旧的烟盒，显然值不上一便士，却被人以一先令的价格买走了，在这之后，又是皱巴巴的衬衫，刃口缺一块的水兵小刀，满是指印的扑克牌，大拇指有洞的手套。这些怎么看都不值一文的东西全都拍得了高价。

曼迪花了一先令六便士买下了一副手套，他将拍得的手套递给了纳威。

"给，你留着吧。"

"啊？可是……"

"拿去吧，快到必须忍受寒冷的季节了，你什么防寒服都没带吧？不用管钱，我又不想要这个，要是你觉得收下手套有些过意不去，那就找个机会帮帮我好了，我们必须互相帮衬才行。"

"谢谢。"纳威接过了手套。

"不用谢。"

＊

宣告第二轮半班的四声钟响（十八点）传入耳畔之际，弗农和迈耶正在舰长室里。格拉汉姆舰长坐在办公桌前，脸上罩着一层阴霾，好似瞧见了正在靠近舰船的乌云。舰长刚刚接到弗农关于谋杀案的报告。

"也就是说……"格拉汉姆用右手拇指揉着太阳穴说，"你的意思是凶手很可能不是水兵，而是军官？"

弗农和迈耶在所有军官中打听了一遍，问他们有没有拿走福尔克纳的铁锤。四处问了一通，每个人都说自己没拿，但锤子不可能凭空消失，

118

一定是有人撒了谎。在这种情况下，不得不说谎的理由只有一个。

弗农和迈耶进一步确证，昨晚案发之时，军官们除去当值的人，都在睡觉。没有不在场证明，任谁是凶手都不奇怪。

"真是难以置信。"

格拉汉姆猛地拉开椅子，开始在桌子后面踱步。

"嗯，如果消失的锤子真被当作凶器的话……"迈耶战战兢兢地说。

"哦?"舰长向首席卫兵长投去了锐利的视线，"难不成锤子消失还有其他理由吗?"

"有没有可能是故意给船工长找不痛快呢?"

"不可能，"舰长即刻断言，"福尔克纳是个热爱工作的朴实之人，绝不是那种四面树敌的家伙。"

作为舰长，格拉汉姆对军官们的性格和人际关系了如指掌，因此他很难想象自己麾下竟会有人胆敢犯下谋杀案，弗农和迈耶的话令他深受打击。

"舰长……"弗农步步为营，"如今该怎么办? 我被任命为调查官是因为我和水兵走得近，如果对象是军官的话，那我就没继续调查的意义了……"

格拉汉姆停下脚步，朝桌面狠狠敲了一拳。格拉汉姆也不知如何是好。自己在父亲的推荐下进入海军队伍，此后在严酷的自然环境下度过了许多春秋，然而在这些岁月里，他只经历过两次谋杀。两次都是水兵吵得不可收拾后发生的。由于目击者很多，凶手很快就遭到逮捕并被处以死刑。没有目击者的谋杀还是破天荒头一遭，更何况凶手又是军官，这使得问题尤其严重。

格拉汉姆深深地叹了口气，然后说道：

"调查还是全权交给你吧。可能是思维僵化，我也想不出其他良策。害你抽中了下下签，真是不好意思。"

"哪里。既然舰长有命，自当全力以赴。"

格拉汉姆舰长清了清嗓子，转身面向两人。

"对了，弗农先生，迈耶先生……"

格拉汉姆的话戛然而止，他那锐利的目光分别射向弗农和迈耶。

"不是你们吧？"

三人间弥漫着紧张的气氛。虽说并未把话说穿，但意图已经昭然。舰长正在确认两人是不是杀人凶手。

"当然不是。"迈耶说。

"嗯，不是我。"弗农也跟着说道。

舰长像是用火枪瞄准目标时一样眯起眼睛。

"你们能自证自己的清白吗？"

夜间是军官们的休息时间，除非有倾覆危险，否则夜里极少发出操帆指令，因此只委派一名军官作为当值主管，再安排四名候补军官从旁辅佐，再配操舵长、舵手各一名。到了深夜时分，不当值的军官们应该会就寝。也就是说，要是无法证明凶案发生时自己身在何处，那这人就有可能是凶手。

弗农咬着嘴唇说道：

"我睡在自己房间里，但没有人能证明这事。"

"我也一样。"迈耶接着说道。

舰长以手扶额，自上而下抚摸着脸。

"是么……"答案不出所料，哪有如此巧合之事。

"您要是有所顾虑，那就交给罗伊登二副负责如何？"

"对正在当值的军官也不能完全信任。如果是值班人员的话，就有可能在黑暗中引发骚乱，然后若无其事地回到岗位上。"

虽然没有明说，但舰长对罗伊登的能力并不看好，对勉强维持自己岗位秩序的老人而言，这次的事情负担太重了。

格拉汉姆毫不动摇地说：

"就算没法自证清白，也还是交给你们了。"

或许是出于自负，格拉汉姆自认为有识人之能。弗农深受同僚和水兵信任，自身虽然严守规矩，但其温和的举止不易树敌。迈耶作为维持舰内秩序的首席卫兵长向来恪尽职守，两人都不会做出有悖人道的事。

但是，他还是决定再度确认一次，确保自己没有看走眼。

"不过，请先发个誓。"

舰长从右舷一侧的书架上抽出一本《圣经》，放在了办公桌上。

"请把手按在《圣经》上，发誓自己不是杀人犯。没错，对上帝发誓。"

倘若对方是毫无畏神之心的无法狂徒，这或许毫无意义，但格拉汉姆仍想亲眼确认这两人的态度。

两人都发过了誓，舰长看不出弗农和迈耶的神色里有半分迷惑和犹疑。

格拉汉姆舰长点了点头，再度将调查工作委托给两人。当两人退出舰长室时，格拉汉姆祈愿自己的眼光并无舛误。

*

中甲板的舰艉区域有着休息室和被帆布分隔开来的军官房间。休息室是军官们饮食和娱乐的空间，是舰内最热闹的地方。他们在此咂着嘴品尝烤鹅肉串，吃着当天处理好的牛和猪做成的肉排，品味着纯正朗姆酒燎灼喉咙的快感。用完餐的人会在舰艉窗边的舵柱（从甲板上突出的舵轴）背后的桌子玩惠斯特之类的纸牌游戏，或是演奏自己中意的小提琴曲，度过愉快的时光。

这天，军官们仍耽于饮食和娱乐，弗农和迈耶随便吃了点酒菜后，就转移到了人迹罕至的舰长餐厅。两人点燃油灯面对面坐着，开始总结今天查明的事实。

"看来我们背负了一个非常棘手的问题啊。"弗农说。

"是啊，没想到非得疑心到军官头上不可。"

弗农摇了摇头。

"还有比这更棘手的问题。"

"怎么说?"

"我们一开始怀疑凶手在和霍兰德同组当值的水兵中，这是为什么呢?"

"这个嘛……"迈耶张开了嘴却无言，他也意识到了事情的蹊跷，"是啊，军官并不能作案!"

弗农点了点头。

"凶手在未被其他水兵发觉的情况下击倒了霍兰德，哪怕是新月之夜，也没人能使出这种招数，所以说凶手是紧挨着他的人。"

说到这里，弗农轻轻地叹了口气。

"然而眼下几乎可以确定的是，凶器应该就是船工长的铁锤，是从他床边的工具箱里拿出来的，这才演变成这样的疑问——凶手会不会在军官里。如果凶手真是某个军官，那他是如何在不被任何人注意的情况下接近霍兰德的呢？完全搞不懂啊。"

迈耶在桌面上不停地交络着手指，这时他突然想起了某个经历，不由得瞪大了眼睛。

"长官，"首席卫兵长情绪激昂地说道，"有一个办法可以避开当值的水兵的耳目，杀害霍兰德。"

弗农的心脏咯噔一下，他用充满期待和好奇的眼神看着部下说：

"到底用的是什么方法？"

迈耶并未直接回复弗农的问题，而是首先讲述了自己过去的体验。

"长官目击过水兵从桅杆上坠落的事故吧？"

"嗯，在舰上生活够久的人都见过吧。但这和本案有什么关系呢？"

迈耶不紧不慢地说：

"我不但见过，还差点被从天而降的水兵砸到了，水兵就落在很近的地方，近到能感到风吹在脸上，当时冷汗哗地一下流了出来。"

就似要拭去当时的冷汗一般，迈耶用手擦了擦额头，然后用严肃的目光看向弗农。

"我是这么想的，说不定在霍兰德身上也发生了相同的事情。也就是说，凶手从桅杆上朝霍兰德扔了铁锤，他被凶器命中而死，锤子反弹出去掉进了海里。"

虽然迈耶的话声中蕴藏着热情，但弗农的内心就似支撑桅杆的索具般一动不动。

"你是不是喝多了？"

听到弗农五副的话语，迈耶感到身体内部的兴奋逐渐退去。

"你的理论有漏洞啊，"弗农冷静地指了出来，"没错，要是在夜间当值结束前躲在甲板上，应该就有充足的时间在深夜当值的人来到之前爬上侧支索，藏匿的地方并不难找，用防水布包着的小艇就是最佳藏身之所，到爬上桅杆为止都还说得过去。

"但接下来就全是问题了。你说凶手朝霍兰德投掷了铁锤，但在新月之夜的黑暗中，根本分辨不出别人的位置。白天把锤子从桅杆上精准地扔到某人头上都是极其困难的，在一片漆黑之中更没人能做得到。"

迈耶有些羞愧地垂下视线，过去的回忆正是解开谜题的关键所在，这般信念无休无止地膨胀着，案发当时的情形自脑海中不断涌现。

"还有，下来的时候该怎么办呢？想要下到甲板上，那就必须通过侧支索。但当时侧支索周围的甲板上有很多水兵待命，如果贸然下去，一定会被水兵们发觉，但要是一直待在那里不动，等到天亮，自己趴在帆桁上的模样也就暴露在众目睽睽之下了。不对，仔细想想，根本没必要等到日出，四点一到，就是早班时间了，等舰上的人全都起床，马上就会知道有谁不在。"

弗农五副边说边叹了口气。

"不管怎样，从桅杆上投下锤子杀人，这种说法也太荒唐无稽了。在发言之前请冷静下来仔细想想吧。"

"对不起。"迈耶有些惶恐地说道。

既不可能从背后偷袭，也不可能从头顶偷袭，那么凶手究竟是如何夺去霍兰德性命的呢？越想越觉得这次的犯罪毫无可能，尽管如此，既然舰长已经下了命令，就不能轻易投降。

"舰长想必是希望得到一个明确的答案或者凶手的名字吧。舰长向来严格，绝对没法容忍杀人犯在自己的军舰上横行无忌。"

弗农忧郁地摇了摇头。

"看来没法睡安稳觉的日子要开始了。"

*

翌日，上午的五声钟响之后（十点半），杰维斯四副手持望远镜，站在舰艏楼甲板的最前端，肩膀上坐着他的宠物猴子蒙大拿。

蒙大拿是杰维斯还是候补军官的时候，从印度动物商人那里买到的猴子。尚是候补军官的他还不似现在这般神经大条，腰围粗大，在舰上时常会满怀思乡之情。就在这时，一位亲切的前辈给了他一个建议：养育宠物可以排遣寂寞。因此当他所供职的军舰停泊在纳加伯蒂讷姆（印度东南部城市）时，他在露天市场购买了一只年幼的恒河猴，它就是蒙大拿。

起初，或许是因为初上舰船的压力，蒙大拿会做出投掷粪便之类的行为，给杰维斯带来了不少困扰。但现如今，它已经像是一个久经战场的老兵般变得处世不惊，白天的大半时间都黏在杰维斯身上。

对杰维斯来说，虽然刚开始被对方突然扔出的粪便弄得只想求饶，但能在处理军务之外的地方投入精力，倒也还算不错。于是他全身心地投入到照料和教育之中，对故乡和家人的思念日渐淡薄。现如今，杰维斯和蒙大拿就似支撑桅杆的侧支索和支帆索那样密不可分。

杰维斯目不转睛地直视前方，用手中的望远镜拍打掌心，敲击出一定的节奏。而另一边，蒙大拿则越过主人的肩膀，往舰艏楼甲板下方张望。

从舰艏楼甲板的最前方俯瞰下去，可以看到被称作"头"的地方，那里是一个连搁板都没有的露天厕所。对于人数超过五百的水兵而言，仅有六处厕所显得远远不足。除去可以感受到海风吹屁股的开放感的便器之外，还有两个被称作小木屋的木板打造的圆柱形单间，这里是下级军官用的厕所，禁止水兵使用。因此每逢白昼，"头"总是挤满了光着屁股的水兵，挤不进去的水兵就只好在专用的桶里解决，再把里边的屎尿通过炮门扔进大海。

蒙大拿对下方发生的事情饶有兴趣，而杰维斯则将视线投向了水平线的另一端。四副把望远镜抵在右眼之上，通过望远镜可以清晰地望见水平线另一端的景象。

杰维斯的嘴角自然而然地松弛下来，情绪开始变得高涨。水平线上看到了帆影，而且不止一艘，是一艘战列舰和三艘护卫舰（轻型武装的小型战舰，航速快，用于执行巡逻、侦察、护卫、战斗等多种任务），总计四艘。每艘军舰的舰艉都飘扬着米字旗。

"前方停泊四艘战舰！是波罗的海舰队！"

杰维斯向舰艉喊话道。长戟号抵达了会合地点斯卡恩锚地。

*

下午三声钟响之后（十三点三十分），长戟号与停泊在此的舰队会合。当长戟号接近时，对面舰船露天甲板上出现了大量水兵，他们一边挥手致意，一边高呼欢迎。长戟号的水兵们也在露天甲板上挥手回应。

看到其他军舰后，纳威只觉得震撼不已。到目前为止，他一直觉得军舰无异于监狱。被强掳至此从事繁重的体力劳动，会有这样的想法理所应当。可是像这样看着僚舰，他才意识到自己并非与世隔绝，而是有并肩作战的伙伴，在海上相系相连。就在这时，他再度意识到自己是海军的一员，并体会到了随时会被战火之焰灼烧的危机感。

格拉汉姆下了一个将船头转向下风的命令，长戟号滑到了排成一列停泊于此的舰队末尾。长戟号将舒展的上桅帆和中桅帆全都收到了帆桁，开始准备休整。在收帆的同时，与人体粗细相当的锚链伴随着可怖的声响被抛了出去，锚沉入了海底。被锚定住的长戟号摇晃着舰艉停了下来。

当军舰彻底静止不动后，格拉汉姆下令道：

"把我的小艇放下来。"

舰长边说边望向了主桅顶端飘扬着淡蓝色三角旗的战列舰。那艘军舰正是这支舰队的旗舰——射手座号。

"我得先向埃尔姆舰队司令打个招呼，有必要了解今后的方针。"

舰长专用的小艇被小心翼翼地从舰艉的起重机上放了下来，舰长刚踏上船，十名桨手便划着小艇朝着射手座号进发。

舰长从旗舰回来的时候，正好是第一轮半班期间的三声钟响（十七点半）之前。从舷门刚下到后甲板，格拉汉姆就立即下令召集船副。

船副们齐聚在舰长办公室里，格拉汉姆在桌面上展开了地图。

"埃尔姆司令说明了今后的方针，现在就传达给你们。"

舰长指着日德兰半岛的前端。

"现在我们所在的位置就是这里。本舰队由三艘战列舰和四艘护卫舰组成，待余下的军舰集结完毕后开始巡航，在此之前就停泊于此处。"

"那么，巡航将如何进行？"默里副舰长问。

"舰队分开行动，护卫舰两艘一组，战列舰单独行动。"

"分开吗？"考夫兰三副眯起眼睛说道。

"俗话说猛狮扑兔须竭尽全力，但我们的目的并非狩猎，而是监视，眼线越多越好。何况进行通商破坏的大都是私掠船，这些船通常都是单独行动的，我们也让各舰单独行动，不会有什么问题。"

私掠船并不是战列舰的对手，这就像是太阳从东方升起般理所当然。因此要是真的在海上遭遇，也不会发生战斗，而是和私掠船展开一场追逐游戏。

"那么巡航线路呢？"

格拉汉姆舰长一边用手指比画着海图一边说：

"护卫舰在连接斯卡格拉克海峡（丹麦北方海域），多格滩（北海中部海域），泰瑟尔岛（荷兰岛屿）的三角航线上航行。一组顺时针巡航，一组逆时针巡航，而战列舰则在紧贴三角航线的波罗的海贸易路线巡航，像哨兵一样时刻留意敌军的帆影。"

具体哪艘舰负责哪条航线或哪片海域，要等所有军舰集结完毕后再做决定。

"对了，舰长，"杰维斯说，"捕拿奖金该怎么算？"

捕拿奖金指的是虏获敌舰后由国家支付的奖金，根据敌舰的尺寸，所支付的奖金金额也会有所差别，越大的敌舰金额越高。此外，抓获俘虏也有很多奖金，抓到舰队司令或舰长级别的人物就能大捞一笔，奖金由全体舰员瓜分，地位越高的人获取的赏金也就越多。

如果在组成舰队的情况下掳获敌舰，舰队司令就可以获取全部奖金的八分之一。杰维斯关心的正是这点。本次的任务确实编组了舰队，但埃尔姆司令却打算以解散的方式应用这支舰队。军舰的指挥权并不在舰队司令，而是在各舰舰长手上，倘若虏获敌舰，那就全是该舰的功劳了，要是摆出司令的权力拿走八分之一奖金，那难免令人窝火。在加入海军的人中，有些人一心想拿这笔捕拿奖金，如果被司令不劳而获地抽走油水，令自己的份额减少，那就不可忍了。

格拉汉姆回应了杰维斯的忧虑。

"不必担心。埃尔姆司令说过，如果是在巡航过程中虏获敌舰，奖金归该舰所有，舰队司令是不会染指的。"

杰维斯一脸严肃地点了点头，而他脸上的表情之所以纹丝不动，只是不想在舰长面前丢了军官的威严而已，心里早已乐开了花。

谈完现阶段的决定事项后，舰长就让船副们解散了，唯有弗农被告知留下来。

"然后呢？那个调查怎么样了？"

待其他船副一走，舰长便立即询问。

"不甚理想。"

弗农保持着小心翼翼的姿势说道。倘若水兵是凶手，凶器的来源便让人无法理解，倘若军官是凶手，实施犯罪就异常困难。他向舰长报告了今天的调查内容。弗农和迈耶对军官和事发当时负责值班的水兵进行问话，除了询问军官近来有无水兵在底层甲板上无事闲逛，也问了当时在右舷后甲板以外地方当值的水兵，向他们确认了当晚是否有可疑的人，结果均为徒劳。军官说没有看到可疑的水兵，值班的水兵则作证说当晚确实没看到谁做出可疑的举动。

"可是弗农先生，"舰长提出了异议，"你不是说之前有个水兵爬上了主桅吗？那个人的情况调查清楚了吗？"

"关于这个人，迈耶先生去问过他了。那个水兵名叫加布里埃尔·塞缪尔，面对迈耶的盘问，他坚称只想上去吹吹风。"

"如果他爬上桅杆，应该和桅楼上的瞭望员见过面吧，你找瞭望员问过了吗？"

"是的，这也是由迈耶先生问的，瞭望员也有供述，证实了塞缪尔的话。"

"弗农先生，你怎么看？"

"有可能是塞缪尔和瞭望员串了供，因为瞭望员布莱克是塞缪尔的同乡。还有一种可能，就是塞缪尔真的有些不太正常，乃至会在大风之夜特地爬上桅杆吹风。"

"你是说他的行动并没有其他隐情吗？"

"是的，这只是一种可能性。舰上的生活确实会让人发狂，我就见过这样的水兵。从某天开始，他总是笑眯眯地盯着主帆桁的右端，好像这世上的一切有趣之物都在帆桁那端一样，这样的状态持续了一个月左右。某天清晨，这个水兵上吊自尽了，就在他时常盯着的主帆桁的一端。而且他被发现的时候，连裤子和内衣都没有穿。"

"这确实很不正常，感觉那些突然大叫着跳进海里的都算好的了。"

"舰长，您在漫长的舰上生活中，没有见过那种发狂的人吗？"

"嗯，确实有几个，这里就不详说了。但是即便举出几个例子，也不能证明塞缪尔果真疯了，你们要尽可能盯住他。"

"是，明白了，我会差遣迈耶的部下盯住他的。"

然而弗农自认为不会取得什么成果，在堪比洞窟的舰内，监视五百多名水兵谈何容易。

*

由于军舰停泊的缘故，夜间当值被取消了。也就是说，从二十点到四点，整个夜里都是就寝时间。得知这一消息后，纳威内心雀跃不已，自从被带上长戟号以来，头一次能像正常人一样睡个整觉。然而现实却并没有那么美好，水兵们全都睡下后，甲板就挤满了人，连动一动都很困难，已不是通过调整吊床的高低差来确保一点空间就行了。纳威把吊床放得很低，头上被并排的两个吊床遮蔽了视线，左右两侧都是其他人的脸，近到几乎能感受到对方的气息。按曼迪的说法，早起时会感到喘不上气，就像把脸埋进装燕麦的麻袋里，这绝非夸张之词。

　　纳威感到了某种异样的压迫和不快，但最终仍在疲劳的驱使下陷入睡眠。然而午夜过后便在尿意中醒了过来，这并不是他第一次半夜睡醒想要小解。吃饭的时候往往会喝很多啤酒，所以之前也曾几度从吊床里爬出来，但眼下的状况比以往任何时候都要窘迫，小解的时候需要格外谨慎，纳威小心翼翼地滑过吊床，以免吵醒旁人，他保持着弯腰的姿势，穿过成列的吊床之间仅存的狭窄缝隙。接着他侧身走过狭窄的通道，向中央舱口走去。中央仓库附近的梁上挂着水桶，这是为了弥补水兵厕所太少而专门设置的。用不了厕所的时候自不必说，在夜间，这些水桶也能大显身手。在漆黑一片寸步难行的夜里，没有水兵会特地跑去船头。

　　纳威立即坐在舱口的楼梯边，用水桶解决了，平常都是通过下层甲板的炮门倾倒里面的秽物，但他实在不愿捧着装有尿液的桶穿过如此狭窄的空间，因此他决定前去不被用作就寝之处的上层甲板，从那里的炮门倒掉尿液。

　　上炮列甲板杳无人迹，纳威凭借着数盏灯的微弱光亮，觅得一个近处的炮门，用肩膀抵住，使出全身气力推开。当漆黑的缝隙出现之际，他再将桶口靠在上面，小心翼翼地倒掉里边的东西，以免弄到甲板上，弄脏甲板的人会受到停发格洛格酒的小惩戒。

然而他并没能顺利回到床上，他在通往中甲板的楼梯前停下脚步。舱口附近的梁上悬挂的提灯投下光亮，照亮了一张眼熟的脸孔。那张脸一直注视着纳威。

"加布里埃尔。"纳威忍不住报出了对方的名字。

"纳威吗……来得正好。"

加布里埃尔踏上楼梯，把脸附在了纳威的耳朵上。

"我正想来跟你说一声呢。"

纳威逃离了加布里埃尔的脸。

"你想说啥？"

"嘘！安静点。"

尽管几乎看不清周围，加布里埃尔还是把头转了一圈，再度把脸凑近纳威。

"听好了，"他用比刚才还要轻的声音说道，"这不是夸大其词，也不是开玩笑，真的是要紧事。我不想被别人听到，你也千万小声点。"

"什么？"纳威也跟着压低了声音。

加布里埃尔再度对周边进行了一次毫无意义的警戒，随即说道：

"你想不想从这艘船上逃走？"

纳威先是怀疑起自己的耳朵，接着又疑心加布里埃尔的心智。这也太突兀太荒唐了。惊愕堵住了咽喉，封住了纳威的言语。

"我们被人强行掳走，远离了日常生活，扔进了这么一个又黑又臭又危险的地方。这样的恶行你能忍吗？所以我正在制订计划，为的是从这里逃出去。"

"你疯了吧?"纳威情不自禁地脱口而出。

"想从海上逃走确实毫无可能,但机会总会有的。比如趁在港口停靠的机会,为了抓住这样的机会,我正在召集同伴。"

纳威皱起眉头。

"同伴?"

"对,有跟我一起来的家伙,还有那些成天抱怨军官的水兵。我都在跟他们打招呼,正想来邀请你呢。"

纳威的心脏一阵猛跳。

"你是想把我卷进麻烦事里吗?"

"你就不想回家吗?你不是有老婆的吗?"

一提到玛利亚,纳威的内心起了很大的波澜,曼迪曾经说过,与法国的战争结束后,他才有可能自兵役脱身,可是战争何时才能结束呢?而且在战争结束之前能不能留住性命都无法保证。投身于看不见结局的战争,就似在地狱边境无休无止地徘徊。不必等到战争结束,对于时刻渴望与玛利亚团聚的纳威而言,无疑是一条明路。

大概是看到了纳威脸上的变化,加布里埃尔扬起嘴角,用柔和的声音说道:

"现在我要和同伴碰头,你也来吧。"

"啊?"面对突兀的邀请,纳威畏缩了。

加布里埃尔露出了安抚似的笑容。

"没关系,我不会强迫你加入我们。我只是想让你看看集会的情况,我们都在讨论什么,有哪些人参加。在了解的基础上再决定是否加入我们。当然了，你拒绝也没关系，只是希望你对此保持沉默。怎样，这提议还不赖吧？要不要试着参加一下？"

纳威踌躇不定。此刻跟着加布里埃尔走也不会有什么害处。虽说不清楚他的活动内容，但只要参加集会就能知晓。没准加布里埃尔和他的同伴真能杀出一条活路。

于是纳威下定了决心。

"那我参加吧，不过还没决定要不要加入。"

加布里埃尔微微一笑。

"好，那我带你过去。"

纳威把桶放了回去，跟在了加布里埃尔身后，自中央舱口不断往下，终于抵达了船舱。在炮术训练之前，纳威曾下到船舱收拾家具，但他并不愿在此久居。

以弹药库为界，长戟号的船舱分为前部和后部，从中央舱口下来的位置是后船舱。照亮该空间的就只有中央舱口前方的两间灯房的窗里漏出的灯光，外加悬在后舱口梁上的油灯。昏暗的照明本就令人不安，再加上装满食物和饮品的木桶横倒在地，将原本几乎被黑暗吞没的光线尽数遮蔽，故而要想在船舱里自由移动就必须借助提灯的光亮。

此外，船舱也是流散在舰内的水最终汇集之所，船舱积水由链式水泵排出，但仍无法彻底排空，剩下的积水积存在压舱物（为稳定船体而填入船底的重物，通常为砾石）中。不多时即化为了腐败恶臭的污水，专门折磨走进船舱里的人的鼻子。

船舱左右的舷侧板上齐头高的位置有一条延伸出去的通道，从设置好的楼梯上到过道，可以窥见船舱中间亮着灯光。加布里埃尔爬上了堆积在过道里的木桶，小心留意着脚下，朝着亮光处前进。或许加布里埃尔的同伴就在那里吧，纳威心想。

跟着加布里埃尔到了灯光所在之处，纳威看见了他的同伴。彼处有四个水兵，正围着提灯盘腿坐在木桶上。其中两个是纳威预料之中的人物——正是加布里埃尔的手下，休·布雷克和佛莱迪·恰克。他俩都没了在陆上的轻佻表情，一脸阴沉险恶。关于另一个男人，纳威并不知道他在何处当值，但貌似见过几面，歪斜的额头和鼻子上的伤疤给他留下了深刻印象。

见到最后那个人时，纳威惊讶得说不出话来。

"乔治！"

乔治·布莱克竟是加布里埃尔的同伴，乔治也将早已自暴自弃的目光转向了纳威。

"喂喂，别那么大声。"加布里埃尔焦躁地说了一声。

"乔治，你也加入进来了吗?"纳威压低声音说。

乔治怀着歉意挪开了视线。

"嗯，是啊。"

"是我叫他来的，"加布里埃尔说，"就在谋杀发生的夜里。"

听了加布里埃尔的话，纳威这才明白了一切。那天晚上，加布里埃尔为了劝诱乔治加入自己的同盟，才冒着强风爬上了桅杆。甲板上还有其他人，根本谈不上秘密招募，但桅楼里就只有一名夜间瞭望员，因此全无障碍。加布里埃尔得知乔治当上了瞭望员，便在夜班时与他接触。

但在纳威眼里，乔治居然会成为加布里埃尔的同伴，这点十分意外。很难想象那个行事稳重的乔治居然会去走如此危险的独木桥。难道舰上的生活已把乔治的精神逼到濒临崩溃的境地了吗？

正在纳威沉吟之际，加布里埃尔开了口。

"那么，开始今天的会议吧。"

加布里埃尔和纳威坐了下来，加入了圈子。

"这家伙是新来的吗？"那个纳威不认识的水兵问。

"盖瑞，你是第一次来吧？这家伙叫纳威，和我们一样，是被强掳到这里的。虽然还没决定要加入我们，不过似乎对我们的活动很感兴趣，所以我就把他带来了。"

加布里埃尔随即向纳威介绍了那个歪鼻子水兵。

"纳威，这位是盖瑞·沃尔登，和我在同一个餐桌组，是在这条船上囚禁了三年的下级水兵。"

"你好。"盖瑞轻轻地举起了手。

"你好。"纳威应了一声，随即将视线从盖瑞的脸上挪了开来。

纳威在挪开视线之前，脸上已有了好奇之色，盖瑞注意到后便主动解释道："这些鼻子和额头上的伤全是拜军官们所赐，"盖瑞恼恨地说，"稍有差错就会换来他们的一顿鞭子。他们根本不把人当人看，就是一群恶魔。这种事是不对的，不对的事情就必须纠正。"

"这就是为什么盖瑞愿意跟我们合作。"加布里埃尔快活地说。

然后会议就开始了。纳威认真地听着他们的谈话，虽说这个叛乱组织的成员只用一只手就能数清，但他们讨论的内容却很踏实。在场的人既读不懂海图，也算不来经纬，因此他们便制定了一条铁律——唯有在长戟号靠近英国海岸时，他们才尝试逃跑。他们此刻正在讨论计划，即当机会来临时，该采取怎么样的方式逃脱。

如果他们是在谋划如何夺取战舰的痴梦，想要加入同盟的心情恐怕早就烟消云散了。但当他听了这些踏实的言语，鼓舞之情在纳威的心中萌发。

逃生手段似乎是夺取小艇，但如何夺取小艇是个难题。当军舰停泊在港口时，露天甲板上会有海军陆战队士兵负责看守，在不被他们看到的情况下使用起重机，就跟把海水一滴不剩地喝干一样毫无可能。

"除去掀翻军舰这种大事件，否则也没有抢夺小艇的机会。"

加布里埃尔总结道。

"至少等军舰停泊在港口，所有水兵都获准上岸吧，"佛莱迪低声嘟囔道，"这样想怎么逃就怎么逃了。"

休紧接着说道："就算没有登陆许可，把船停进港口也行，只要能看得到地面，总会有方法的。"

"这可指望不了，"盖瑞挠着头说，"要不然我也不会在这待三年了。"

"除去强夺小艇之外，还有其他逃跑方法。"

乔治淡然地说了这样的话，所有人都把这话听得一清二楚，纷纷紧盯着他。

"喂，你刚才的话是真的吗?"盖瑞看向他问道。

乔治只是淡然地应了一句，丝毫不显露出得意之色。

"想要维系军舰，补给是必不可少的。而在军舰上，据说补给物资是交由民间补给船进行的。当补给船来的时候，就给那边的船长塞钱，请他带我们走。等到这边发现我们从舰上消失，那时候我们已经身在数百英里之外了，长戟号只能干瞪眼。"

加布里埃尔和其他人面面相觑，眼睛里蕴含着光芒。乔治的计划比夺艇巧妙得多，也更有可能成功。但在希望之火燃烧起来之前，乔治又补充了一句："当然了，这个计划也有缺陷。"

"什么？"加布里埃尔眉头紧锁，就似突然被浇了一盆冷水。

"就是钱啊。补给船也得冒很大的风险，所以我们得支付相应的代价。"

"要多少？一几尼①吗？"

"按这个人数的话，我觉得需要二十倍。"

"你在开玩笑吗？"加布里埃尔瞪大了眼睛，"怎么可能要这么多，你在吹牛吧？"

"倒不如说，只给半吊子的金额是很危险的。搞不好补给船船长会向格拉汉姆舰长告发我们。必须要给足钱让对方满意。"

膨胀的希望骤然消失了。二十几尼可是一笔巨款。作为鞋匠工作的时候，勤勤恳恳干一年能不能攒到这样的金额都不好说，作为一个离开战舰才会统一发饷的水兵，要如何才能筹到这么一大笔钱呢？

"有什么办法能筹到钱呢？"争论开始后不久，纳威第一次开了口，他已然不再是这个同盟的旁观者了。

纳威的问话引来了大约十秒的沉默，随后一个声音打破了沉默。

"去偷。"盖瑞说。

"这艘军舰里头并不是没钱。舰上有船员的工资和向商人采购物资的资金，就在主计长仓库里，从那里就可以偷出二十几尼。"

"不会被发现吗？"加布里埃尔问出了最重要的事情。

---

① 几尼（Guinea），原指欧洲用几内亚黄金铸造的古代金币，后成为英国金币的名称，在法定兑换中，一几尼相当于二十一先令。

"主计长是管理物资的，可没闲工夫每天数钱。就算暴露，也不会马上被发现。所以我们就等补给船快来的时候把钱偷出来，将其交给补给船的人，就能在主计长发觉之前逃走。"

"也就是说，这样就完全没问题了吗?"加布里埃尔确认道。

"如果非要说有什么问题的话……"盖瑞似乎有些难以启齿，语速缓慢地说道，"主计长仓库在底层甲板的舰艇区域，单纯靠近应该难度不大，可那边有小龙虾①看守，一整天都在主计长仓库前轮流站岗。"

"喂喂，那该怎么进仓库啊?"佛莱迪用焦躁的语气说。

"冷静点，"盖瑞急忙补充道，"小龙虾也不是一直守在那里，要是上司召集，或者别的地方发生纠纷，他们就会赶过去。何况他们也是人，一旦憋不住尿就会离开岗位，到时候仓库门前就没人了。"

"补给船来的时候，会有这样恰到好处的巧合吗?"纳威问。

加布里埃尔哼了一声。

"就算不靠巧合，只需把守卫从仓库门口引开就行了吧。我们有好几个人，只要扯个谎说某个地方出了事，把海军陆战队士兵引到别的地方，在这期间由其他的小队从仓库里把钱偷出来就行。"

休和佛莱迪赞同加布里埃尔的方案，乔治并没有说什么，但盖瑞的态度比较谨慎。

"我在这待的时间比你们久，了解得要多一些。那些小龙虾可不是我们这种水兵叫得动的，必须得准备更有说服力的理由……"

"那我们准备一个就是，毕竟时间还很充足。"加布里埃尔自信满满

---

① 英国海军陆战队士兵因为身着鲜红军服，故得此名。

地说。

盖瑞虽仍有不安，但最终还是同意了加布里埃尔的计划。

"看来没什么异议，那么今后的方针就这么敲定了。"

加布里埃尔看向了纳威。

"纳威，你可真走运，在制订完美逃生计划的时候刚好在场。虽然感觉没什么必要，但姑且还是确认一下，纳威，你愿意加入我们吗?"

纳威下定了决心。

"嗯，算我一个。"

"就这么定了。"加布里埃尔微笑着说。

蹑手蹑脚地回到吊床上后，纳威一时无法入睡。他的情绪动荡不休，就似一艘被惊涛骇浪玩弄的船。在战争结束前就能脱离这般苦海了，光是想想便涌现了前所未有的活力。他闭上眼睛努力入眠，眼皮底下自然而然地浮现出玛利亚的笑脸。

然而就在翌日，又发生了让纳威再度陷入绝望的事。

*

等待其余舰船的长载号迎来了平静的时刻。这天天气晴好，水兵们纷纷把衣服拿到舰艏楼甲板的大盆里洗涤，或是在阳光下修补破损的衣服，借此打发上午的时间。

纳威正在舰艏楼甲板和其他水兵一起清洗吊床，他看着从前桅延伸到艏斜桅的支帆索，心想虽说够不着，但要是把衣服晾在那里，应该能干得很快吧。但他旋即想起了索具上涂有焦油，如果真这样做的话，岂不是全白洗了。他自嘲地打消了这一想法。

而就在距离正午还有半小时的七声钟响之际，被阳光包裹的平静被打破了。

"全员，后甲板集合！"被扩音筒放大的声音在舰内回荡着。

召集令来了。纳威一边用裤子蹭去水和泡沫，一边向后甲板走去。不出所料，聚集于此的水兵几乎溢出了后甲板，但纳威还是设法挤到了一个能看清楚发生什么事的地方。

舵轮前站着一排表情严肃的军官们，他们的面前是一个突兀的水兵。纳威刚瞧见这一幕，就立即意识到是惩戒大会。但那个可怕的格栅板，即用来捆绑罪犯鞭打的物件却不见踪影，取而代之的是一个木桶。

纳威紧盯着即将受审的水兵，从体格上看，那人并不像水兵，而像是商人。纳威仔细观察了一会儿，终于意识到这人是和自己一起被带到舰上的，虽然原本丰满的面颊凹陷了不少，脸上写满了绝望，但自己绝不会认错，这就是跟他乘坐同一艘小艇前来长戟号的人。

这人究竟犯了什么事呢？纳威正思忖之际，格拉汉姆从舰长室里走了出来，他的表情比上回鞭笞时还要严厉。

迈耶押着罪人来到了格拉汉姆面前，向舰长敬了个礼。格拉汉姆点了点头，随即冲着水兵们怒吼道：

"诸位，这人名叫山姆·庞斯，下级水兵，在左舷甲板当值。"

和之前的惩罚方式似乎有些不一样，纳威暗想。这其中有什么重大的意义吗？

"这人犯下了重罪，他偷吃了各位的食物！"

水兵中传出了宛如大浪拍碎在岩石上的轰鸣。

"那家伙可真是犯了了不得的事呐。"

一个熟悉的声音从背后传来，纳威回头一看，站在那里的是科格。

"大家为什么这么惊讶？不就是偷吃吗？"

"在舰上偷吃可不比在厨房里随手摸点菜吃。当我在餐桌上教你这里的基本生活常识时，就说过盗窃是重罪吧。"

科格一边用手擦拭裤子一边说道。

"好好看看吧，那些偷东西的人将会遭到什么样的惩罚。"

纳威将视线转回舰长身上，舰长等待水兵们的惊诧声平息后，开始审问庞斯。

"庞斯，你在昨天夜里第一声钟响（零点三十分）过后，去炊事长的房间里偷吃奶酪，被海军陆战队士兵发现了，是不是？"

庞斯的视线在舰长面前左右游移，就似在寻觅最合适的辩词。

"回答我！"格拉汉姆怒斥道。

"是的！"庞斯缩成一团，大叫般说道，"是这样。"

"那你为何要这么做？先听你解释！"

"我、我饿了。"

"这艘军舰上一天管三顿饭，你没吃吗？"

"我、我吃了。"庞斯额头上淌着汗说，"只、只是，像这种没有滋味的饭菜，怎么吃都吃不下去。所以半夜饿得不行，忍不住就……"

格拉汉姆摇了摇头。

"真是个无可救药的蠢货。"

庞斯颤抖着申辩说：

"那、那个，我不就只吃了一块吗？"

这样的借口触怒了格拉汉姆。

"只吃了一块就能原谅吗？那要吃多少才受罚？两块？三块？还是再

加点饼干？不管多少，偷就是偷！这艘舰上的食物属于所有人，要是你偷了，就等于偷了所有人的东西！"

庞斯被舰长的气势吓得说不出话，格拉汉姆宣判道：

"下级水兵山姆·庞斯，根据海军惩罚规定，将对你处以'夹道鞭笞①'！"

还没等纳威思考"夹道鞭笞"究竟是什么的时候，格拉汉姆已向水兵们下令道：

"自愿参加鞭笞的，拿起鞭子排好队！其余的人从后甲板退下！"

数不清的水兵们走向舰艉楼甲板台阶旁的木桶，纳威不知发生了什么，呆然地站在原地。就在这时，科格把手搭在他的肩上。

"退到后边，不要挡路。"

纳威和科格一起退到了船舷通道，就在那里，纳威偶然和瓜子脸的威廉·波洛克凑在了一处。

"要开始什么了？"看着森严的气氛，波洛克不安地嘟哝着。

走在前面的水兵们依次把手伸进了没盖的木桶，从木桶中抽出的每一只手都握着"猫"鞭。那个桶是用来存放鞭子的。手持鞭子的水兵们在左右舷各排成两列。

当甲板上的队伍排成四列时，格拉汉姆向海军陆战队士兵命令道：

"脱掉罪人的衣服，绑住他的手！"

两名海军陆战队士兵粗暴地揪起庞斯，三下五除二便扒光了他的上半身，接着又用绳子把庞斯的手捆在肚子跟前，随后退了下去。

---

① 罪犯赤裸上身，从两列士兵之间走过，遭受每个士兵的鞭打。

"什、什么……"跟不上事态发展的庞斯陷入了呆滞。

格拉汉姆站在庞斯跟前解释道：

"你即将受到同伴们的鞭笞，"格拉汉姆回头看了眼水兵的队伍，"右舷两列，左舷两列，你在两列人之间行走，水兵们会对你挥鞭。你先从右边的两列之间走过去，通过后再从左边的两列之间走回来。其间遭受的鞭打将清算你的罪孽。"

庞斯脸色铁青地看着水兵队伍，粗略一数就有一百多号人，所有人都拿着鞭子，也就是说，他将被鞭打一百次以上。

"当然了，跑过去是不允许的，为此需要有人给你带路。"

舰长用眼神一指，首席卫兵长迈耶和他旁边的海军陆战队士兵旋即走了上来，迈耶拔出佩刀，将短弯刀的刃口指着庞斯的小腹跟前，海军陆战队员则把刺刀对准了他的后背。

"跟着首席卫兵长的脚步走！"

庞斯被不容分说地押到了起点上。他的脸上失去了血色，就似立在断头台前的贵族一样，呼吸急促，看样子好像随时都要倒下。

"不允许手下留情！"格拉汉姆对入列的水兵们喊话道，"留情者将视为同罪！"

当然了，那些自愿加入执行者队列的水兵们并不打算手下留情。有些人是出于对违规者的愤怒，有些人是为了发泄日常的郁闷，有些人是为了体验当军官的感觉。水兵们怀揣着各自的想法一一站定。

"预备！"格拉汉姆一声咆哮，水兵们面对面站定，大鼓奏出沉重的节奏，烘托着即将来临的恐怖时刻。

"开始！"舰长下令道。

紧接着，领头的水兵向庞斯挥下鞭子，庞斯一声惨叫，被抽到的皮肤呈条状肿胀起来。庞斯只想快点往前，但迈耶的佩刀不允许他这么做。迈耶以散步般的速度缓缓倒着走，在这般悠闲的速度下，鞭子不断抽向庞斯的身体。刚走到右舷队列的一半，庞斯的后背、上臂、肩膀、颈部，乃至面颊和耳朵上都渗出了血。庞斯只能一边嚎叫，一边扭动着身体忍受痛苦。

　　水兵们下手毫不留情，有人面带凶相，有人呼吸粗重，还有人一边挥着鞭子，一边露出了残虐的笑容。

　　当走出右舷的队列时，庞斯的身上已经留下了无数道血印，和残损的身体一样，精神也受到了重创。他的眼神失焦且上翻，流出的口水打湿了下巴，全身就似大限临头的蝉一般剧烈颤抖。但这才仅仅走完了一半。

　　"喂，快走！"

　　跟在庞斯身后的海军陆战队士兵怒吼道，必须马上走进左舷的队伍，但罪人的脚步却停了下来。

　　"救、救救我……"庞斯用快要听不见的声音说道。

　　"叫你快点走，小心我一刀刺下去！"

　　庞斯发出了一声不成人声的呻吟，脚下又走了起来，泪水自眼眶滑落。

　　庞斯走进了新的队列，干燥的鞭子呼啸地划过空气，狠狠地抽打在他已然遍布伤痕的身体上，他的后背已经破烂不堪，几乎没有一处不是血淋淋。新的鞭子频频落在之前的伤口上，此时的痛苦已不堪忍受，庞斯一刻不停地惨叫着。

事情就发生在他行进到队伍中间的时候，鞭子恰好抽在了庞斯背上的一道极深的伤口上，剜肉及骨的剧痛不是人类能忍受的，庞斯发出了刑罚开始后的最大惨叫，被疼痛支配的大脑忘却了眼前的弯刀，他猛地向前迈了一步。

迈耶立即抽回了弯刀，但已经来不及了。刀尖刺入腹中约一英寸，罪人就这样栽倒在了地上，从腹部流出的血是鞭伤不能比拟的，鲜血缓缓在地上扩散成一个血洼。

"刺到了！"迈耶大叫道。

"停止鞭打！"格拉汉姆大吼了一声，但已经没必要了。队列中的水兵们像是冰冻般停止了动作，直直地凝视着倒地的庞斯。

军医莱斯托克迅速冲了过来，为他检查伤势。

在船舷通道上目睹了整个过程的纳威怔怔地站在原地，身旁的波洛克则恐惧地大口喘息着。

"很少会发生这种事，"科格说，"忍受不了疼痛变得半痴半癫，不由自主地撞到刀尖上。想出这种刑罚的人肯定是疯了，我以前待的种植园都没这种残酷的惩罚。"

莱斯托克向格拉汉姆报告道：

"舰长，不能再继续了！必须马上带他去医务室！"

格拉汉姆低头看着脚下，旋即抬起头大声宣布道：

"罪人的血流够了，刑罚到此结束！解散！"

水兵的队列散了开来，莱斯托克的助手开始搬运庞斯。

"这就是对偷窃者的惩罚。"科格说。

"太可怕了，"纳威的声音微微颤抖，"没有比这更可怕的刑罚了。"

"有的哦。"

"什么？"纳威情不自禁地看向科格。

"还有两种刑罚比夹道鞭笞更可怕，你想听吗？"

"一种是舰队游行鞭笞，就是带着罪人在舰队绕一圈，由各舰帆缆手执行鞭打的刑罚。总共大约要打三百鞭，远超刚才的夹道鞭笞，据说会死人的。"

"三百？究竟做了什么才会遭到这种刑罚？"

"脱逃啊。从舰上逃走的家伙会受到这样的惩罚。"

科格无意中的一句话，却让纳威的心脏几乎停滞。脱逃正是纳威他们正在策划的事情。

"怎么了？"科格盯着纳威的脸问了一句。

"啊？"

"你的脸色好差。"

"哦哦，一想到就觉得可怕……"纳威试图蒙混过去，"话说回来，居然有针对脱逃者的刑罚，有哪个蠢货会被抓到呢，明明都已经逃出去了。"

"那些人以为从舰上逃走就能无所顾忌了，所以一回家就被抓了回来。"

"啊，什么？"纳威大惑不解，"这是什么意思？"

"登舰的时候不是都要求报上名字和住址吗？有这些记录，该去哪里找人也就再明确不过了。"

纳威只觉得头脑越来越冷，登舰时记录在花名册上的住址，纳威老实巴交地报上了真的。这就意味着即便逃跑，海军的追兵也会不远万里地赶来。

纳威已经不敢再听了，可科格并没有注意到，而是继续说道：

"还有一种是鞭笞四百次，虽然比不上夹道鞭笞和舰队游行那么夸张，但没有人能在四百次鞭打中存活下来，如果真吃了四百鞭，恐怕连脊椎骨都会露出来吧。"

纳威思考着花名册的事，根本顾不上说话，但科格误以为纳威是因为听到了吓人的事而怔怔出神，于是继续说道：

"四百次鞭打是从主计长仓库里偷盗东西而遭到的处罚。"

一听到主计长仓库，纳威又竖起了耳朵。从主计长仓库里盗窃恰好包含在他们的计划之中。

"主计长仓库知道吧？就在底层甲板的前部，炊事长房间的旁边。哪怕是搞错了，只要胆敢从里边取走任何一样东西的话……喂，你没事吧？"

科格的最后一句话是对坐在纳威边上的波洛克说的。纳威缓缓转过头来，只见波洛克正倚靠在舷侧板上，身子沉入了甲板。刚才那场凄惨的刑罚足以夺去他的意识。

吃完午饭，纳威立即找到了加布里埃尔，一脸急迫地要求立即谈谈"那件事"。加布里埃尔把纳威带到了底层甲板沿着舷侧板设置的船工通道。船工通道罕有人迹，是一处很适合密谈的地方。

"你想说些什么？"

纳威把从科格那里听到的话告诉了加布里埃尔，而对方的反应很是冷淡。

"哦，那个啊，我知道。"

纳威眨了眨眼睛。

"你知道?"

"追查到住所的事盖瑞告诉过我了,其他人也知道。"

"那你怎么还这么冷静?明明连家都回不了。"

"你急什么?"加布里埃尔不耐烦地皱起眉头,"我又不打算一直待在家里,等我回去后,只需要带上必要的东西,去一个新天地闯荡就行了。你也照做不就行了吗?"

"我有老婆,而且孩子马上就要生了,我得养活他们两个。现在要我抛家舍业,这该如何是好?"

"我怎么知道?那是你的问题。我只要能从这里逃出去就行。"

纳威总算意识到了,加布里埃尔的目的是从舰上逃走,而自己的目的是回到玛利亚身边。自己有着必须守护的圣域,不能舍家而去,但加布里埃尔他们并不一样。

"然后呢?你有什么打算?"加布里埃尔问道,"你是要留在同盟里,还是要离开我们?"

纳威无法作答,他面临着两个障碍,一是逃离这艘船,二是躲避海军的追捕,为了克服第一个障碍,留在加布里埃尔等人的同盟中是最好的选择。但那之后呢?

对于纳威的沉默,加布里埃尔有些不耐烦地说道:

"要留要走,都随你便。"

下一个瞬间,加布里埃尔一把攥住他的衣领,将他的脸拽到跟前。

"但是,绝对不允许把这事告诉别人。"

加布里埃尔威胁了一句,随即放开了手,扬长而去。

纳威被单独留在了黑暗狭窄的船工通道里。

*

八天后，所有舰队都在锚地集结，各舰的舰长们前往旗舰进行最后的作战确认，在靠近波罗的海，靠近英国本土，以及两者之间设置了三个监视点，战列舰就在此进行巡航，长戟号负责的是靠近英国本土的海域。

翌日，各舰队分散开来，向着各个监视点驶去。从波罗的海前往英国的方向几乎全是逆风，舰队行进并不顺利，待长戟号抵达巡航点，已经比格拉汉姆预计的晚了三天。

到达目标海域后，格拉汉姆舰长只在早上和上午当值之际将舰船南北向移动，其余时间则将军舰停泊在原地。战列舰的目的始终都是迎击进入地盘的敌舰，没必要主动捕获猎物，下午则安排水兵们进行训练，以做好万全准备，确保遭遇敌舰随时都能应对。

刚开始的规律而单调的生活没多久就崩溃了。凶案就发生在巡航开始的五天后。

那天从早上开始就是倒霉的雨天，当值的水兵全都穿着防水布做成的雨衣操帆。上午当值的纳威也穿起了雨衣，虽能挡雨，却无法防寒。距离纳威被带到舰上已有一个多月了，如今已是寒气逼人的季节。在这样的雨天，湿漉漉的手脚会缓慢地夺走体温。

值完班，午餐时间到了。当天的菜色是煮猪肉和豌豆汤，纳威拿着盛汤的碗温暖着冻僵的手。

尽管餐桌上充斥着对雨天的咒骂，纳威仍默不作声地把食物送进嘴里，自从听闻对逃脱者的惩罚之后，纳威越来越觉得还是老老实实留在

150

舰上比较好。没有多少积蓄就带着玛利亚和孩子投奔别的城市未免太过鲁莽。当然有钱的话就另当别论……

"喂喂，"盖伊看向了纳威，"你怎么了？最近怎么蔫头耷脑的？我们组的两个新人貌似都很消沉啊。"

"一定是过厌了这里的生活吧。"拉姆齐说。

"可别突然跳海自尽啊，会让人吃不下饭的。"吃着豆子的赵淡然地说。

"我没事。"纳威回了一句，但他的声音里没有一丝气力。

赵瞥了纳威一眼，又说：

"脸比嘴更诚实哦，看你的脸色不像没事。"

"今晚分酒的时候，我把我的格洛格酒让给你吧，"曼迪微笑着说，"多喝一杯，精神也会随之振奋起来的吧。"

"真的没事，只是最近有点累……"

纳威的话刚吐出一半就缩了回去，就似一条鱼毫无征兆地跃出海面一般，思绪之洋乍然涌现出了灵光，曼迪所说的"多喝一杯"化作了纳威的智慧果实。现如今的逃脱计划是从主计长仓库里盗取二十几尼贿赂补给船。但为何只偷二十几尼呢？譬如偷出五十几尼，再把差额的三十几尼揣进自己兜里又如何呢？三十几尼足够在新天地里觅得一个安身之所，找到一份新工作。变得贪婪似乎是解决问题的绝佳策略。

"喂，你怎么了？"曼迪担心地问道。

"不，没什么。"纳威微笑着应了一句，先前萦绕在身上的阴郁外衣似已消散。

餐桌组的同伴都注意到了纳威突兀的变化，但并没有深究，就这样继续埋头吃饭。

雨天天寒，整个舰内弥漫着潮气，到处笼罩着阴郁的气氛，这些全都令人难受至极，唯一的好处是露天甲板上的训练取消了。当天原本计划进行白刃战训练，由于下雨的缘故，水兵们得以自由利用下午的时间。

纳威利用这段时间尝试联系加布里埃尔。加布里埃尔正与休、佛莱迪和盖瑞一起在下层甲板的主桅附近，主桅跟前放着一个形似大锅，带有四条腿的便携火炉。四人围着炉子取暖，都是可以谈及秘密的人，于是纳威立刻接近了加布里埃尔，告知了要留在同盟的事。

"哦，是吗？"加布里埃尔没有半分感情地回应道，"上回还是一副分道扬镳的样子，到底是什么风把你吹回来了？"

"我还是觉得在这里什么都改变不了。逃走以后的事还是等回到陆地之后再说吧。"

他并未提及要从主计长仓库里攫取逃亡资金的计划，倘若将此计划透露给其他成员，有可能激发所有人的贪欲，导致破坏计划。所以他必须确保自己被分配到潜入主计长仓库的任务。

"我另有一事相求。"

"怎么了？"加布里埃尔诧异地说。

"能不能把潜入主计长仓库的任务交给我？"

"你？为什么？"加布里埃尔眉头一竖。

"事实上，前几天主计长派我做了些搬运东西的杂活，当时他让我进了仓库，所以我比你们更了解仓库的情况，我有自信能做得好。"

虽是个彻头彻尾的谎言，但加布里埃尔等人仍一脸疑惑地面面相觑。

"唔……"加布里埃尔用暧昧的表情看着纳威，"关于细节，还是等全员到齐后再做吧。你去把布莱克叫来。"

纳威回到中甲板，随后带着坐在餐桌边的乔治去了现场。然而细节却没谈成，当纳威回去找乔治的时候，暖炉边来了个外人。

纳威走近时，那人转过头来。

"哎，是你们啊。"

这人就是指导纳威等人修补绳索的霍斯尔。

"今天好冷啊，"霍斯尔边说边把手靠近炉子里烧得通红的煤块，"我最怕冷，讨厌冬天。"

"哦，这样啊。"纳威含糊地应了一句。

霍斯尔面带微笑，继续享受着炉火，丝毫没有离开的意思。

纳威看到加布里埃尔偷偷指了指下边，意思是转移地点，到船舱里再谈吧。

众人明白了他的意图，正试图离开，却未能如愿。

"喂，那里闲着没事的水兵们！"

烤火的人全都循着声音的方向看了过去，吊在天花板上的油灯照亮了大步走来的炊事长的身影。

炊事长走到纳威等人面前，厉声说道：

"你们现在有空吗？"

"是的，长官，有什么事吗？"霍斯尔挺直了腰杆回答。

"我要你们在船舱里消灭老鼠。刚才我从船舱里搬来装奶酪的木桶，打开一看，里边跳出了五六只老鼠。船舱正在变成老鼠的乐园，必须尽快消灭。"

光是长时间待在又黑又臭的船舱里，就让人避之不及了，更不用说还要陪老鼠嬉戏。喜欢这种差事的水兵压根就不存在。纳威和同伴们都不愿意，他们以皱眉和撇嘴表达着不满。

炊事长看着纳威等人的脸，皱起了眉头。

"没什么可抱怨的，毕竟你们也不想吃沾满老鼠屎的奶酪和燕麦粥吧？"

"当然不想，长官。"霍斯尔以一如既往的声音说道。

"那就按我说的去做，我把除鼠用的棍棒和提灯交给你们，你们三个负责前船舱。"

厨师长指定了加布里埃尔、休和佛莱迪三人。

"剩下的人去后船舱除鼠，七声钟响（十五点三十分）的时候，我要检查你们打死的老鼠，要是想证明自己不是老眼昏花的老太婆，就给我多打几只老鼠，明白了吗？"

"遵命。"众人都心怀不满地应道。

纳威，乔治，盖瑞和霍斯尔四人手持提灯和棍棒，从中央舱口下到船舱。趁着无人看守，四人不情不愿地走上了货仓旁的通道，磨磨唧唧地朝着船舱深处前进。

"哎哎，为什么我得去打老鼠呢？"霍斯尔快快地口吐不满，"这种活是派给下级水兵干的吧，而且能把人冻死。"

霍斯尔说的没错，船舱就似风吹雨淋的甲板一般寒气逼人，原本就很冷了，而且还有一些东西撩动了纳威等人的不快。

"好冷！"

水滴滴落在纳威的脖子上，底层甲板上渗下的水正一滴一滴地落入船舱。

"喂喂，天花板都在滴水啊，这艘军舰是不是出问题了?"霍斯尔一边掸着落在头顶的水滴一边说道，他的目光突然落在了乔治身上。

"呦，你的帽子看起来挺暖和的嘛。"

霍斯尔毫不客气地夺过乔治的帽子，戴在了自己的头上。

"嗯，这下就好多了，也不用担心水滴。"

对于霍斯尔这般旁若无人的行为，就连乔治也蹿起了火气，他用明显不快的语气提出了抗议。

"那是我的帽子!"

"嗯，借用一下，照顾一下长辈也是应该的吧。"

"我跟你一样，都是上级水兵。"

"可我在这里待得更久哦。"

大概是觉得抗议并无效果，乔治用鼻子深深地呼了口气，然后转身背对着霍斯尔，爬到堆叠的木桶上，开始着手驱赶老鼠。紧张的气氛消失了，其他三人也开始分头驱除老鼠。

纳威翻过堆积的桶，爬到后舱口附近的地板上，展开了捕鼠行动，当他高举提灯照亮四周时，似乎看到好多小小的黑影飞速钻进了桶的后面……光凭摇曳的灯光看不清楚，纳威竖起耳朵听着，试图感知老鼠的动静，但能听到的唯有海水摩挲舰体的声音。由于船舱在吃水线以下，时常能在此听到海浪冲刷船体的声音，一想到此刻自己正隔着船体身处大海之中，闭塞的情绪便越来越重。

就在纳威恍神之际，一只老鼠从他脚底迅速穿过。回过神来的纳威慌忙挥舞着棍棒，但刚打到地板，老鼠已经逃进了横倒的木桶间的缝隙里。意识到手持提灯无法全力挥棒，他便将提灯放在后舱口的楼梯上方，开始搜寻老鼠。远处时不时传来棍棒敲打地面和木桶的声音，其他人显然也在忙着灭鼠。纳威蹲下身子寻找老鼠，但并未窥见它们的身影。纳威看着老鼠消失的位置，试着敲了敲那里的桶，结果几只老鼠从桶的缝隙间窜了出来。纳威意识到可以用这种办法赶出老鼠，于是便开始随意敲击木桶，每当有老鼠跑出来时，他就挥下棍棒，经过一番苦斗，大约二十分钟后，他终于打死了第一只老鼠。压碎骨肉的手感通过棍棒传到手上。拿开棍棒，纳威看到了一只躯体压扁、流血抽搐的老鼠，这令他有些反胃。尽管如此，他仍继续敲打木桶，试图驱出老鼠。但随着时间的流逝，老鼠渐渐变得不太出来了，最后终于彻底没了动静。纳威猜想老鼠可能是受到惊吓，逃到别的地方去了。这里大概不会再有什么收获了吧，于是他拎起提灯，爬上了船舱侧边的通道，朝中央舱口的方向走去。当他沿着通道向前时，看到船舱中间亮着一盏灯，对面的通道上也有一盏灯，或许是其他人在那里捕鼠吧。

纳威往下走去，心想有可能在主桅的根部找到老鼠，主桅周边除去木桶以外，还放着各种杂乱的东西。桅杆两侧是厚到足以容纳一个人的木墙，墙内侧设有空间，此处是存放弹丸的仓库。

除去桅杆之外，这里还有两根延伸至天花板的木柱，这些柱子只有桅杆的一半粗细，乃是用于在船底抽水的链式水泵的一部分。柱子内部中空，里边穿着一条铁链，上面等间隔设置着圆形的皮盘，盘子大小刚好吻合柱子内径。所以当铁链转动时，就会从船底挖起舱底积水，并将其送至上方的排水槽。下雨的日子，雨水会毫不容情地积在船底。此刻应该有水兵在奉命操作水泵吧，柱子里传来了铁链转动的声音。

纳威绕过弹丸仓库，靠近了主桅，当走到墙壁断绝，可以望见桅杆根部的位置时，纳威看到了意料之外的东西，不由得屏住了呼吸。

第三盏提灯在此投射着光线，提灯就放在弹丸仓库的旁边。在提灯的光晕下，躺倒在船舱中的男人的轮廓从黑暗中显现出来。

"霍斯尔?"

纳威呼唤着躺倒在地上的男人的名字。霍斯尔仰面躺倒在地，他的脸上已然没有了轻浮之色，取而代之的是仿佛目睹桅杆折断瞬间的惊愕。他的头部周围积起了黑色的液体，但一看帽子就知道那并不是污水。霍斯尔从乔治手里夺过的那顶白色帽子已经吸饱了液体，半边被染成了红黑色，分明地表示着那是血液。血的来源正是霍斯尔自身，他的脖子上深深地插着一把刀，血正分成数条线，顺着刀身安静地流淌出来。

纳威后退了几步，重复着浅浅的呼吸，他试图呼救，但只能发出"哈，哈"这般粗重的叹息声。

"来人……"他好不容易才挤出一声微弱的呼唤声，随即拼命地重复着这句话。

"来人……来人! 快来人!"

纳威记不清之后发生了什么，他只记得在一通半痴半癫的嘶叫之后，不知何时自己已经坐倒在连接底层甲板和下层甲板的中央舱口的楼梯上了。纳威渐渐恢复了平静，弗农五副站在他的面前。

不知为何，纳威的周围光线昏暗，目力不逮，但即便如此，他仍能清楚地看见弗农五副的眼睛在昏暗中闪着光芒。

*

"舰长，请允许我强烈主张，凶手一定是那个叫纳威·沃特的家伙!"

帆缆长菲尔德大声地说出了自己的意见，本想同时高举手臂，但拳

157

头不小心猛撞在桌子上，他不得不发出了痛苦的呻吟。

霍斯尔遇害之后，当天的第二轮半班，军官们再度聚集在舰长餐厅里，短时间接连发生了两起杀人案，这无疑是异常事态，即便是平日里一板正经的军官，也有不少人露出了不安的神情。

在沉闷的气氛中，弗农五副详述了案发经过。死者是名叫尼佩尔·霍斯尔的上级水兵，遇害地点是后船舱，估计是和其他水兵一同灭鼠时遇害的。当时的发现者是同样在做灭鼠工作的纳威·沃特——当这条信息公布之际，菲尔德就像之前那样激动地发表了意见。

菲尔德揉着被撞的手，皱着眉头说道：

"那个叫沃特的水兵，前几天出事的时候不是也在受害者附近吗？这回又是他第一个发现尸体，巧合过头了吧。"

菲尔德的话一语中的。水兵的人数在五百以上，同一个水兵竟会接连两次出现在尸体旁边，说是偶然实在教人难以置信。四处传出了赞同的声音。

"等等。"

格拉汉姆平静地说道。对他而言，发生第二起凶案无疑是一桩令人痛心的事，但他并没有因此陷入焦虑。

"弗农五副的报告还没做完，听完再说吧。"

舰长用眼神催促弗农继续往下说。

"就现场来看……"弗农再度报告起了案情，"受害者是脖子中刀身亡的，尸体的脖子上仍插着一把刀。根据莱斯托克医生的看法，凶手是从后方刺中了霍斯尔的脖子。是这样吧，莱斯托克医生。"

军医点了点头。

“刀刃几乎全部没入了受害者的脖子里，从正面刺入受害者脖子并刺得如此之深的情况极为罕见，需要相当的气力和经验。因此以我所见，凶手是从后方接近受害者，捂住嘴巴，狠狠地把刀插进了他的脖子。”

“出血情况如何？”考夫兰三副问，“要是脖子受伤，理应会喷出很多血吧。从身后下手的话，凶手的袖口上想必也会留下罪证吧。”

“很遗憾，这方面无法指望，”军医回答道，“如果拔刀或是扭动刀柄，血当然会喷出来，但凶手仅是单纯地将刀刺入之后就结束了犯罪，刀子仍旧插在上面，这样的话，喷血的出口就会被堵住。血当然会从伤口流出，但只会顺着脖子淌下来，并不会溅到凶手的袖口上。”

“那可太遗憾了。”考夫兰有些焦躁地说道。

“纳威·沃特自不必说，我也找跟受害者一起在后船舱灭鼠的水兵乔治·布莱克和盖瑞·沃尔登问了话，那两个人都说自己在专心灭鼠，没有看到受害者遇袭的场面，也没有目击其他人进到船舱里。”

“哼，”杰维斯四副哼了一声，“既没看到，又没听到，在场的水兵的脖子安的怕不是脑袋，而是三眼木饼①吧？”

“算了算了，杰维斯四副，这样指责未免有些苛刻，”弗农委婉地说，“船舱里有的地方堆着木桶，有的地方没有，这样凹凸不平的地形很容易遮挡视线。在本就幽暗的船舱里看漏凶手或者犯罪场面也是无可奈何的事。再者，受害者遇害的位置恰恰位于主桅之前，没有比这更糟糕的地方了。如你所见，船舱主桅两侧是弹丸仓库，阻挡了左右两侧的视线，而且主桅周围又有水泵，不能放置木桶，但桅杆后边却堆满了桶，堆放

---

① 又名三孔滑车，是一种带三个孔的小圆盘，用以安装在绳索的前端防止松动。

的桶恰好遮住了受害者的身体。如果想要目击犯罪场面，就只能爬到主桅正后方的木桶上面，或是身处中央舱口那边。"

"对了……"帕克主计长客气地开口道，"凶器小刀的来源弄清楚了吗？"

"很遗憾，目前还不清楚，无论是厨房、缆绳室、手术室，还是各种仓库，甚至是个人随身物品，这艘船上到处都有小刀。打个比方，要是有人从仓库里拿走一把杂乱放置的小刀，是没人会发现的。"

"也就是说——"炮长哈登毫无顾忌地说，"这次的凶器就算是水兵也能搞到手吧？"

这番话令诸多军官在椅子上不自在地挪了挪屁股。从福尔克纳工具箱里消失的锤子，至今仍在军官中间蒙着一层挥之不去的阴影。

"呵呵，"菲尔德愉快地笑道，"不过这样一来，就没必要再为锤子绞尽脑汁了，反正偷锤子的也是沃特。"

罗伊登以质疑的语气发问：

"以水兵的身份冒着风险从军官的房间里偷东西？"

"沃特是刚被强征过来的吧，所以他对进入军官领域的危险性毫无觉察，这就是所谓的无知者无畏吧。如果被人发现，免不了要遭到责问乃至惩罚，但运气似乎站在了他这边，令他得以在没人发觉的情况下盗出锤子，然后用它狠狠砸了受害者的头。"

"这样下结论还为之过早。"弗农一副不以为然的样子。

然而菲尔德并没有退让。

"但是，五副，如果凶手不是那个沃特的话，"菲尔德全然没有提起军官是凶手的话题，"那么第一起凶案发生的时候，凶手是如何在不被周围水兵发现的情况下接近霍兰德的呢？"

弗农一时语塞，菲尔德趁着沉默继续说道：

"你们看，无论案发时多么暗，也没有办法避开这么多人的耳目靠近死者吧，更何况就连目标位置都难以掌握，所以凶手必然是从一开始就在凶手附近的人，嫌疑最大的沃特身边刚好又出现了另一具尸体，这已经是板上钉钉的事了。"

格拉汉姆坐在椅子上，身体稍稍后仰。

"谈再多似乎也不会有结果了。所以我们投票决定吧。"

格拉汉姆用锐利的眼神环顾着军官们。

"认为纳威·沃特是凶手的人请举手。如果举手的人超过一半，就把沃特扣押，翌日进行审判。行吗？"

军官们默默无言，舰长的话并非确认，而是传达决定。

"那么——"格拉汉姆严肃地说，"认为纳威·沃特是凶手的人，请举手。"

军官们表明了自己的想法，格拉汉姆看着他们点了点头。

*

在水兵中间，第二桩凶案也引发了热议，不过他们关注的焦点并不在此。

晚餐结束后，盖伊在餐桌边说道：

"喂，知道吗？据说霍斯尔也进过禁闭室呢。"

"哎呦，又有一个人被法国舰长咒死了吗？"曼迪笑道。

"咒死未免也隔得太久了吧？"赵冷淡地说，"这事我也听过，霍斯尔被关进禁闭室已经是两年多前的事了，在这么长的时间里，完全有可能病死，或者意外身亡。"

"呵呵，"盖伊露骨地表现出了厌恶，"别瞎扯了，诅咒是没有期限的。喂杰克，你也这么想吧?"

"唔——"年纪最小的杰克挠了挠脸颊，随后说道，"可诅咒要是没有期限的话，就算变成颤颤巍巍的老头子再死，也算是被咒死的吗?"

"呃，这个嘛……"

"喂喂，盖伊，"曼迪的脸上露出微笑，"你该不会被小孩子的逻辑打败了吧?"

"闭嘴!"

当话题因为诅咒而非谋杀热络起来的时候，纳威默默地观察着乔治。霍斯尔之死给他带来的冲击，在晚餐时已减弱了许多。当伙伴们纷纷向他抛出有关凶案的问题之时，纳威完全恢复了平时的状态，已经能将注意力转向周围了。就在此刻，他注意到乔治的情况又有了变化。乔治没有发言，一直耷拉着头，眉头紧锁，时不时露出呆然的神情。这副样子和平时的乔治完全不同，比之前任何时候都要明显。在纳威看来，只能说是异样的状况。

纳威再也看不下去了，于是果断向乔治搭话道:

"喂，乔治，你从刚才就没说过话，怎么了?"

餐桌组的成员纷纷将注意力集中到了乔治身上，乔治缓缓放下托着脑袋的手，他的神色看起来疲惫至极。

"我在想事情。"

"想什么?"

"可能是我。"

"什么？"

"凶手搞不好是冲我来的。"

"喂喂，"曼迪的眉毛和话声全都往上一跳，"霍斯尔都死了，你怎么还会有这种想法？"

"他戴着我的帽子！那顶白色的毛线帽，在黑暗中非常显眼，"乔治一边抚摸着自己的头发一边说道，"我一直在想，凶手可能并没有看脸，而是以帽子为目标下手杀人的。"

对于这个意料之外的发言，餐桌组的成员全都不知所措。

"凶手为什么要盯上你？"科格瞠目结舌地问道。

"那个……"

乔治抬起了头，依次扫过同伴的脸。大家都用看着有趣生物的表情等待着乔治的后续。

乔治半张着嘴，却一句话都吐不出来，只是不住地眨眼，目光好似寻觅般左右移动，旋即把脸缓缓沉了下去。

"我不知道。"

"看吧，不知道就说明你想多了。"盖伊笑道。

其他组员也露出了暧昧的笑容，但纳威并没有笑。刚才的乔治身上可以窥见显而易见的矛盾，他很可能明明知道自己被人盯上性命的理由，却无法在这个场合里说出来。然而纳威已经没有机会进一步思考了。

中层甲板上响起了吆喝声，呼声徐徐扩散开来，水兵们看着从中央舱口下来的一群人，感受到了异常森严的气氛。来到中层甲板的是弗农五副、首席卫兵长迈耶和两名士兵。

他们来到了纳威所在的餐桌前。

弗农五副直勾勾地盯着纳威，以石像般僵硬的表情说道：

"纳威·沃特，我以两起谋杀嫌疑拘捕你。"

*

门缓缓地关了起来，纳威被独自一人关在了禁闭室里。而且不仅仅是被困住这么简单，他的脚被固定在舷侧板突出的铁棒状脚镣中，被迫坐在地上，失去了自由。而所受的拘束还不止于此，他的手腕被绳子绑住，拴在甲板上的 U 形金属环上，这样一来，别说挠脸，就连躺倒在甲板上都做不到。进禁闭室的目的并不只是把罪人关在空无一人的房间里，还要让罪人体验失去自由的痛苦。

除去束缚罪人的器具外，禁闭室里什么都没有，连油灯都没挂。房间里没有光源，但隔板墙上却有一道横向的光线。隔板墙是用几块木板钉在方材上做成的，木板和木板之间有细小的缝隙，令禁闭室外的油灯灯火透了进来，化作一条条光之横纹，浮现在黑幕之上。幸运的是，隔板墙的做工并未和天花板严丝合缝，由于高度只到横梁以下，所以和天花板之间有很大的缝隙，微光可以从那里射入。

然而微薄的灯光对纳威而言毫无意义，他就像失去手脚一样，心思变得支离破碎，仍处于冲击之下的呆怔状态。

"我是嫌犯？"这句话在纳威脑海中萦绕不休，霍兰德被打倒的时候自己就在附近，霍斯尔被杀的时候，是自己第一个发现了死去的他。这都是不争的事实，但自己断然不会对他们下手。他曾试图向弗农五副大声喊冤，但五副只是说"留到明天的审判上再说"，然后就把纳威关进了下层甲板的禁闭室。

纳威从不认为审判会证明自己的清白，他已经见证了无数的巡回审判，即便嫌疑人将手按在《圣经》上宣称无罪，最终也一定会被判有罪。

到了审判的那一刻，就意味着一切都结束了。自己将会被判处绞刑，吊在帆桁的一端。绝望侵蚀着纳威的内心，最终令他抵达了绝望的顶点。自己即将死去，这个念头禁锢了纳威。玛利亚的面庞自然而然地浮现在脑海里，纳威想着自己的妻子和尚未出生的孩子，情不自禁地流下了眼泪。

漫长的时间过去，禁闭室的门被打开了，首席卫兵长迈耶端着燕麦粥走了进来，想来天已大亮。纳威最终一夜无眠，就这样迎来了清晨。绝望令睡魔远遁，但失眠的最大元凶乃是臀部的疼痛。长时间以相同的姿势坐在坚硬的甲板上，令臀部痛楚难耐，因此他整夜都在可以活动的范围内改变坐姿，以缓解痛感。即便心灵濒临死亡，肉体仍会控诉疼痛。

"吃早饭了。"

首席卫兵长将装有燕麦粥的碗放在地上，试图解开纳威手上的绳子，纳威表示了拒绝。

"不用了。"他以破罐破摔的态度说道。

迈耶刚想说些什么，但略一思忖，又闭上了嘴，纳威猜想他可能要说"这应该是你最后一餐了"。

首席卫兵长端着燕麦粥离开了禁闭室，纳威再度被单独留在了那里。早晨的到来意味着距离审判只剩下几个小时。按弗农五副的说法，审判将在午后两声钟响（十三点）开始，意识到这点的纳威体会到了身体被勒紧的感觉，时间的刻度已化作了拷问，没有比近在眼前的死亡更可怕的了，纳威在全身灌注气力，试图与恐惧对抗。

不知度过了多少令人发狂的时间，门又被打开。纳威的目光落在了站在门口的弗农五副和海军陆战队士兵身上，站在他背后的两名海军陆战队士兵迅速走到纳威身边，解开了他手脚的束缚，身体恢复了自由，纳威揉着手腕缓缓站起身来。

"纳威·沃特，你可以出去了。"弗农用生硬的声音说道。

"已经到时间了吗？"纳威一开口，声音竟出奇地明朗，这是精神被逼到极限乃至自暴自弃的人才有的行为，"我以为还是上午呢……"

"对，还没到中午。"

弗农意料之外的话让纳威僵在原地。

他用尽全身气力，也只是"啊"了一声。

"审判中止了。"

"什么？怎么会这样？"

在解脱感降临之际，疑问率先脱口而出，这本应是个令人欣喜的消息，但就似黑夜急遽转为白昼这般剧烈的变化，纳威的情绪一时未能跟上，无法体会到任何喜悦。

"因为杀害霍斯尔的凶手自己站出来了。"

纳威在震惊之余，几乎是反射性地问道。

"谁？"

弗农五副将视线转向门口，在首席卫兵长的带领下，一个戴着手铐的男人出现在了门口。

纳威被带上军舰后经历了各式各样的惊骇，但从未似此时这般震惊。被灯光照亮的那张脸正是纳威非常熟悉的人物。

他就是和纳威一起被强征至此的杂货店店主的儿子——威廉·波洛克。

*

弗农在禁闭室门口向纳威解释了事情经过。波洛克在今天早餐的时候突然闯进军官休息室，声称杀害霍斯尔的人是自己。现场自然一片哗然，弗农和迈耶很快就去找他问话。据波洛克的供述，他平日里事事被霍斯尔奚落，因此对他产生了杀机。那天他偶然看到霍斯尔走进船舱，觉得在那里可以避人耳目地解决霍斯尔，于是便下手行凶。凶器小刀是他在学习系索时用的，被他偷了出来，用它杀害了霍斯尔。他认罪的原因是看到纳威因杀人嫌疑被捕而受到了良心上的谴责。弗农向舰长禀明一切，舰长决定波洛克明天将被处以绞刑。就这样，等待临刑的波洛克被关进禁闭室，把纳威换了出来。

虽然听取了说明，但纳威脸上仍是一副无法理解的表情。

"还有什么不明白的地方吗？"弗农问。

"没有，不是这个意思，"纳威慎重地斟酌着言辞，"但我和波洛克是同乡，对他也有一定的了解，所以我实在没法想象他会杀人……"

"可能是被军舰上的疯狂感染了吧，海上的生活会改变人。"

弗农用话题到此为止的语气说道。

"不管怎样，这下你的嫌疑就洗清了。"

至少霍斯尔遇害一事是如此。但关于霍兰德被杀的事情上，纳威仍处于灰色地带。

"现在你可以回归正常的工作了。"

"遵命，长官。"

纳威敬了个礼，正打算离开，但在迈出一步后，又转过身面向弗农。

"那个，或许已经没什么关系了，不过我有件事想要报告。"

167

"什么事？"弗农歪过头来。

纳威传达了乔治说过的"凶手搞不好是冲我来的"一事。听到这一信息，弗农摸了摸下巴。

"原来如此，你的意思是凶手有可能是通过帽子来辨别人物的。"

"但要是波洛克已经自首，那就不是这样了，对吧？"纳威感觉自己说了些傻话，有些抱歉地补充了一句。

"没事，你可以退下了。"

霍斯尔遇害的案子虽已解决，乔治的话似乎可以撇弃不顾，但弗农仍有些悬悬在念的事。这句话一直留在他的脑海里，直到他在晚上担任当值主管的时候，萦绕在思绪上的迷雾才终于消散。

弗农在舰艉楼甲板从右舷到左舷，再从左舷到右舷，就这样往复巡视。当听闻六声钟响（二十三点）之时，弗农朝着桅楼方向大声喊道：

"瞭望员，有没有发现异常状况？"

从黑暗的天幕背后传来了"没有异常"的回答，弗农在担任夜间当值主管的时候，会这样定时向瞭望员打招呼。那是因为在黑暗的另一头，瞭望员有可能正在打盹。

弗农点了点头，准备再度巡视舰艉楼甲板。但才迈出了第一步，就发生了小小的意外。

当晚的风并不算大，或许是天气的恶作剧吧，突然吹起一阵疾风，弗农下意识地把手按在三角帽上。风很快就平息了下去，但某样又薄又软的东西打到了正压着帽子的弗农脸上。他吃了一惊，当即拿起缠在自己脸上的物体凝神细看，真相并没有什么了不起的，那只是一条水兵的围巾，或许是刚才的强风把它吹过来的吧。

弗农再度对着桅楼大喊：

"瞭望员，是你的围巾掉了吗？"

很难想象刚才那阵风会把后甲板的东西卷到舰艉楼甲板上来，因此弗农估计这条围巾应该是瞭望员的。他的判断准确无误，过了片刻，从夜幕的另一头传来了一个战战兢兢的回应。

"是的，长官。"

当弗农思忖着待会儿把被风吹走的围巾还给瞭望员时，他的身体好似见到了冲着军舰招手的人鱼般打了个激灵。

瞭望员……强风……倘若如此，那么一切都有了一个合乎逻辑的解释。

当零点到来，弗农的当值结束后，他立刻走向了首席卫兵长的卧榻。他掀开帆布帘，以尽量不惊动其他人的声音呼唤着迈耶。

"有什么吩咐？"

在上级呼唤之下，迈耶尽可能快速爬下吊床。虽在竭力掩饰，但仍隐约流露出深夜被唤醒的不满。

"我可能知道霍兰德被杀的真相了。"

这句话似乎让首席卫兵长清醒过来，他套上黄铜纽扣的夹克，和弗农一起走到了舵柱背后的桌子边上。悬在梁上的提灯发出朦胧的光芒，依稀照亮了两人。

弗农开始了讲述。

"迈耶，我得先向你道歉，案发当晚，凶手的确在桅杆上。"

这个出乎意料的发言令首席卫兵长呆若木鸡。

"不，长官，"迈耶困惑不解地开了口，"那个不是被你明确否定了吗？在新月之夜的黑暗中，根本分不清谁在什么地方，在这种状况下，从桅杆上朝霍兰德的头顶扔铁锤是不可能的。"

"前提错了，凶手根本没想扔锤子砸死霍兰德。"

"怎么说？"迈耶有点跟不上对方的话。

"容我细说，当时凶手正拿着铁锤守在主桅杆的主帆桁上，却不慎让手里的铁锤掉了下来，碰巧砸中了霍兰德，导致其命丧当场。"

迈耶终于听懂了弗农的话。

"也就是说，那是一场意外？"说到这里，迈耶皱起了眉头，"不对，但那个凶手单手拿着铁锤蹲在帆桁上干什么呢？"

"当然是在试图杀人。但他的目标并非霍兰德，而是瞭望员乔治·布莱克。"

"啊？"首席卫兵长发出了与平日的威严截然不同的诧异呼声。

"这样一来一切都说得通了，恐怕事情经过是这样的。凶手可能预先在夜间当值期间悄悄来到露天甲板上，躲在人迹罕至之处，譬如放置小艇的地方。然后就到了交班时间，夜间当值的人回到舰内，凶手趁着人少的间隙，在深夜当值的人还没来到甲板的时候，顺着桅杆的侧支索往上爬，接着移动到主帆桁上，等待着布莱克自投罗网。之后当目标到来时，趁着夜色将其打死，这应该是凶手原先的计划。"

"但凶手搞砸了，对吧？"

"是的，或许塞缪尔造访桅楼打断了他的计划，这才导致凶手在主帆桁上等待的时间比预计要长，再加上当晚风大，待在帆桁上十分耗费精神。也不知是强风吹动，还是把沉重的铁锤从右手换到左手的时候没拿稳，无论理由为何，总之他不小心弄掉了锤子，那个锤子直接击中了可怜的霍兰德的头，然后掉进了海里。这就是霍兰德倒下的时候，没有一个水兵觉察到凶手存在的真相。"

这话说得挺有逻辑，但迈耶还是难以接受，因为其中仍有很大的疑问。

"可要是凶手就在主帆桁上面，那人又是怎样从帆桁上消失的呢？之前您不是也说过吗？水兵们都在侧支索周边待命，要是从那里下去，立刻就会被他们发觉。而且假使一直待在原地，早班开始后就会暴露自己不在床上，等到天亮，桅杆上的人影也就暴露无遗了。"

而弗农已经想好了凶手的逃跑方式。

"凶手是从前桅的支帆索滑到艏斜桅，然后从此处来到船头厕所，再回到舰内。由于夜里大家习惯用桶解决，所以船头厕所不会有人。这样一来，凶手就可以放心大胆地躺回自己的卧铺了。"

迈耶的思路一时未能跟上，不由得愣了一下。

"长官，你不是说凶手在主桅的主帆桁上头吗？怎么会突然跑到前桅上去了？主桅和前桅相距十几码远，对人类而言，不下到露天甲板是不可能这样移动的。"

"只在那个晚上恰恰是可能的，迈耶先生，你忽略了一件重要的事情。"

"是什么？"

"是大风。"弗农用充满力量的声音说道。

"啊？"迈耶的眉间挤出了困惑的褶皱。

"案发当晚，为了防止大风把船吹到岸边，采取了交叉撑的张帆方式，前桅向左舷展开，主桅横帆。也就是说，前主帆桁的右侧向舰艉方向下垂到了极限，而主帆桁则保持着平直。你知道这意味着什么吗？主帆桁的一端和前主帆桁的一端非常接近，几乎碰到了一起。要转移到另一个帆桁只需翻过伸手可及的距离，对凶手而言应该很简单吧。接下来只要爬到前桅，抓住支帆索滑落到艏斜桅上。"

"手会磨破皮的吧？"

"只要抱着索具就没事了。勒紧胳膊和腿，就能调节滑降的速度。不过夹克的袖子和裤子上一定会沾上焦油。倘若一开始就想到了这点，通过检查衣服就能找出凶手，但现在为时已晚，应该早就被洗掉了吧。"

"那就没办法了。"

"嗯，是啊。但因为我们的弩钝，才出现了第二个受害者。"

"啊？"首席卫兵长一时跟不上话题，"第二个受害者，指的是霍斯尔吗？不对啊，波洛克不是自首了吗？难不成霍兰德也是波洛克杀的？"

"不是，波洛克是个连桅楼都不敢上的下级水兵，他是不可能做到的。迈耶先生，我认为波洛克是想被判死刑才做了假的招供。"

"想被判死刑的人……"迈耶正想说不可能会有，但讲到一半就闭上了嘴。被强征带到舰上的人，因为无法忍受舰上的生活而自杀的人并不少见。

"他是想求死吧。"

弗农点了点头。

"没勇气自我了断的人就会索求死刑，这并不是特别奇怪的事情。"

"所以霍兰德和霍斯尔都是被同一个人杀害的，是吗？"

"我是这么觉得的，不过凶手并非有意杀害这两个人。正如刚才所说，霍兰德死于意外，而霍斯尔则是因为戴了一顶白色毛线帽而被误杀的。"

"如果凶手的目标是乔治·布莱克，那他就是个鲁莽的蠢货，居然接连失败了两次，还让自己身陷危险。"

"嗯，确实是个蠢货，但也是个运气特别好的家伙，接连两次行凶都没被人看到，至今没被抓到尾巴。"

"那今后该怎么办？"

"天亮后就向舰长报告这事，然后去找波洛克和布莱克问话，"弗农以坚定的口吻说道，"特别是布莱克，他很可能认识凶手，一定知道些什么，否则不会声称凶手的目标是自己的。"

弗农站了起来。

"既然要做的事情已经定下了，那就去睡吧。很抱歉在半夜打扰了你。"

"没事，感觉终于可以卸掉肩上的担子，可以安心地睡个好觉了。"

"而我大概要兴奋得睡不着了吧。"

弗农走向自己的房间，躺倒在了吊床上，他无所事事地构想着明天的安排。舰长六点起床，算上洗漱时间，大约六点半的时候应该可以登门拜访，之后就去找布莱克他们问话，明天上午应该能把一切搞定。

但弗农仍有一件忧虑的事。如果布莱克认为自己被盯上了，那为何不寻求帮助呢？或许他有什么不可告人的秘密，如果他为了保守这个秘密而拒绝交流呢？到了那个时候，虽然不太情愿，但用"猫"鞭应该能强迫他开口。

如果可能的话，还是希望能和平解决，弗农想。

然而，非但和平成了泡影，所有的事情都没有按照他所设想的进行。

早上的钟敲了两次（五点）后，前桅的瞭望员传来了前方看到光亮的报告。考夫兰和罗伊登来到舰艏楼甲板，将夜间望远镜凑到了眼睛上。望远镜里浮现出了清晰的船影，而且不止一艘。来船共有两艘。

"传令，报告舰长发现来船！"

考夫兰把望远镜从眼睛上拿了开来。

大约十分钟后，穿戴整齐的舰长走了过来，他直截了当地向考夫兰问道：

"哪国的船？"

"还不知道，因为太暗，看不清军舰旗。"

那么要做的事就只剩一件了。

"朝国籍不明的船只进发。"

罗伊登诧异地说：

"如果是法舰呢？有两艘啊。"

舰长不耐烦地哼了一声。

"就算是两艘法舰，我们又怎能看到了敌人，却眼睁睁地放他们溜走呢？这样做有什么面目面对国王陛下。必须弄清楚来船是哪个国家的。"

说到最后，格拉汉姆用严厉的口吻补充了一句。

"还有，为防备那些船真是法舰，进入战斗部署！"

此后，哨子和扩音筒被充分利用，长戟号从上风处不断靠近不明船只的过程中，家具被陆续收进船舱。长戟号与两艘船的距离约为五英里，但差距并未缩小。不明船只似乎也注意到了长戟号的存在，两艘船保持着一定距离，开始逃离长戟号。或许对方想在弄清长戟号的国籍前保持观望吧。

在阴冷的天空下，紧张的气氛灼烧着士兵们的肌肤，时间不断流逝。不多时，朝阳从水平线上探出了头。

阳光照亮了两艘来船，它们的船舷飘扬着象征革命的三色旗。

第三章

凶手隐匿

"这下看清楚了。"

格拉汉姆舰长在舰艏楼甲板一边看着望远镜一边说道。海军军官们聚集在他的周围，每个人手上都拿着望远镜。

"敌方是两艘护卫舰吗?"弗农问。

长戟号扯足风帆紧追在敌舰身后，但护卫舰比战列舰跑得更快，基本是追不上的。长戟号和敌舰之间的距离越拉越大。

护卫舰从龙骨到桅楼都是货真价实的军舰，比商船改装而成的私掠船更擅长作战。船有两艘，这是比预期的要强大很多的战力。尽管如此，杰维斯还是望着远去的敌舰懊恼地说:

"该死，让摇钱树跑了。"

"算了算了，我们的任务原本就是监视海域，光是把敌人从贸易线路上赶跑就已经足够了。"

罗伊登说道，语气中透着些许安心。

"没错，敌舰也没有同我们交战的打算，他们的目标当然是开往英国的贸易船。"

考夫兰也表示同意。

"不，好像不对，"格拉汉姆盯着望远镜说，"敌舰打算在这里交战。"

船副纷纷看向望远镜，两艘原本将船艉转向这边落荒而逃的护卫舰，此刻却停在了原地，正在摆动舰艉，打算将船舷转向长戟号。

弗农将视线从望远镜上移开，惊诧地说：

"法国的目的不是破坏贸易线路吗？在这里与我方争斗没有任何好处。"

"听说新政府成立之初，法国海军进行了人员整顿，"格拉汉姆淡然地说，"仇视新政府的舰长被尽数排除，信奉革命的人被提拔为新舰长。但新舰长中有很多经验不足的军官和下级军官，甚至是一介水兵。这种没有舰长资质的人往往会作出错误的判断。"

"真是疯了。"考夫兰恶狠狠地说。

即便格拉汉姆指责了敌舰的决断，但他内心还是认为，如果当真开战的话，情况会变得相当棘手。首先面临的是二打一的数量劣势，其次，目前的风向和风速也令长戟号陷入了困境。在英国海军看来，在上风处发动攻击乃是至上之法，如果处于上风，就能调整与敌舰的距离，掌握进攻的主动权。然而，在此刻这般风高浪大的条件下，上风处就会变得不利。不妨试想一下，倘若在迎风之际转向敌人进行炮击，那么从身后吹来的强风会令军舰朝敌人的那一面稍稍下沉，下层甲板的炮口可能会降低到接近海面的高度。如果在那种状态下打开下层甲板的炮门，海水可能会一齐涌入，最坏的情况可能导致舰船沉没。此外，下层甲板上搭载的大炮是破坏力较高的 32 磅炮，倘若这些火炮无法使用，对于军舰而言无疑会让战力大打折扣。无论敌舰是否算计到了这点，对方似乎都准备发起战斗。

然而，这些担忧是有办法消除的。

"该怎么办，舰长？"副舰长默里问道。

格拉汉姆通过望远镜继续观测敌舰，两艘护卫舰的左舷正对着长戟号，炮门已经打开，随时做好了开火的准备，格拉汉姆注意的并非敌舰，而是其间的空当，两艘船的间距约为一链（约185米），有这样的空间就足够了。

　　格拉汉姆一边折叠望远镜一边说道：

　　"冲过去，撞进敌舰之间，切断战列，然后两舷齐射。"

　　若滑入两舰之间，左右舷的大炮便都能使用，数量上便不存在劣势，再加上舰艉受风，因此下层甲板的炮门也无进水之虞。

　　但这也是一场极其危险的赌博，在接近敌舰时，需将舰艏朝向敌人，这样一来，就无法使用大炮进行攻击。而另一边，敌人已将侧舷转向我方严阵以待，随时能发动攻击。也就是说，从长戟号进入敌舰射程的那一刻起，直至闯入敌舰之间，如果被敌人的炮火炸断桅杆，失去动力的长戟号会成为绝好的靶子，法国人还能使用链弹（拴着铁链的炮弹，用以切断索具）来对付靠近的战舰。一旦战舰停止前进，就会陷入更大的困境。

　　尽管如此，格拉汉姆舰长仍决定出击。且不只是他，为了履行自己的职责，任何一位英国海军舰长在这种状况下都会作出同样的决断。

　　"暂时停船，全体人员在后甲板集合，在向全体船员传达行动计划后，开始接近敌舰。"

*

　　纳威的心脏因恐惧而悸动。自从接到发现法舰的消息后，他便一直处于不安之中。而在接到准备战斗的命令后，不安化为恐惧。后甲板的肃穆气氛令他意识到迫在眉睫的战争，这让纳威不得不考虑死亡的可能

181

性。聚集于此的水兵们的反应各不相同。有人激昂地说着侮辱敌人的话，有人面无表情地陷入沉默，也有人像纳威一样，面色惨白地环顾四周。这些水兵大概也是初次上阵吧。

"肃静！"副舰长默里在舰艉楼甲板上怒吼道，"从现在开始，本舰将进入战斗状态。敌人是两艘法国护卫舰，在下风五英里处。法方已经并列停船，将侧舷转向这里，做好了战斗准备。本舰将滑入敌舰中间，用两舷齐射一决胜负。在攻击命令下达之前，所有人都要在各自的战斗岗位待命，展示日常训练的成果！"

说完这些，默里退下，格拉汉姆舰长站了出来。

"诸位，从现在起，本舰将向法舰发动突击，但无须担心数量上的劣势。英国海军战舰是地球上最强的战舰，我等是传承悠久的英国海军的一员。相比之下，法国则是摧毁了固有体制，草创未就的稚嫩军队。敌人是弱旅，不足为惧！向他们展示英国海军是如何称霸海洋的！前进吧，怀抱自豪不屈的精神！"

水兵们士气高昂地发出了呼喊，纳威也想发出振奋己身的高呼，但喉咙就似被堵住一般，什么声音都发不出来。

实战——这个未知的世界沉重地压迫在了纳威身上。这并非训练，攻击即将来临，在炮击训练中发射的可怖炮弹如今正朝这边飞来。想到在这种状况下还必须进行准确的还击，纳威自登舰以来头一次有了吐意。或许会有人因为自己的失误导致某人死亡，在这样的想法的纠缠之下，纳威体内的怯懦开始膨胀。

纳威周围的餐桌组成员或许实在是看不下去，向他搭话道：

"纳威，你还好吧？你的脸色很糟啊，"曼迪用一如既往的语气说，

"你害怕吗?"

"蠢货,哪有不害怕的。"盖伊在一旁插嘴道。

"废话真多!我只是想让纳威放松一下……"

"你的话又不能解决问题。"拉姆齐说。

"哼,闭嘴。听好了,纳威。英国军舰的船体很厚,结实得很,寻常的火炮根本没法击穿船体。"

赵接过了曼迪的话。

"不过法国人的炮是针对这种舰体专门改良过的。"

"蠢货,别说这种多余的话!"

赵耸了耸肩。

"知己知彼也是很重要的吧。"

曼迪打起精神说道:

"罢了,反正害怕也无济于事。我们只需要把生命交给舰长,履行我们的职责就行。"

"按照训练就没问题。"杰克鼓励说。

"还有,要时时祈祷敌人的子弹不要过来,"科格说,"一边祈祷一边行动吧。"

"好吧,"曼迪微笑着说,"等一切结束之后,我们这些人还会一起围坐在餐桌旁,畅饮格洛格酒的。"

周围的水兵开始朝各自的岗位走去。在前往自己的战斗岗位前,乔治抓住了纳威。

"纳威,"乔治似乎也感受到了战斗的恐惧,但他仍用坚定的语气激励着纳威,"别死啊。"

"嗯。"

是的，还不能死，自己要活着与玛利亚重逢，一定要活下去。

*

长戟号张开了除去前桅和主桅外的所有帆，帆如果全部展开，在战斗中会成为妨碍，所以只保持在四成面积。格拉汉姆舰长首先下令右舷受风，将军舰移动至可以在左斜前方锁定敌舰的位置。

"敌舰有动静吗?"舰长高声问道。

"没有!"杰维斯在舰艏回答。

格拉汉姆静静地点了点头。

"左舷受风，开始前进!"

帆桁调转方向，长戟号开始向敌舰前进。

与此同时，纳威所在的下层甲板充斥着紧张和沉默。尽管与敌舰还有一段距离，但大炮已被推到炮口边上，急切等待着建功。甲板中央摆放着装有水和沙子的木桶。平时用作盥洗衣物的盆按照一定间隔排列整齐，里面装有闪闪发光的炮弹，以便能顺利地装填。每个炮组的水兵都紧挨着各自的大炮，只待一声令下。

纳威鼓起勇气站在原地。不仅仅是纳威，大半的水兵都凝神聆听着自舱口传来的鼓声。

或许是觉察到了这样的气氛，炮长哈登喊话道:

"喂，伙计们，现在还不是紧张的时候，我们和敌人还有很远的距离，我没让你们谈笑风生，但你们也该把心放宽一些。等听到第一声炮响之后再给我把脸绷紧!"

最初的炮击声在二十五分钟后响起——远处传来了一声巨人挥舞铁

184

锤敲击大地的轰鸣声。二十秒过去后，长戟号没有任何变化。

哈登透过舰艏的锚链孔窥视着外边的情况，视野右侧的法舰为硝烟所笼罩。

"哼，真是蠢货，打了一发空炮。"

哈登轻蔑地说着，然后转过身来。

"喂，伙计们！上边很快就会传下炮击指令，第一炮由我指挥，但之后你们要根据自己的判断进行射击，直到接到停止号令为止。从现在开始，都给我振作起来！"

之后传来了断断续续的炮击声，法方似乎在瞄准这边开炮，但由于距离尚远，只在海面上腾起了一道道水柱。然而，庞大的战列舰不可能永远避开炮火的攻击。

纳威的头顶传来了巨大的爆炸声，哀嚎和咒骂混杂在一起的地狱叫唤传了下来。纳威不敢想象发生了什么，但这一切无须想象，很快就在纳威眼前化为了现实。四号炮和五号炮之间的侧舷板突然爆裂，一颗烧得通红的炮弹飞了进来，四号炮负责灭火的水兵被猛烈地撞飞，砸在甲板上，胸口被打出一个大洞。炮弹气势未消，又撕裂了对舷炮队队员的膝盖，然后猛撞到左舷才停了下来。带来死亡和鲜血的不仅是炮弹。当炮弹撞开船体飞进来时，被炸得粉碎的木材化作子弹，猛烈地袭击着炮队队员们。五号炮的装弹员在木片之雨中缩成一团，全身流血呻吟不止。而同队的药猴则被一块化作利剑的木片深深地扎入脖子，当场丧命。

瞬间发生的惨剧令纳威的头脑麻痹，陷入了己身并不在此的错觉，他仿佛化作一个木偶，只会呆然地望着死去的人和蔓延开来的血泊。

就在这时，命令从舱口处传了下来。

"右舷，一号到七号，开火！"

话音刚落，头顶上响起了不逊雷鸣的轰隆声。上层甲板首先开始了炮击。

哈登杀气腾腾地喊道：

"好，伙计们，给我打回去！"

大炮已经瞄准完毕，随时准备发射。

"喂，危险！"纳威被人抓住衬衫领口，然后不由分说地往后一拽。他就势向后跌去，摔了个屁股蹲。

"右舷，一号到七号，开火！"

各队队长点燃了导火索，撼动甲板的巨大爆炸发生了，炮架犹如愤怒的公牛冲到纳威刚才站着的位置。

"别发呆，想死吗？"

拽开纳威的人是科格。倘若没有他出手相救，此刻的纳威就会被压在炮架底下。

"对不起。"

"不能松懈！"科格飞快地说完，通过炮门观察着外面的动静。只见法国护卫舰的舰艏和舰艉都卷起了烟尘。

"哼，活该！"

"喂！趁现在把尸体处理掉！"哈登吼道，"那边的！你，还有你！快动手，从炮门扔进海里！"

哈登点到名的其中一人正是纳威，他和一位蓄着大片浓须的水兵一起收拾被炮弹击中的尸体。

"喂，你来搬腿。"络腮胡水兵神经质地说道。

纳威照他所言搬起了腿，从空洞的创口中可以窥见碎裂的内脏，恶心的感觉涌了上来。

两人把尸体从大炮后退空出的炮门里抛了出去。纳威回头一看，只见哈登正往血泊里撒沙子，这样可以防止被血滑倒。

紧接着，上面传下了右舷八号到十四号炮的开火命令。哈登拎着装满沙子的桶下达命令，大炮怒吼，火柱腾起。

自此，右舷的攻击开始了。单边四十五门火炮在喷吐火柱和硝烟的同时发射炮弹，几乎没有空白的时间。

纳威所在的炮队也开始准备第二轮炮击。队员们首先用带杆的海绵擦去了第一发射击留下的余烬，随后填入弹药和炮弹，塞入填充物，用推杆小心夯实。最后众人合力把大炮推至炮门，队长似乎对能给法舰一记重拳而感到特别高兴，脸上露出了施虐的笑容。

大炮探出了炮门，但巨量的硝烟似浓雾般飘荡在长戟号和敌舰之间，令瞄准变得万分困难。就在这时，一名军官从中央舱口跑了下来，冲众人大声喊道：

"有空的后甲板当值员，到主桅前集合！"

科格朝纳威瞥了一眼。

"去吧，"他说，"有我们在这就足够了。"

纳威点了点头，冲上舱口，来到了露天甲板上。中层甲板和上炮列甲板都已化为吼声四起的战场，但露天甲板的紧张感尤为强烈，甚至可以说到了最糟糕的情况。舰艉楼甲板的右舷有一块大大的血泊，部分放置吊床的胸墙被炸开了一部分，吊床的碎片落入血中，被染得通红，很可能是敌人的炮弹击中了那里，将很多人卷了进来。侧舷通道上，海军陆战队士兵已列队完毕，瞄准敌舰架起了火枪。后甲板上的人正忙着将不会再次醒来的人抛进大海。之前在死之恐惧和疯狂奋战的笼罩下未能发觉，在纳威的感官不及之处，长戟号已然被多发炮弹命中。

格拉汉姆站在舰艉楼甲板上，凝望着烟雾对面的敌舰。在靠近的时候，如果对方有所行动，就需要立即相应地移动战舰，任何细小的变化都不能忽视。

后甲板已经聚集了数名水兵，但没人知道该做什么，只是被敌人的大炮吓得呆立原地。

"后甲板当值员，人都到齐了吗？"

来者是帆缆长菲尔德。只见他的肩上挂着一卷绳索，部下还抬来了两根长十英尺（约三米）的圆木，帆缆长下令将圆木放在甲板上，然后对众水兵说：

"主桅顶端的上桅帆桁被打折了。"

在场所有人都抬起了头，高悬于头顶上方的上桅帆桁的右舷一侧在中间断裂，帆凄惨地垂了下来。但头顶的创伤还不止这些，每一面帆都破了好几个洞，破洞的帆无法捕捉到风，行进的速度减半。

"用这个当夹板修理帆桁，"菲尔德用脚尖戳着地下的圆木，"抓着侧支索，把夹板送上去！"

菲尔德为聚集于此的水兵分配了任务。他充分把握水兵们的技能，做好部署，将能力高的水兵安排在较高的位置。技术最好的水兵被授予在上桅帆桁捆绑夹板的任务。纳威则受命爬上桅楼。

"好，上吧！"菲尔德大声命令道。

首先沿着侧支索上去的是背着修补用绳索的水兵们，接着是去上桅帆桁的侧支索的水兵们，最后是从后甲板延伸至桅楼的侧支索的水兵们。

纳威已接受过数次上下侧支索的训练，如今爬到桅楼已不成问题。但在如雨而下的炮弹中攀上侧支索，与训练的时候仍大不相同。每当远方的破坏者传来轰鸣，纳威就身体紧绷，手脚停滞。他只得一边祈祷一边攀爬侧支索。

登上桅楼后，眼里映出了上级水兵们施放火枪的情景。

"赶紧把帆桁修好！"一个端着火枪的水兵说，"只要再靠近一点，枪弹就打得到了！"

就算被说了这些，纳威也无可奈何，只得应了声"是"。然而对方已经把纳威抛之脑后，再度将注意力集中到射击上。

下方的水兵抓着侧支索，将一根夹板递给纳威，就像接力一样，纳威把它传给了在上方侧支索待命的水兵，传完了两根木材后，纳威的任务就此完成。余下的就只有祈祷负责维修的水兵们一切顺利了。

纳威爬下了侧支索，上边的水兵也跟着下来。就在这时，耳畔传开了撕裂风的声音，以迅猛之势回旋飞来的链弹正在迫近。两端的铁球将铁链绷得笔直，外加剧烈的旋转，已然化作了斩断索具和人命的死神之刃。纳威感到了头顶的风压，链弹将纳威头顶的水兵的腿连同侧支索的纵索一道切断了。水兵的身体离开侧支索，大叫着跌落大海，纳威的头顶淋满了鲜血。

回过神来的时候，纳威已经下到了甲板上，身体抖得似筛糠一般。由于恐惧过度，从水兵被链弹吞噬到爬到甲板上的记忆已经彻底消失。震颤迟迟没有停止。如果刚才的链弹再低两英尺（约六十厘米）的话，就轮到纳威丧命了。

战场并不会给人战栗的时间，纳威身后又发生了爆炸。炮弹轰穿了舰艉楼甲板的侧面，甲板的一部分被炸成了碎屑。在剧烈的破坏和冲击下，连同格拉汉姆舰长在内，舰艉楼甲板上的很多人都被击倒在地。

直击的混乱过去后，舰艉楼甲板上传来了声音。

"快来人！帮帮我！"

纳威跑上通往舰艉楼甲板的楼梯，在爆炸痕迹的近处，一位候补军官正躺倒在地痛苦大叫，旁边蹲着一位狼狈不堪的下级军官。纳威认识这个正在痛苦呻吟的人。这人就是带领强征队来到索尔兹伯里的候补军官，正可谓是扭曲了纳威命运的仇敌。这人身负重伤，一根细长的木片好似长矛一般贯穿了他的左大腿，流出的血将白色的短裤和紧身衣染得通红。

看着这位宿命之敌身受重伤，纳威并未感到快意。说不恨这人那是谎话，但现在这种事情全都无所谓了。

当纳威靠近时，那个下级军官抬起了头。

"我要带他去手术室，帮个忙吧。"

纳威和那个下级军官用肩膀撑起身受重伤的候补军官，扶着他的身子前往手术室。手术室位于底层甲板的舰艉区域。两人小心翼翼地走下后舱口，来到了底层甲板。在炮击和怒吼的夹缝里，依稀传来了地狱深处的哀苦呼号。接近手术室时，惨苦的叫声徐徐变大，就在纳威来到门口的时候，一声仿佛待产母牛被恶魔凭附后发出的嚎叫声压倒了所有声音，猝不及防地闯进了纳威的耳孔里。

刚踏进手术室，纳威便知晓了那个声音的真相。在手术室里，一个伤者躺在木制的手术台上，正在接受截肢手术。伤者的胫骨严重骨折，断骨从小腿扎了出来。他被强灌了白兰地，塞住嘴巴躺倒在手术台上，莱斯托克的助手压着他的身子进行手术。莱斯托克握着手术刀，在骨折处稍微往上的位置划开了肌肉。每当骨肉分离时，伤者的惨叫声就会穿过捂嘴的布。在旁人眼里，这不啻于一场酷刑。

然而惨叫声突兀地停了下来，由于疼痛甚剧，伤者昏死过去。

"你已经很坚强了。"

莱斯托克小声说着，肌肉切开后，便是用锯子锯断骨头。最后用煮沸的焦油和绷带来止血。这样一来手术就完成了。

已经无须按住伤者了，于是一名军医助手来到了纳威他们身边。

"让伤者躺在那边的床上。"

床摆在出口一侧的墙边，只是铺了稻草，再盖上吊床布的简陋之物罢了。密集排列的二十六张床几乎躺满了人，每个人都是无法自行活动的重伤者。当那个候补军官躺上了所剩无几的床时，下级军官对他说了声"要挺过来啊"。

在离开手术室前，纳威看着躺倒在床上的人们，有人四肢不全，有人腹部流血，躺在这里的人究竟有多少能得救呢？纳威已然目睹过诸多死亡，人的性命好似鱼鳞般凋落的场面，简直不像是现实中发生的事。这就是……战场吗？纳威很想逃离，却无路可逃，那是因为船员的命运和这艘军舰是一体的。

纳威刚走出手术室，一个声音陡然飞了过来。

"喂，那边的，就是你！过来帮忙！"

纳威循着声音的方向看去，只见底层甲板的舰艉区域站着一个手持提灯的人。

"别发呆了，快点！"

纳威按照指示匆匆靠了上去，走近一看，发现对方是船工长福尔克纳的助手。

"快过来帮忙堵洞！这边！"

助手在沿着舷侧板设置的船工通道一路小跑，紧随其后的纳威发现通道里积满了水，瀑布般的水声随即传入耳中，纳威这才明白船工助手所说的洞究竟是什么。

到达现场后，纳威看到了想象中的情景。敌人的炮弹直击吃水线下的侧舷，海水自此涌入。水自侧边喷涌而出，撞到了船工通道的墙壁上，纳威看得心惊胆战，再这样下去，军舰就要沉入海底了。

在洞口旁边，福尔克纳和两个助手正弯着腰在过道里忙着什么。

当助手告诉福尔克纳已经带来了人手时，对方抬起了头。

"辛苦你了，"福尔克纳应了一声，当他发觉纳威正愕然地盯着水柱时，便对他说，"别担心，这点水沉不了的，链式水泵也在全速运转。"

福尔克纳站起了身子。

"那就动手吧，"他向纳威招呼道，"你过来，跟我的手下们一起把这东西推进洞里。"

福尔克纳所说的东西是一块捆着绳子的木板，外边包着帆布，看来是用来堵孔的塞子。纳威和船工助手们一起拿起应急用的塞子，推进了喷涌着水的洞里。水势极猛，纳威的胳膊瞬间麻痹发热，福尔克纳挥起大木槌敲在塞子上，每敲一下，木塞都会往洞里钻一点，水势也随之减弱。

"嗯，应急处置就到这里吧。"

当福尔克纳停止挥动木槌时，饱含杀意的水已经彻底停了下来。

"真是太危险了。"纳威脱口而出的话让福尔克纳有了反应。

"啥？你觉得船会沉？"他无畏地笑着，"有我们在，就绝不会让这种事情发生。"

当纳威奔走于底层甲板的时候，战斗已经进入尾声。主桅的上桅帆桁已经修补完毕，长戟号又恢复了些许冲锋的势头。两艘法舰的距离不到二百二十码（约二百米），长戟号撞进了两艘敌舰之间。格拉汉姆舰长下达了掉头的命令，令长戟号的船体与侧舷方向的敌舰垂直。如此一来，左侧的敌舰就纳入了左舷的炮击范围。

格拉汉姆并没有放过机会，立即下达了命令。

"左舷炮，开火！"

候补军官霍农向中央仓库喊话，将命令传至下层。传达的命令立刻为左舷的大炮灌注了活力，此前一直待命的左舷炮队，仿佛宣泄压抑已久的情绪似的，一齐展开炮击。

随着长戟号的接近，法舰也开始转向，试图继续将敌人收入炮击范围之内，但右舷的军舰在转向上耽搁了不少时间。长戟号的炮击几乎命中了其关键部位，引发了严重的混乱。

左舷的敌舰似乎顺利完成了转向，但长戟号已然刺入敌舰之间，切断了战列。此时左舷距离敌舰大概有五十五码（约五十米），在这样的距离下，别说大炮，就连火枪也能发挥作用。

"停船！"格拉汉姆大声命令道。

紧接着，格拉汉姆命令桅楼上的射手集中攻击左侧的敌舰，自此开始便进入站桩式交火。然而敌舰是否会奉陪到底就另当别论了。正如格拉汉姆所预料的那样，法舰开始逃跑，但炮击仍在继续，桅杆上的射手也在向露天甲板倾泻弹丸。长戟号的周边腾起了中弹的水柱，火枪弹丸穿过露天甲板的咻咻声不绝于耳。但这只能算是临别赠礼了，在这样的近身搏杀中，炮门数量较少的护卫舰绝无可能是战列舰的对手。

格拉汉姆面临着抉择，是对付右舷动弹不得的敌舰，还是追逐左舷落荒而逃的敌舰。一番踌躇之后，他决意追击左侧的战舰。右侧的战舰依旧没有动静，很可能已经丧失行动能力了。倘若如此，在被友军抛弃的当下，挂起白旗也只是时间问题。

格拉汉姆舰长决意收割第二枚首级，正待发出解除停船的命令。就在此刻，他仰面倒了下去，舰艉楼甲板上的人全都僵立不动，眼睛被倒地的舰长牢牢吸住了。格拉汉姆胸口处的红黑色斑点不断扩大，敌人胡乱发射的火枪弹丸不幸命中了他。

*

"舰长中弹了？"弗农五副瞪大眼睛问道，彼时他正在中层甲板指挥炮击。

"是的，请长官马上过来。"前来传达消息的帆缆手史密斯用紧迫的声音说道。

弗农立刻动身前往舰艉楼甲板，在那里，副舰长默里和军医莱斯托克正跪在地上，屈身靠在格拉汉姆旁边。莱斯托克似乎正在为舰长止血，而他脸上的神情极为凝重。

"弗农，前来报到。"规规矩矩地敬了个礼后，弗农也跪倒在了舰长身边。

待自己召集的人全都到齐后，舰长开始了讲话。

"默里……"格拉汉姆挤出了声音，"我命不久矣。接下来的指挥……由你接管。"

"遵命！"

默里松开紧咬的牙关，用颤抖的声音应道。

舰长转动着眼睛，看向了弗农五副。

"弗农啊……"

"是。"弗农就似头一遭被军官叫住一样紧张。

"即便我死了，也一定要找出……杀人凶手。"

此时弗农无法直接应承下来。

"要是凶手死在这场战斗中该怎么办？"

"那是当然的，"默里开口道，"像杀人犯这种恶棍，上帝不可能让他活下来的，那人一定死在这场战斗中了。"

格拉汉姆撇了撇嘴角，似乎露出了笑容。

"上帝……若能决定人的死生，那就是上帝命我死去吗？"

"这个……"副舰长无以作答。

"上帝中立不倚……呜呜！"格拉汉姆痛苦地皱起眉头。

"舰长！"弗农情不自禁地叫出声来。

格拉汉姆的表情不再因痛苦而扭曲，但与此同时，脸上的生气也几乎消褪殆尽。

"查明凶手……不要没面目的人，而要有名有姓的人。"

格拉汉姆用尽最后的一丝力气说道：

"拜、拜托了……"

格拉汉姆的身体瘫软下去。

在这之后，战斗逐渐落下了帷幕。默里接手指挥时，逃跑的护卫舰已和长戟号拉开了四链（约七百四十米）的距离，以战列舰长戟号的体量已不可能追上了。此时能做的唯有将侧舷转向敌人，然后展开炮击。虽说命中了几发，但并没有造成阻止敌舰逃跑的损伤。

右侧的护卫舰终于在未将侧舷转向长戟号的情况下升起了白旗。在原地停留期间，长戟号继续进行炮击，敌舰的艏斜桅损毁，舰艏已被炸得千疮百孔。事后才知道，敌舰的舵柄遭到了破坏，无法掌舵，因此丧失了转向的能力。

敌舰一艘败走，一艘投降，战斗就此结束。但长戟号的损害也不小。右舷有多处炮弹砸出的穿孔，甲板上留下了大片撒有沙子的血泊。诸多炮门上沾着将死者抛入大海时留下的血迹，无法送入手术室的伤员痛苦难耐发出阵阵呻吟。当晚，默里接到了死伤者的报告，死者人数为三十一人，伤者人数则达到了一百三十六人。

虽说战斗已经结束，但长戟号的船员们却没时间喘息，必须做好善后工作，这就是军官所谓的"收拾烂摊子"。水兵们收拾完战斗中使用的器械后，使用水管冲刷地面。

与此同时，还有俘虏的收容事宜。当长戟号移至法国护卫舰的侧边时，敌舰的副舰长乘坐小艇来到英舰附近。当询问他舰长的下落时，得到的回答是"战死了"。看来失去舰长的不仅仅是长戟号。法舰的副舰长是三十出头的瘦削男人，一副拼命压抑着战败之怒的表情。默里副舰长精通法语，因此交涉进行得极其顺利，最终法舰的船员们以俘虏的身份被转移到了长戟号上。

俘虏们被小艇一一送至长戟号。俘虏们满面阴郁，似乎接受了自己的命运。他们被带至上炮列甲板，剃头洗澡后，从主计手手上接过干净的衣服，主计长帕克抽出椅子和写字台，在旁边制作用以记载战俘姓名和军衔的花名册。抓获俘虏是能获得奖金的，但发给俘虏的衣服数量必须在这个范围内，所以要确认无误。被俘的法国人共有八十七人，他们被塞到了前船舱，前船舱的物资全被转移到了后部，但这并没有结束，船员们还需承担在给食和放风期间监视俘虏的责任。在把俘虏移交给监狱船之前，长戟号还将背负沉重的负担。

就这样，法国护卫舰阿凯约号归长戟号所有，截获的战舰抵达本国后可以兑换奖金，经过工厂修理即可作为英舰使用。考夫兰和杰维斯两名船副带领部下检查法舰的情况，没有发现任何渗水痕迹，因此并无沉船之忧。即便如此，为了防止海况恶劣之时海水从战斗的创洞中涌入，还是得堵住洞口。为了完成这项工作，除去福尔克纳等人外，阿凯约号上的船工们也被派了过去。在无处可逃的船上，战俘被当作劳力的情况并不少见。

当长戟号转到阿凯约号前方时，长戟号的后桅和阿凯约号的前桅被绳索连在了一起。此后这艘无法操纵的法舰将由长戟号拖拽航行。

善后工作结束的时候，宣告第一轮半班开始的八声钟响（十六点）已过。由于从早上开始就在战斗，因此得以提早吃饭，纳威今天的食物就只有战斗后分发的两块饼干，实在饿得不行。当他走向餐桌时，看到了科格和杰克的身影。

"其他人呢?"在餐桌旁落座后，纳威问道。

"盖伊去领餐了，赵去拿啤酒了，"杰克答道，"曼迪大概等下就会来的，我在善后的时候看到他了。"

正如杰克所言，盖伊回来了，他的餐桶里装满了饼干和牛肉，正在盛菜的时候曼迪来了，接着赵拿着装啤酒的壶也回来了。

"拉姆齐和乔治呢?"曼迪看着空位问道。

"我在这里哦，"拉姆齐捧着装格洛格酒的桶走了过来，"听说今天夜里不用当值，我们就别想着干活的事了，大家一起尽情地闹吧。"

这下就只剩乔治一人了。然而直至分完餐，决定好谁拿哪个盘子后，乔治还是没有出现。纳威只能时不时地张望着昏暗通道的另一边。

"纳威，"曼迪看着魂不守舍的纳威说，"到了这个点还不来，乔治该不会在伤员里吧，又或者……"

纳威蓦地站了起来。

"我去病房里看看乔治在不在。"纳威快步离开了餐桌。

"喂，纳威!"

纳威全然不顾曼迪的挽留，直奔收容重伤员的医务室，那边有不堪痛苦的人，有闭眼呓语的人，有不省人事的人，各式各样的伤者都在那里。但那些人里并无乔治的身影。他的脑子一片空白，身体也似抽空了力气。

乔治死了。在炮击中死去的水兵被抛入大海的情景自然而然地浮现出来。那些死去的水兵，为了不成为战斗的妨碍，都被立即葬入大海。乔治在战斗中丧命，此刻他的躯体或许正在这片海域中飘荡。既是大哥也是友人的乔治殒命于此，纳威无法接受这个现实。

就在纳威迈着蹒跚的脚步返回餐桌的途中，有人将手搭在了他的肩上，缓缓扭过头一看，只见加布里埃尔站在那里。

他把嘴附在纳威耳边低语道：

"今晚碰头。"

*

乔治的死讯很快就传到了弗农五副那里。弗农在海战和善后中尽完自己的职责后，虽到了吃饭时间，却马不停蹄地为见乔治而赶赴了七号餐桌。但等在那里的是除了乔治以外的其他成员，现场弥漫着肉眼可见的沉重气氛。当他提心吊胆地询问乔治下落时，从纳威处得到了低沉的回答："乔治死了。"

"这样啊，"弗农面色沉痛地说道，"那太遗憾了。"

没错，遗憾有两重意义。他原本期待着或许能从乔治那里打听到凶手的名字。由于乔治的殒命，凶手的名字再度沉入了比海更深的地方。

弗农满怀失望地回到休息室。战胜日的晚餐本该比往常热闹，但由于格拉汉姆舰长阵亡，用餐时间反倒比平时更加沉闷。

迈耶走了过来。他被弗农派去了禁闭室，去告知波洛克，长官已经看穿供词是彻头彻尾的谎言，以此为对方施压，要他说出真相。迈耶的脸上丝毫看不出万事顺遂的迹象，反倒是诸事破灭的阴郁表情。

首席卫兵长报告说：

"波洛克已在刚才的战斗中身亡了。"

弗农闭上眼睛，深深地吐了口气。

迈耶继续报告说：

"我去禁闭室的时候，那边正在清理尸体。禁闭室里到处都是波洛克的血，炮弹好像穿透了舷侧板，贯通了波洛克的身体。他的左胸被炸飞，手臂也撕裂了。真不敢相信会发生这样的事情。"

199

如今想要问话的两个人都死了，不禁让人怀疑起上帝的中立。

"那边也是这样吗？"

"难道布莱克也……"

"嗯，死了。"

"天哪，这下又要走投无路了。"

还没有到走投无路的地步吧，弗农暗忖道。霍兰德之死至少已经有了答案。霍兰德死亡的时候，凶手就在主桅的主帆桁上，而且可以肯定的是，凶器是船工长平时用的铁锤。如果军官房间里的东西成了凶器，那么凶手必然是军官。只要能将水兵排除在外，就能大幅缩减凶手范围，还能排除夜间当值的军官。要是再加上霍斯尔遇害时的不在场证明，就可以进一步缩小范围。第二桩谋杀案发生的时候由于早早将纳威逮捕，所以完全没有找人问话。由于是白天发生的凶案，因此锁定嫌犯的可能性很大。弗农五副决定重新展开调查。

*

在夜深人静的夜晚，纳威等人聚集在后船舱。为了关押俘虏，前船舱的物资全都转移到了这里，木桶被堆到了危险的高度。所以纳威他们没有像上回一样翻越木桶，而是走到船舱旁的通道上，在那里开始了会谈。

当纳威告知了乔治去世的消息后，盖瑞喃喃地道："我们的同伴减少了，真是遗憾。"

"要是我们搞砸了，也会没命的。还是要尽快从这鬼地方逃跑。"加布里埃尔用焦躁的语气说道。

"今天集会是有什么事呢？"纳威只想早点离开船舱，就在前天，他亲眼看到了死在这里的霍斯尔。彼时的记忆一直烙印在他的脑海里。

加布里埃尔咧嘴一笑。

"我们想了各种办法从这艘船上离开，或许根本不需要这样的计划。"

在场的人纷纷向加布里埃尔投去了惊诧的视线。

"怎么说？"休困惑地问。

"善后的时候，我听到副舰长和罗伊登的话。他们说要回到英国，把俘虏和受伤的人放下来。"

加布里埃尔扭头看向了其他成员。

"也就是说，船将在码头靠岸，我们就可以上岸了。这样一来，还不是想逃到哪里就逃到哪里。"

听到可以上岸的消息，休和佛莱迪的脸上闪闪发光，但盖瑞的反应十分冷淡。

"别太乐观了，你以为自己能顺利上岸吗？"

"你说什么？"加布里埃尔厉声问道。

"你知道伤员是怎么放下来的吗？是另一艘船过来，载着伤员上岸。也就是说，这艘船是不会靠岸的，而且俘虏也会在海上被转移到监狱船上，根本没有上岸的机会。我之前就说过，军舰不会轻易靠岸的，要不然你以为我为什么会在这里待上三年。"

加布里埃尔紧咬牙关。但他随即想起了一件事，遂探出身子说道：

"可我听说舰长不在了吧？说不定会有什么改变。"

盖瑞摇了摇头。

"格拉汉姆死了，现在军舰由默里指挥。和格拉汉姆相比，那家伙更加死板，他原本就不太信任水兵，绝对不会冒让他们逃跑的风险。而且这家伙下令鞭打从不犹豫，所以在水兵里也不受欢迎。格拉汉姆虽然严格，但他在一定程度上还是会为水兵着想的，老实说，那位舰长死了，我也有些丧气。"

"所以还是像之前那样，等补给船来会比较好吗？"

纳威说道。这对于计划窃取逃跑资金的纳威而言无疑比较方便。

"目前来看，这仍是唯一的机会。"

"钱要从主计长仓库里拿吧，"加布里埃尔看向了纳威，"做小偷的是你吧，你自愿的，可别搞砸了啊。"

"我知道。"为了自己和玛利亚，偷盗一定要得手。

"不，没必要冒这个险哦。"

纳威迅速把头转向声音发出的方向，只见盖瑞露出了意味深长的笑容。

"此话怎讲？"纳威静静地询问。

"我有不必偷也能搞到钱的秘计。"

"你说什么？"加布里埃尔半信半疑地说，"要怎么搞？"

盖瑞笑着摇了摇头。

"不好意思，没法告诉你。秘计只有保密才叫秘计。"

加布里埃尔催促道，但盖瑞以一副游刃有余的样子挡了回去，最终加布里埃尔还是让步了。

"你那个秘计，真的没问题吗？"

"当然。"

盖瑞对他的策略似乎很有自信，但他并不打算透露任何细节，这对其他人来说不甚有趣。盖瑞以外的人都是一副难以释怀的样子，当天的碰头会就这样散了。

纳威安静地回到吊床上思考着。无论盖瑞的秘计为何，自己要做的事都不会改变。为了带玛利亚逃亡，必须偷到钱才行。但盖瑞的话还是让他十分在意，究竟要用什么办法搞到钱呢？

*

翌日，早上六声钟响（七点）的同时，昨日战斗中阵亡者的葬礼开始了。夜里断气的重伤者裹着帆布被放置在后甲板上，在那列遗体中，夹杂着一个木箱。那是格拉汉姆舰长的吊床，在舰长去世的当下，这就成了他的棺材。格拉汉姆如今正在那个封闭的箱子里永眠。随军牧师说完悼念死者的话后，遗体便一个接一个从船舷滑向大海。待八具遗体投入大海后，最后下葬的是格拉汉姆舰长。当四名水兵抬起棺材走向侧舷时，军官和水兵都脱下帽子，向舰长致以最后的敬礼。

纳威看向了四周，慌忙摆出了敬礼的姿势。对他而言，格拉汉姆舰长是个不甚了解的人，他平时看到的舰长，大都是挺直腰杆在舰艉楼甲板上指挥的模样，自己也从未被他直接搭话。但如今再看周围，无论是军官还是水兵，很多人都淌下了眼泪。

很多人为他的死而感伤。看到这一幕，纳威头一次明白了格拉汉姆舰长在这艘军舰上究竟是多么伟岸的存在。

舰长的棺材从船舷边缘滑落。

海之英雄回归了大海。

*

以默里为新指挥官的长载号与旗舰射手座号会合，报告了与敌舰交战并俘获一艘的消息。默里和罗伊登二副登上了被放下的船，桨手们开

203

始朝着旗舰挥动船桨。

与舰队司令的会晤长达两次敲钟的时间，默里返回长戟号后，将军官和下级军官们全都召集到了舰长餐厅。

"本舰暂时返回本土，放下伤员和战俘，修复之前的战斗造成的损坏后，再返回执行巡航任务。在船靠岸期间，应该能领取捕拿奖金，可以用这笔奖金度过一个短暂的休假。"

杰维斯露出了笑容，用指尖挠了挠肩膀上蒙大拿的下巴。船进入船坞就意味着可以在陆地上休假。得益于捕拿奖金，似乎可以度过一个无须为酒和女人发愁的奢侈假期。

下级军官之间也传来了喜悦的低语。

"要给予水兵们登陆许可吗？"弗农问道。

"不行，军舰修理期间进水兵收容船。"

弗农皱起了眉头。

"副舰长，这样可以吗？捕拿奖金已经发了，要是不给登陆许可，恐怕很难平息水兵的怨气。"

默里皱起眉头反驳道：

"本舰上有许多刚当上水兵的人，要是他们逃跑又该如何是好？在之前的战斗中，这艘船已经失去了很多船员，要是人手再有减损，就会影响军舰的运作。这次返航只是暂时性的，别忘了这艘军舰至今仍被编入舰队，决不能做出任何会对任务造成不良影响的事，明白了吗？"

"是。"弗农不假思索地应了一句。虽说只是代理，但默里如今是这艘军舰的负责人，与舰长无异。在军舰上，舰长的地位仅次于上帝，否定舰长的决定是不被允许的。

"还有——"默里换成了接下来有要事宣布的语气，郑重地说道，"自从对法舰作战胜利以后，整个舰队出现了松懈的迹象。正如我之前强调过的，任务仍在继续，不紧绷神经是不行的。希望你们努力自律。对于水兵们的关注要比以往更加严厉，要是看到任何欠缺海军素质的行为，可以当场鞭笞。"

就这样，长戟号化为比往日更加严苛的地狱。

*

纳威来到了底层甲板，他将身体紧贴在位于舰中央的装填室的墙壁上面，暗中窥视着海军陆战队士兵镇守的主计长仓库。在不当值的时候，他时常会像现在这样观察主计长仓库，寻觅闯入的机会。要是守卫不见踪影，他会毫不犹豫地闯入仓库，确认资金藏在什么地方，即便这样的行为过于莽撞，但他至今从未见过守卫不在的情况。不同于从商船和港口城市搜罗来的水兵，这些身着红色军服的海军陆战队士兵是从陆军借调的真正军人。

看着伫立不动的身影，纳威深感不安。因为盖瑞说不必担心钱的问题，从主计长仓库盗窃资金的计划就落空了。如果还要偷盗，就指望不了叛乱结社的力量，只能自力更生了。但纳威实在想不出把海军陆战队士兵从仓库门口调走的方法，唯有长长地叹了口气。

"喂，你在这里做什么？"

身后突然飞来一句诘问，纳威吓得大气都不敢出，战战兢兢地回头一看，只见帕克主计长正站在那里，手里拿着凿子和铁锤。

"我问你在做什么？回答我！"

"啊，没事，"纳威向主计长摊开手掌以示没做什么亏心事，轻轻地

205

耸了耸肩，"那个，我是一个人想点心事……"

帕克满腹狐疑地哼了一声，当他想起眼前的水兵是为饼干里的蛆虫大吵大闹的人，便露出了轻蔑的笑容。

"呦，仔细一看，这不是被蛆虫吓疯的新人吗？从那以后，你吃饭还吃得下吗？"

"吃了，长官。"纳威应了一声，他知道自己受了侮辱，但总比被人深究身在此地的理由要好很多。

"我已经习惯这里的餐食了，我这就走。"

纳威语速飞快，抬脚就要离开。但还没走出三步，就被帕克叫住了。

"喂，站住！"

纳威老老实实地停下脚步，心脏却紧张得怦怦直跳。他缓缓地转向帕克的方向，设法保持冷静。

"什么事，长官？"

"要是闲着没事，就派给你一点杂活。我的仓库里有一些空木桶，你去把它拆了。"

纳威的期望就似自背后受风的帆一般膨胀起来，帕克要把他带进主计长仓库，安排他干活。对于一心想要把握仓库状况的纳威而言，运气也太好了。

"是，长官。"纳威精神抖擞地敬了个礼。

主计长仓库里并没有什么惹人注目的东西。在靠着墙壁的位置，摆放着橱柜、大大小小的木箱和一些木桶。只有横梁上悬着的提灯底下有一张写字台。

帕克把手里的凿子和铁锤塞到了纳威手里，对他吩咐道：

"看到那边的空桶了吧，"他指着仓库角落的桶说，"去把这些拆了。"

言毕，帕克就坐到写字台前，开始翻阅从抽屉里拿出来的账本。

为了不被怀疑，纳威麻利地干起了活。他用凿子抵着铁箍挥下锤子，在这期间，他仍把意识悄悄转向了仓库。钱藏在这个仓库的哪里呢？视线在周围扫了一圈，光凭橱柜和木箱的外观是不可能找到藏钱的位置的。

但纳威的头脑里突然来了主意，他把手伸进口袋，拿出了一便士硬币，这是纳威被强征以来，一直随身携带的仅有的资产之一。

"咦?"纳威将硬币高高举起，"怎么有钱掉在这里了？"

帕克从账本上抬起头来，用诧异的目光看向纳威。

"是不是这个仓库的东西呢？"纳威走到帕克跟前，将一便士递给了他。

主计长眯起眼睛，眉头依然紧锁，从纳威手中接过了硬币，站起来朝墙壁的木箱走去。

那个木箱就是藏钱的地方吗？纳威的胸腔高鸣起来，但这般兴奋之感很快就被推入了深渊。

帕克从口袋里掏出钥匙，将其插进木箱的小孔中。看到这一幕，纳威就似被人突然打了一拳般惊愕不已，他意识到自己之前想得太简单了。无论有多少人看守，把大量金钱存在没有锁的容器中也过于懈怠了，能接触到钱的人自然是有限制的。

帕克将刚才那枚便士投入装便士硬币的麻袋后，便盖上木箱重新上锁。他刚一转身，看到纳威仍站在写字台边，就挥着带有骷髅文身的右手怒吼道：

"发什么呆？赶快把木桶收拾掉!"

在这之后，纳威在一股类似眩晕的感觉的侵袭下继续拆解木桶。连打发守卫的良策都没有，竟然还要解决锁的问题。

绝望渗入了身体。拆解木桶的时候，纳威的精神之箍也快脱落了。

大概是发觉声音中断已经有一段时间了，帕克从桌子上抬起了头。

"喂，活干完就马上报告，废物！想吃'猫'了吗？"

"对、对不起，长官。"纳威勉强收起内心的不安。

"完工后，把工具放在那里，船工等下会过来取。然后把箍带到船舱里。"

"是箍吗？"

"对，舰艉那头摆着被拆解的桶，把箍放在那里就行，木板不用管。不知道用来干什么，总之船工们想要。"

纳威依言只把箍收集起来，带着一种不情不愿的心情走出了主计长仓库。仓库里有主计长，外面则是海军陆战队士兵，刚才是他最接近金钱的时刻，他无法想象未来还会有更好的机会出现。

纳威路过传出无数呻吟声的手术室前，从后舱口下到船舱，那里依然是个漆黑的世界，纳威很难找到被拆解的木桶该放的位置，正在费力找寻的时候，耳畔突然传来了某物倒下的声音。他抬起头望向黑暗，响声确实是货仓里传出的。声音干巴巴的，应该是木桶之类的木制工具。起初他以为是老鼠干的，但老鼠有这么大的力气吗？这想必也不是舰身摇晃造成的，此刻海面并无大风大浪，船正平稳地航行着。

"有人吗？"纳威下定决心对着黑暗的另一端喊道。

那边自然杳无回音。纳威的手心渗出了汗水。这里本来就像是被世界遗弃的地方，如今头顶还传来了重伤员们的痛苦呻吟。船舱里蕴含着地狱入口般的阴郁。

　　身处于瘴气缭绕的气氛中，纳威的脑海中情不自禁地浮现出自己想象中的法国舰长的鬼魂。当盖伊在餐桌上大呼小叫时，他只是把这当成用餐时的娱乐来听。但当他独自身处于这个毛骨悚然的空间里，会不会真有亡灵的想法瞬间笼罩了纳威的头脑。往日和现今有着决定性的不同。

　　纳威试图说服自己，刚才的响声不过是一只胖老鼠捣的鬼。但根本做不到。尽管模糊不清，但他仍有种在黑暗中被人凝视的感觉，怎么都抹消不掉。

　　纳威屈服于恐惧之下。他将桶箍抛在了黑暗里，不顾一切地朝着后舱口跑了回去。

＊

　　返回英国慢如老妪。时断时续的风戏弄般地吹动着长戟号，军舰不得不时而前进，时而停滞。

　　这天的风也是如此，拖着阿凯约号的绳索不停地重复着松弛和紧绷，如实地显示了风的不稳定性。

　　午后五声钟响（十四点三十分）之后，堪称是帆船命之所系的风突然停了下来，在海风停歇之际，从远处海域上传来的海波悄悄地玩弄着长戟号和阿凯约号。比长戟号更轻的阿凯约号在波浪的推力下逐渐靠近长戟号的舰艉，军官们紧张地盯着阿凯约号，生怕曳航的法舰就这样撞过来，撞破长戟号舰艉的窗户。幸运的是，法舰在冲到牵引绳总长一半左右的位置时停了下来。

　　因为海上无风，水兵们在当值期间得以偷闲。正在舰艉楼甲板的盖瑞打了个大大的哈欠。

"唉，真闲啊，"他擦了擦眼睛，对身旁的水兵说，"喂，亨利，你觉得风什么时候会回来？"

以代理舰长之身担任指挥的默里突然转身瞪着盖瑞。

"现在正在当值，不准窃窃私语！"

盖瑞不由得愣住了，之前只要不必操帆，即便是当值期间，聊上几句也不会被人怪罪。突如其来的斥责把他吓了一跳，不由得脱口而出：

"啊？不是吧，才说了一句话而已……"

默里的眉毛吊到了一个险恶的角度。

"你敢顶撞我！"

副舰长环顾四周，搜寻某个人物，当他看到目标正走在侧舷通道的时候，便大声呼唤起来：

"帆缆长！马上到舰艉楼甲板来！"

菲尔德还以为自己做错了什么事，紧绷着脸跑向了默里。

"您叫我吗？代理舰长！"菲尔德毕恭毕敬地敬了个礼。

默里用手指着盖瑞说：

"那人在跟我顶嘴，去给他一鞭！"

当意识到挨骂的不是自己时，菲尔德的身体放松下来。

"遵命，长官！"

他从口袋里摸出"猫"鞭，抚弄着穗尖朝盖瑞走了过去。

盖瑞张着嘴缓缓后退。

"为什么，不就是说了几句话吗？"

"这是代理舰长的决定，老实点！"

菲尔德扬起了鞭子，盖瑞好似护住脑袋一般抬起双手。

见盖瑞举手保护自己，默里发出了尖锐的喊声。

"等一下！"

菲尔德停下脚步，看向了代理舰长。

"那人摆出了抵抗长官的样子。"

这回轮到菲尔德愣住了。

"啊，抵抗……？"

默里郑重地点了点头。

"没错，向长官举手的动作相当于抵抗。抵抗长官是严重违反规定的事。明天将举行惩戒大会，在此之前先把这家伙关到禁闭室里。"

首席卫兵长被叫了过来，将脸色煞白的盖瑞带到了禁闭室。默里望着盖瑞远去的背影，心想这样就好。格拉汉姆是出色的舰长，但他对水兵们有些纵容。默里对舰长这点早就心怀不满，军舰必须在铁腕统治下运作。要做到这一点，就不能允许驱动军舰的水兵们有丝毫松懈。默里打算在明天的惩戒大会上表明自己不会像格拉汉姆舰长一样手软。

首领一旦有变，整个军舰都会改变，水手们必须谨记这点。

盖瑞被剥夺了手脚的自由，坐在了纳威和死去的波洛克曾被拘束的位置。盖瑞孤身一人被困于黑暗中，愤怒地颤抖不已。空闲的时候不允许稍微闲聊，为自保而举起手的行为被视作抵抗，这在格拉汉姆舰长在位的时候是绝不可能的。默里显然只把水兵视作奴隶。等补给船一到就马上逃走吧，不必担心收买补给船的钱，因为金币已然被自己攥在了手中。

*

夜间当值主管是弗农，他的脸色因忧心而陷入了阴沉。默里白天把一名水兵送进禁闭室的事情连同经过已经传遍全舰。副舰长过于严苛了。倘若用力过猛，水兵们的反抗就会变得愈加激烈，而且副舰长还扬言，本舰回国时不会给水兵们登陆许可。弗农忧心若把这消息向水兵公布，再加上越来越紧的管束，不满情绪可能会集中爆发。副舰长应该不会不知道在圣弗洛朗锚地和斯皮特黑德锚地发生的叛乱事件。即便如此，副舰长仍对水兵们采取扼制的态度。弗农暗自揣测，这或许是默里不够自信的表现，也就是说，副舰长在内心某处顾虑自己没有足够的能力统领全舰，每每挥舞鞭子来掩饰自己能力上的不足。诚然，表现出软弱的舰长不会得到属下的信任，但通过恐惧建立起来的团结理应也不会维持太久。

"怎么了，五副？"看见弗农愁眉不展的脸，精通法语的罗森候补军官向他打了声招呼。

"没什么，我在想风暴的事。"

"不会有风暴的，今晚天气这么好，也没吹风。不过这么久都没起风，确实让人难以忍受。"

弗农在心里嘀咕，自己并不是这个意思。

有点风暴也没关系，希望风能够吹起来。长戟号从白天就完全不动了，在这种动弹不得的情况下，重伤员还在遭受痛苦，真希望能早点回到英国，让他们早点接受更好的治疗。

大抵是弗农的愿望实现了吧。夜里七声钟响（二十三点三十分）之后，吹过帆头的风又回来了，在宣告交班的八声钟响降临之时，长戟号已缓缓恢复了前进的势头。

弗农松了口气，只盼能一帆风顺地航行到英国。

然而，这个希望转瞬间就成了泡影。

考夫兰三副来到了舰艉楼甲板，他是深夜的主管。弗农和他交接完后，正准备直奔卧榻。就在他穿过后舱口，从上炮列甲板下到中层甲板的过程中，事情发生了。

砰的一声枪响清晰地传入了弗农耳中，他被这个突如其来的响动惊得浑身僵直。除去弗农之外，应该也有很多人听到了这声响动，底下传来了紧张的呼喊："喂！怎么了？"之后，嘈杂声徐徐地扩散开来，沉睡中的军舰似乎开始苏醒。

枪声显然是在船内响起的。既然不知道发生了什么事，贸然行动实在有些危险，但他还是听到了某人急切呼唤的声音。

"喂！有谁在吗？快来人！"

弗农撇下犹疑，朝着声音传来的方向走去，求救声自下层甲板的舰艉区域不断传出。当他走下激荡着不安和焦躁之声的中层甲板，抵达下层甲板的时候，看到两个单手拿着提灯的候补军官正在禁闭室门口大声喊叫。

"怎么了？"弗农快步靠向他们问道。

"长官，那里……那里……"一个名叫伍德菲尔德的二十岁出头的候补军官将颤抖的指尖指向了禁闭室。

"叫军医！叫莱斯托克医生来！"弗农发出了因紧张而生硬的声音。

"不必了。"

声音在身后响起，弗农回头一看，来者正是莱斯托克医生，以及福尔克纳船工长和帕克主计长。

"在闹什么？害得我被吵醒了。"

福尔克纳说道。这三人的床铺位于底层甲板，和候补军官睡在同一个房间里，其他候补军官也陆陆续续聚集在了禁闭室前。

"医生，这里有人受伤了。"

弗农带着莱斯托克进了禁闭室，看着鲜血横流的盖瑞，莱斯托克轻呼了一声。众人急忙解开了他手脚的束缚，让他趴到地上，莱斯托克匆匆地检查了一下。

"已经死了，"莱斯托克开口说道，语气中透着遗憾，"背后有枪伤，有人从背后开枪。"

弗农的直觉告诉他，不可能每次都出现新的杀人犯，本案也是那个杀害了霍兰德和霍斯尔的人干的。杀人犯果然还活着！这回又眼睁睁地看着新的受害者出现。凶手的残暴和自己的无力令弗农满怀愠怒，他的手开始颤抖。

"喂，你们没闻到什么气味吗？"主计长帕克皱着眉头问道。

周围的候补军官们嗅了一通，纷纷对主计长的话表示赞同。

"没错。"

"是有什么气味。"

弗农也嗅了嗅周围的空气，确实有什么异味，而且不仅仅是异味，是某物燃烧的气味。

"有东西在烧！"

弗农焦躁地喊了一声，没有什么比船内发生火灾更可怖的事了。眼前的尸体被抛诸脑后，弗农焦急地环顾四周。

"绝对有什么东西在烧！火源在哪？"

"五副，这里！"福尔克纳指着禁闭室朝向舰艉一侧的墙壁。那里有夺去波洛克性命的炮弹孔，孔的另一边隐隐冒出了烟。

在隔壁的房间！弗农边想边冲了出去，推开簇拥在入口前的人群，径直往火源奔去。那里是工具仓库，舷侧板前堆放着清扫用具，备用的桶和水桶，钩杆和绳索等物品。在分隔禁闭室和工具仓库的隔板墙边上，掉落了那里绝不会有的东西。那是一个卷成一团的吊床，烟从那里腾起，橙色的火舌妖娆地摇曳着，好似在舔舐虚空。弗农急忙踩灭了火苗，帕克从外边的梁上拿来应急消防桶，将里边的沙子倒在上面。火势被彻底扑灭了。

"吊床怎么会在这种地方烧起来?"帕克一边把水桶放在甲板上一边说道。

"帮我掌灯。"弗农说道，有必要事先确认这个房间里有没有其他危险。

伍德菲尔德举着提灯进来了。提灯的光在黑暗中映出了一把火枪的轮廓，火枪掉落在吊床对面的墙边。

"长官，瞧，是火枪。"伍德菲尔德激动地喊道。

所有的火枪应该都存放在武器库中，这种东西出现在这里是不自然的。因此，弗农自然而然地将死者和火枪联系起来。这把火枪无疑是夺走了盖瑞性命的凶器。

"为什么这里会有火枪?"帕克道出了疑问。

"凶手应该是把火枪抛在这里然后逃跑的吧?"

"那个，长官……"伍德菲尔德声音紧张得发颤，"我认为凶手还没有逃跑。"

"什么?"弗农的眉毛一扬。

"听到枪声的时候，我和里奇候补军官一起站在舰艉区域的入口前。然后我们立即进入这里，查看了枪械库、军刀库，最后在禁闭室找到了尸体。在长官到来之前，舰艉区域没有看到任何人，当然也没人出入。"

"真的吗？有没有可能是趁你们检查枪械库这些地方时偷偷离开了？"

"不会。我们没有进去，只是从门口往里张望，所以凶手应该还藏在什么地方。"

"好！"弗农大踏步走出了工具仓库，向外边的候补军官们下令道，"凶手应该还躲在这片区域的某个地方，在这里的人都去搜查，务必小心。"

候补军官们按照弗农的命令展开了行动，但从他们的动作中可以感受到不情不愿的气氛，无论是多么强悍的海上男儿，若被要求寻找绝对存在的杀人魔，也会唯恐避之不及。

"到底发生什么了？"舰艉区域入口处传来了声音。

弗农看向了入口，只见那里站着杰维斯四副、菲尔德帆缆长和哈登炮长。

"四副，事情是……"

话没说完，就传来一声"要报告就说给我听"，随即杰维斯等人被推了开来，默里在罗伊登二副的陪同下来到了弗农面前。

"我从罗伊登二副那里收到了枪声的报告，到底发生了什么？"

船副和军官们聚集在弗农周围，弗农将自己了解到的情况报告给了默里，听闻盖瑞在禁闭室中中枪身亡的消息时，副舰长的脸上笼起了愁云。

"也就是说，杀人犯在之前的战斗中并没有死，如今还在这艘舰上？"

"是的。"

"你是怎么断言这次的凶案也是同一个人所为?"罗伊登抛出了疑问。

默里用焦躁的眼神看向了二副。

"船里的杀人犯要是不止一个,那还得了!用常识想想!"

面对这样的指责,罗伊登缩了缩脖子。

"然后呢——"默里看向了弗农,"要容忍杀人犯的暴虐到什么时候?是格拉汉姆舰长把调查凶案的事情委托给你的吧?五副负有责任。"

"我不打算让他为所欲为,凶手很快会落网的。"

默里的眉间挤出了一道深深的皱纹。

"你的这份自信从何而来?"

"因为凶手还躲在这片区域里。"弗农将伍德菲尔德报告的事情转述给了默里。

副舰长满意地点了点头,用夹杂着安心的语气说道。

"是么?逃跑慢了一拍,凶手终于也干了蠢事啊。"

弗农也从心底感到喜悦,虽说出现了新的受害者不免令人感到遗憾,但这也意味着自己可以完成格拉汉姆舰长的遗命了。弗农确信凶手一定藏在仓库的木箱或者木桶里。

然而候补军官们的报告却不合情理。

"长官……"伍德菲尔德满脸困惑地说,"我们没找到什么可疑人物。"

弗农一时间哑口无言,只是目不转睛地瞪着伍德菲尔德的脸看了片刻,终于吐出了一句平庸且无聊的话。

"太荒谬了。"

"真没找到。枪械库、军刀库、工具仓库，所有的房间都找遍了，别说木桶和木箱，就连小孩子都钻不进去的收纳箱里也全都看了一遍。"

"怎么回事，弗农五副？"默里用满是不信任的口吻说道。

我也想知道！弗农在心中大喊。

人是不会凭空消失的。按伍德菲尔德的说法，没有人离开舰艉区域，但搜索的结果表明此刻舰艉区域并不存在躲藏于此的人。

这样一来，可能性只剩下一个。弗农看向了舰艉，战列舰下层甲板的舰艉设置有两门大炮，用以攻击追赶而来的敌舰。有大炮自然就有炮门，舰艉的炮门以军舰的中轴线左右对称设置，与侧舷的炮门不同，可以滑动开闭。

"副舰长，请再给我一点时间。"

凶手不在舰内，剩下的可能性也只有这个了。弗农打开了舰艉的炮门，敞开的炮门截下了月光之下的夜间风景，在炮门的框内，是漂浮在夜之世界中的阿凯约号的船影。弗农将头探出炮门向下俯瞰，然后再分别看向左右和头顶，哪里都不见人迹，军舰的外壁并没有设计成供人抓附的结构，这也在预料之中。随后他将目光定格在夜幕中的海面上。当确认完没什么吸引眼球的东西后，弗农掩上了炮门，转身对默里说道：

"副舰长，我想凶手应该投海自尽了。"

"你是说凶手无路可逃，自我了断了？"

"是的。等天亮的时候，清点一下有没有失踪的船员。失踪的人便是卑劣的杀人犯。"

默里点了点头。

"好吧，清点船员的事就交给你了。"

由于夜色已深，凶案的善后就只是把盖瑞的尸体从禁闭室里搬出来，其他的都要等太阳升起后再着手去做。在下甲板舰艉区域的入口安排好看守后，聚集在凶案现场的人又返回了各自的卧榻。

宣告新一天的八声钟响之后，弗农和首席卫兵长迈耶一起清点船员。

结果再一次打击了弗农。军官、下级军官、水兵，并无一人缺失。

弗农只觉得震骇不已，好似被当头浇了盆冷水，头脑陷入了麻木。明明确信凶手一定已投海自尽，而这个推断又被推翻了。

弗农感到一阵眩晕。没有逃跑，没有藏匿，也没有消失在海里。盖瑞当真是死于人类之手吗？他的脑海中首次掠过了那个念头——死去的法国舰长的诅咒。

第四章

旅途之终

"我想再从头听一遍事情的经过。"

上午当值时间过半，弗农和迈耶坐在军官休息室的椅子上。隔桌而坐的是发现尸体的两名候补军官伍德菲尔德和里奇。

当弗农报告没有缺员时，默里怒斥"一派胡言"，仿佛要将凶案的发生全都归咎于他。片刻之后，默里恢复了一些冷静，遂命令弗农前去调查发现尸体的两人是否喝醉了酒。

即便默里不下指令，弗农也打算找这两个人再问一遍。由于昨晚出现尸体的混乱和搜索凶手的原因，只询问了最基本的情况。要是再仔细打听一遍，或许就能找到破解谜团的头绪。

"从头开始，请问是这个意思吗"

伍德菲尔德不安地看着弗农。他虽然年逾二十五，却仍是候补军官之身，是个落魄的男人。昨天出于发现尸体时的混乱，他才对弗农眉飞色舞地讲了一大堆话。但平日里或许是因为自己的窝囊而感到羞耻，他对上级惯常采取软弱的态度。

"这并非难事，我会提出问题，你只需回答就行。"

当被告知不必主动解释时，伍德菲尔德紧张的面孔略微缓和了些。

弗农五副首先开始提问。

"那么，首先，你们在枪声响起的时候正好在下层甲板舰艉区域的入口前是吧。当时你们到底在做什么?"

"当然是去小解了。"

里奇回答道。他也多次在军官任职考试中落榜,获得了"资深候补军官"这种不太光彩的非正式头衔。只是他与伍德菲尔德不同,从不为自己能力不足而感到羞愧,而是向长官以外的所有人发泄不满,属于很棘手的性格。

里奇接着说道:

"我准备从吊床上爬下来的时候,旁边的伍德菲尔德问我'上厕所吗',我说'是啊',他说'我也想去,一起吗',于是我俩就结伴去了,我们从后舱口上到下层甲板,完事后正准备回到底层甲板时,听到了枪声。"

"然后呢?"

里奇皱起眉头,回想着昨夜发生的事。

"我吓了一跳,在原地愣了好一会儿。"

"再确认一下,你的意思是,你们就站在舰艉区域的入口前,对吧?"

"嗯,是的。"

舰艉区域唯一的入口站着两名候补军官,也就是说,凶手在作案之后即被断了退路。

"然后你们就进了舰艉区域是吧?"

"是的,"里奇回答,"因为枪械库就在下层甲板的舰艉区域,我还以为那里出了什么事。"

弗农点了点头。这是合情合理的推测。

"刚进舰艉区域,你们就查看了枪械库是吧。"

"是的。伍德菲尔德昨天好像也说过，但我们只是从门口往里看了看，并没有进去仔细调查。查看枪械库的时候并没有任何异常，可枪声肯定就在附近，所以我们决定检查其他房间。军刀库也大致看了一下，接着又看了禁闭室，在那里发现了尸体。我们实在不知道该怎么办，所以就大声求助。"

于是我就成了第一个循声而来的——弗农在心里说道。还有一件事他无论如何都想搞清楚。

"我赶到之前，你们一直站在门口吗？有没有进过禁闭室？"

通常情况下，如果里面有人流血，其他人会走进去确认其安危。躲藏起来的凶手有可能趁两人进入禁闭室时离开舰艉区域。

伍德菲尔德和里奇对视了一眼，里奇低着头回答道：

"我们从没想过要主动进入禁闭室。"

原来如此，看来他们也是迷信法国舰长亡灵的人。但若这样的话，凶手趁两人进入房间的空隙逃走的可能性就完全消失了，再加上之后陆续有人赶到，凶手的逃亡路线便彻底不复存在。尽管如此，凶手还是从现场消失了，除非使用魔法，否则这似乎是不可能的。

对两名候补军官的提问接近了尾声，弗农最后问了一句：

"进入舰艉区域的时候，有没有注意到其他什么？再细枝末节的事情都无所谓。"

里奇立即回答说"没有"，可以窥见他想尽快从这里抽身，而另一边的伍德菲尔德看了里奇一眼，稍微压低视线说"我也没有"。

对于伍德菲尔德的态度，弗农有些犹疑，虽说在这个场合本可继续追究，但像伍德菲尔德这样自信不足的人，要是在他人的注视下被追问，可能会愈加缄口不言。

因此弗农用柔和的语气说道：

"以后若想起什么事，尽管来找我，随时欢迎。"

在和第一发现者的谈话结束后，弗农和迈耶前往案发地点。他们向配备在舰艉区域的哨兵打了招呼，确认没人进过舰艉区域。这意味着在众人离去之后，舰艉区域的状况没有发生任何变化。

弗农和迈耶拿着提灯进了禁闭室，尸体已被清理干净，房间里并没有什么值得关注的地方。

"那专程来到案发现场，到底该看什么好呢？"

昨夜没看到案发现场的迈耶抛出了疑问。

"长官，沃尔登是在被关押的情况下被射杀的，对吧？"

"嗯，对。"

"既然无处可逃，为什么不大声呼救呢？"

"射杀是在夜里八声钟响（零点）的时候发生的，受害者有可能在睡觉，没有注意到凶手闯入，又或者是在呼救之前就中枪了。"

迈耶挠了挠鼻尖。

"沃尔登是后背中枪的，对吧？为什么是后背呢？也就是说凶手必须特意绕到目标后面才能开枪。"

弗农并没有这个问题的答案。禁闭室的入口和拘留罪犯的脚镣在对角线上，从门口可以望见被拘束者的侧脸。如果凶手直接近身，盖瑞中枪的部位就应该是脸颊、胸口或腹部。但不知为何，枪伤在后背上。

说到这里，弗农想起了疑似凶器的火枪是在禁闭室隔壁的工具仓库里发现的。

"去隔壁房间。"

弗农带着迈耶进了工具仓库，火枪和着过火的吊床，这里完好地保存着昨天混乱的痕迹。

"凶手应该是从这个房间射杀了沃顿。"

弗农仔细地打量着这个房间。堆在一起的桶和水桶横放在正对着门的舷侧板前，再往前则是整理好的绳索，收纳着的钩杆的木桶摆在舷侧板的右角，这是小艇靠近军舰时所用的工具，左边的木箱装着打扫舰船时所用的方形石头。

工具仓库的墙用的是隔板墙。不仅是这个房间，由于隔板在紧急情况下可以立刻拆除，所以构造相当简单。在方形的木材上横向钉几块细长的木板，这就是用在诸多军舰上的隔板墙。这种墙并不重视外观，木板和木板之间有细小的缝隙。

虽说天花板上设有横梁，但因为是杂物间，所以并没有悬挂油灯。由于没有炮门，想要了解房间的状况就必须像现在这样提着灯笼。

从门口望去，右手的墙边是火枪，左手的墙边是吊床，除去这两样物件外，便是弗农熟知的工具仓库本身。

弗农注意到迈耶正看着自己，好似在确认自己的头脑是否正常。

"你这眼神是什么意思?"

"您的意思是，凶手是从这个房间开枪射击的吗?"

弗农指着禁闭室和仓库之间的隔板墙上的一个小孔。

"看这里，这是夺去波洛克性命的炮击留下的洞，要是把枪管插进这个洞里，就能射杀沃尔登，而且受害者是背朝这个房间被铐住的，后背中枪也就可以解释了。"

迈耶并未露出认同的表情，弗农的解释确实有理，但并不能解释一切。

"长官，恕我直言，那个洞离甲板只有十六英寸（约四十厘米）高吧。要是从那里开枪的话，凶手必须卧倒才行。为什么非得以这种姿势从这个房间里开枪呢？明明只要进入禁闭室就可以了。"

弗农噘起了嘴唇。

"何况穿过那个孔想要瞄准也很困难，有可能会打偏……"

"瞄准并不困难，"弗农怄气似的说，"要是明白原理，小孩子都能打中。"

"什么？"面对出乎意料的发言，首席卫兵长一时无以作答。

弗农用脚尖戳了戳地板上的凹陷，此处距离分隔禁闭室和工具仓库的隔板墙大约有四英尺（约一点二米）远。

"这个凹坑就是飞进禁闭室夺去波洛克性命的炮弹最终落下的位置，先把这里视作一个点。"

弗农的脚尖划过虚空，指向了墙上的洞。

"然后这是同一个炮弹打出的洞，这里是另一个点，点和点之间必然可以用直线连起来，像这样……"

弗农拾起放置在另一侧墙边的火枪，把枪管穿过墙上的洞，将枪托抵着炮弹在甲板上砸出的凹坑。

"这样一来，点与点就连在了一起，即画成了一条直线。你觉得这条线朝墙的另一头延伸会通往哪里呢？那就是现在已经被福尔克纳修好了的，炮弹穿透外板所造成的洞。然而在抵达这里之前，线还会穿过一样东西，那就是被关在禁闭室里的人。杀死了拘束在禁闭室的人的炮弹，若是沿着原路返回，仍会击中囚禁在那里的人。只不过这次返回的并不是炮弹，而是枪弹。

"听懂了吗？首席卫兵长。地板上的凹坑和墙上的洞就是杀人的直线，要是持枪的时候将这两点连接起来，哪怕闭着眼睛也能射杀沃尔登。"

"我懂了，穿过墙壁射击目标并不困难。"迈耶先是坦率地承认，然后又说，"可这并没法成为从这个房间射杀沃尔登的理由，对吧？要是不想偏离目标，只要靠近就行了。而且凶手本身也可以做到这一点。"

弗农叹了口气。首席卫兵长所言非虚。靠近目标射击才是常规的做法，但一个念头旋即划过弗农的脑海——

且慢，这本就是一桩凶手形迹全无的无解凶案。凶案异常，凶手的行为异常。难道不该在这异常之下找出合乎逻辑的道理吗？

见弗农面露难色，沉默不语，迈耶感到很不自在，他试图驱散这般沉重的气氛，遂开口说道：

"对了，那边沾满沙子的吊床是什么情况？"

"在发现尸体之后就看到这东西在这里烧了起来。"

"烧了起来？怎么了？"

"我不知道。"

说完这话，弗农这才想起自己还没仔细检查过吊床。和火枪一样，吊床也是这个房间本不该有的东西，肯定是凶手拿来的。虽然可能性不大，但或许能成为线索。

弗农拾起了半埋在沙子里的吊床。直到这时，弗农才第一次注意到吊床原来有两张，昨天忙着灭火，不曾注意到这点。

弗农吩咐迈耶仔细检查其中一张吊床，而自己则检查了另一张。

弗农检查的吊床上有一处被烧穿的痕迹，有可能是着火点。但仍有另一个可疑之处。在远离燃烧点的位置有一个空洞，空洞的周围变成焦褐色，并附有黑色的煤烟。弗农嗅了嗅那些煤烟的气味，隐约有股火药味。弗农突然想通了这个洞的来历，他拾起火枪，将枪口对准洞口。洞的大小与枪口的大小吻合，而且枪的药池处也发现了焦痕。

凶手是用吊床包裹着火枪！发射后从药池飞溅出的引燃药点燃了吊床。可凶手为何要用吊床包裹住火枪呢？

弗农好似寻求答案一般向迈耶问道：

"首席卫兵长，你那边的吊床有没有发现什么异常？"

"算不算异常我也不太清楚，"迈耶慢悠悠地说道，"有一块地方沾满了木屑模样的细小碎片。"

弗农也检查了那个地方。在大小为半英寸乘以五英寸（约等于一厘米乘十三厘米），仿佛用笔标出的区域内，有许多细小的木屑，好似要刺入吊床纤维一般沾在上面。

"为什么木屑会以这种形状沾在上面？"弗农纳闷地问道。

思路自此断了头。虽说可以确定其中的一张吊床是用来包裹火枪的，但另一张吊床是用来做什么的，又为何会在这里，这些疑问的答案尽数包裹于迷雾之中。

弗农认为再待在这里也不会有什么灵感，于是决定离开现场，把作为线索的火枪和吊床严密保管起来。

弗农将吊床和火枪装入麻袋，锁在自己房间里的私物箱里，不让任何人触碰。当他掀开隔断用的帆布走进休息室时，迎面遇到了考夫兰三副。

"弗农先生，你是在调查谋杀案吗？"

"是的。"

"我是当值主管，没能赶去现场。听说又有一名水兵在禁闭室里遇害了。现在到处都在谈论法国舰长的诅咒。"

"确实是。"

尤其是昨晚的凶案，凶手从现场消失不见，这愈加助长了亡灵作祟的谣言。

考夫兰有些焦躁地挠了挠头。

"真是的，短时间内接连三人被杀，这艘军舰到底是怎么了？"考夫兰的独眼闪烁着锐利的光芒，"弗农先生，我希望你能尽快找到那个胡乱杀人的恶魔，这也是对亡故的格拉汉姆舰长的致意。"

考夫兰走开了，弗农却怔怔地站在了原地，好似被什么东西分散了注意力。

"怎么了？"迈耶问道。

"不对，刚才考夫兰三副说凶手是胡乱杀人，事情并不是这样的。我们认为凶手盯上了乔治·布莱克，但是失败了，误杀了其他人。"

"我们并没有把想法告知考夫兰三副，也难怪他会搞错。"

"不是，重点不在这里。本次的凶案是针对盖瑞·沃尔登的，这点不会有错。何况乔治·布莱克已经在上一场海战中战死了，凶手理应失去了行动的理由，既然如此，为什么又作案了呢？"

首席卫兵长困惑地挠了挠头，道出了首先想到的事情：

"难不成凶手原本就打算同时除掉乔治·布莱克和盖瑞·沃尔登？"

"哦，确实有可能是这样。但凶手为何要同时盯上他们两个呢？他们两个人的交集是……"弗农骤然醒悟，"不对！交集什么的根本不重要，凶手是因为不同的理由盯上了他们两个。"

"怎么说？"

"霍斯尔在船舱里遇害的时候，沃尔登也在那里。霍斯尔遇害的时候我问过他有没有见过可疑的人，沃尔登的回答是没有。可如果这是假话呢？如果他想以此恐吓凶手，以换取金钱或是其他什么东西，那动机就太充分了。"

迈耶涨红了脸，坐立不安地摇晃着身体。

"对对！确实，这样就说得通了。"

弗农的眼里闪烁着自信的光芒。

"我们去找那些和沃尔登关系密切的水手们谈谈，或许他曾把凶手的事告诉过同伴们，先从同餐桌组的人问起吧。"

*

纳威和加布里埃尔、休和佛莱迪一起在主桅前的便携火炉前取暖。由于海战中水兵减员，部署进行了部分调动。这样一来，纳威和加布里埃尔等人的当值时间就打重了，集会变得相对容易。

但两名叛乱同盟成员已经不在的事实，令四人间弥漫着沉重的气氛。

"在乔治之后，盖瑞也死了。"加布里埃尔以焦躁的口吻说着，简直就像是在责备擅自死亡的那两个人。

"可是——"休开口道，"虽说这样讲有些不妥，但对我们来说不是刚好吗？你看，人少了，补给船的摆渡钱也会相应减少。"

"需要一大笔钱，这点是不会变的，"佛莱迪呆然地说，"而且因为盖瑞没有透露秘密筹钱的方案，所以还得从主计长仓库里偷钱。"

休反驳道："不不，已经没那个必要了吧？我们俘获了敌舰，不是有捕拿奖金吗？听其他人说，每个水兵可以领到两镑或者三镑的钱，只要把这些钱交给补给船……"

"还不到乔治说的一半吧？"纳威阴沉地说，"给不给我们上船都很难说。"

"不，"加布里埃尔打断了谈话，"没必要等补给船了。"

其他三人都看向了加布里埃尔的脸。

"什么意思？"纳威问。

加布里埃尔露出了微笑，那是带着残忍之感的可憎笑容。

"战斗结束后，我就一直在构思新的逃脱办法。干脆在抵达港口时让这艘军舰陷入混乱，然后趁机逃走呢？"

"对不起，我听不懂你的意思。"佛莱迪说。

"我们现在有了很多境遇相同的伙伴哦。"

"一起被带过来的那些人？从一开始就在吧？"休皱起了眉头。

"不是，我说的是法国俘虏。"

对于加布里埃尔突然提到的俘虏，纳威等人一时间无法理解。

"听好了，"加布里埃尔自信满满地说，"所有的法国人都被关在前船舱里，我们要把他们放出来，让法国人在舰内制造叛乱。"

"然后趁机逃走吗？"休以仍未听懂的语气问道。

"不不，"加布里埃尔摇了摇头，"还有后续。我们趁法国人作乱之机，也在装药室纵火，假装是他们干的。"

装药室是将大炮用的弹药装袋的房间，存储着袋装弹药，火药存量仅次于弹药库，在那种地方发生火灾无疑是一场大灾难。而且弹药库就在装药室的正下方，要是装药室发生爆炸，弹药库也将会是同样的命运。存放在长戟号上的几乎所有火药都将爆炸，军舰势必会葬身大海。

"你疯了吗？这样做的话，整艘船都会被炸飞的！"纳威情不自禁地脱口而出。

"疯了？我吗？"

加布里埃尔笑了起来，随后他瞪大眼睛盯着纳威，嘴角依旧挂着笑容。

"我或许是疯了，但你们就能说自己没疯吗？只不过是在酒吧里像往常一样喝酒，突然就被强行拉上了军舰，这难道不是疯了吗？被强迫在又暗又臭的地方生活，吃着寡淡无味的饭，你能说这不是疯了吗？被命令爬到高得能摔死人的地方呢？在破床上只允许睡四个小时呢？总是被下令强制行动呢？被绑起来鞭打呢？被铁炮弹轻易地撕碎身体呢？这些不都是疯了吗？"

加布里埃尔的脸孔因憎恶而扭曲。

"不对吧！"他的声音虽然压低得不让外人听见，却比军官发号施令时的呼啸更有震撼力，"一切都疯了。这艘军舰，不对，是海军本身都疯了。就算我真的疯了，那也不是我的错，而是周围的一切把我逼疯了。所以就用疯狂对抗疯狂吧！"

加布里埃尔的气势压倒了纳威等人，他心中的愤恨远比外人想象的要深重得多。

"可是——"休战战兢兢地说，"这也太危险了吧？"

"没什么危险的。火势逼近的时候往海里一跳不就行了？因为要等到入港后再起事，港口也会派救生船过来。随便抓个木桶和木箱之类能漂起来的东西，等在原地就能获救。"

加布里埃尔顿了一顿，舔舔嘴唇后接着说道。

"再说了，要是我们在军舰沉没后消失的话，别人就会以为我们和军舰一起变成海里的污泥，海军的追兵也不会来吧？何况写有我们信息的花名册也会消失，我们就能过回原来的生活了。"

纳威的心脏瞬间一阵狂跳，主计长仓库处于看守人和锁这两道高墙的保护之下，要是不必从这里筹措逃跑资金，也能像过去一样和玛利亚一起生活，对纳威而言真是求之不得的事。但即便如此，他也无法完全赞同加布里埃尔的计划。

纳威用舌头润了润嘴唇，然后说道：

"可是，要是让军舰爆炸并沉没的话……会死很多人吧？"

加布里埃尔把手捏成拳头，在纳威的脸面前挥了挥。

"刚才也说过了吧？要用疯狂来对抗疯狂。"

加布里埃尔的嘴角露出笑意，但眼睛睁得老大，蕴含着异常灿烂的光辉。看到他的脸后，纳威升起了一阵寒意，可他还是鼓足勇气提出了自己的意见。

"你就不在乎那些无关的人会怎样吗？也有来到这里以后对你亲近的人吧？比如餐桌组的同伴……"

"喂！军官朝这里来了！"加布里埃尔语速飞快地小声说道。

提灯的光映出了向纳威等人走来的弗农五副和迈耶卫兵长。

"话就说到这了，"加布里埃尔向纳威耳边低语，"你也很想和你老婆重逢是吧？点头之交和自家老婆，该选哪边不是很清楚吗？"

纳威心生动摇，他之所以硬忍着长戟号的生活直至今日，就是为了重新过上和玛利亚厮守的日子。在望不到头的舰上生活中，最大的机会已经到来。

"你们有空吗？"

弗农五副他们走了过来，纳威勉强装出平静的样子。

"是，长官！"加布里埃尔应道，刚才的疯狂已被藏得了无痕迹。

"你们和盖瑞·沃尔登是同一个餐桌组的吧？"

"是的，我们三个都是，"加布里埃尔看着休和佛莱迪说，"盖伊是个好人，发生这种事我很遗憾。"

"我现在正在调查这桩案子，有个问题想要问你们。"

"什么问题？"

"尼佩尔·霍斯尔遇害的时候，盖瑞·沃尔登就在案发的船舱里。我们认为他当时有可能看到了凶手的身影。也就是说，我们正在调查沃尔登死于封口的可能性。"

"什么？"纳威吃了一惊。盖瑞的确在靠近中央舱口的地方灭鼠，但他从未提到过船舱里还有别人，更何况波洛克不是已经亲口承认谋杀了霍斯尔吗？

当他指出这一点时，弗农直截了当地回答道：

"波洛克的招供是假的，他是为了一死了之才说了这种话，他在这样的环境中显然很受折磨。"

"可是——"纳威说道，"即便如此，我也不认为盖瑞看到了凶手，如果是那样的话，当我被抓的时候他就应该说了。"

"或许沃尔登并不知道你被关起来了，又或者他见是波洛克担了凶手的罪名，便误以为看到的人和凶案无关吧。但最有可能的就是他愚蠢地试图勒索嫌犯攫取利益，因为我方俘虏了法舰，捕拿奖金自然也将发到我们手中。假设他的目标就是那笔钱，那么被杀的事也就说得通了。"

所有企图逃脱的人都吃了一惊。盖瑞曾表示自己有个可以不用潜入主计长仓库也能搞到钱的秘计，那个秘计就是讹诈凶手吗？

弗农并未看漏纳威等人的反应。

"看你们的表情，是不是想到了什么？"

这不是提问，而是确认。

"不，那个……"

休一时语无伦次，但加布里埃尔立刻插入了一段煞有介事的说辞。

"确实，在和法国佬打完仗后，盖瑞的情绪非常不错。他说他有可能会拿到一大笔钱，不过我把这当成了酒后的胡话，没有当真。"

"能得到一笔钱，他当真这么说过吗？"

"是的，我不清楚他和别人有没有这么说过，但对我们说得很明确。"

盖伊计划从凶手那里夺取捕拿奖金的理由得到了弗农的认同，加布里埃尔的谎言守住了谋逆的秘密。

弗农的兴趣转移到了下一个话题。

"沃尔登有没有说过他在船舱里看到过什么人，或者有没有经常把某人的名字挂在嘴上？"

"没有。"加布里埃尔说道。

关于这点，他并没有说谎。盖瑞从未暗示过有关船舱里的杀人犯的任何信息。

"是么？"弗农闭上了眼睛，"那太遗憾了。"

在这之后，长戟号抵达了希尔内斯（英国东南部肯特郡的城市）港，但长戟号舰内并没有萌生出喜悦和安心。

在陆地出现在水平线的彼端时，默里已召集了水兵，正式宣布了不允许登陆的决定。尽管舰上早有传言，但水兵们仍对此表示了极大的不满。老兵们尤为失望。他们深知格拉汉姆舰长的为人，纷纷感叹要是舰长还活着，一定会给予水兵登陆许可，作为他们获胜的奖赏。

水兵们的抗议声持续了很长时间，以至默里不得不威胁说，要是有人再敢抱怨，就判十六下鞭刑，舰上顿时安静了下来，但水兵们的眼中却寄宿着愤怒、憎恨、失意——如此这般各式各样的负面情绪。军官们看到这种情况，纷纷担心起了滚弹（水兵们悄悄把炮弹滚到军官脚下的抵抗行为，据说是叛乱的前兆）。

长戟号在布满软泥的海底抛锚，停止了移动。重伤员们被前来迎接的伤兵收容船运往陆地。舰内断断续续的痛苦呻吟消失了，但这并没有成为使舰内气氛变得明朗的契机。

由于没有获得登陆许可，水兵们全都陷入了郁闷之中。他们唯一能做的就是走到露天甲板上，满怀恨意地眺望着港口城市。

长戟号原计划进入船坞修复战斗中所受的创伤，不过在此之前，首先得把俘虏移交给监狱船，为此长戟号派人前往希尔内斯的造船厂，请求接收缴获的军舰，但造船厂的回答是"很遗憾，船坞已经满了，请再等待几天"，长戟号不得不维持现状，再待机一段时间。

当晚，加布里埃尔的叛乱同盟像往常一样聚集在船舱里，随着军舰的入港，他们的计划就像是摆脱系船柱的缆绳一般即将获得解放。

"白天的抗议可真厉害啊，"佛莱迪说，"事到如今，应该会有更多的水兵加入我们吧？"

"不，不行，"加布里埃尔态度坚决地说，"人数越多，计划被泄露给军官的可能性就越大，我们的计划比较激进，有可能会被那些胆小鬼告密。"

加布里埃尔依次看向了休、佛莱迪和纳威的脸。

"这里没有那种胆小鬼吧？"

"没有，已经到了这一步，我不会退缩了。"休气势汹汹地说道。

"我也是。为了回到原来的生活，我什么都能做。"佛莱迪的眼神非常镇定。

加布里埃尔将视线转向了纳威。

"纳威，你当然也不是胆小鬼吧？"

片刻之后，纳威毫无感情地回应道："那当然。"

加布里埃尔盯着纳威看了一会儿，然后点了点头。

"好，"加布里埃尔露出了阴沉的笑容，"那么，就由我们四人合力葬送这艘军舰，永远离开这个鬼地方吧！"

纳威表面上异常平静，欲望和理智却在内心激烈交锋，比雷云之下的海还要汹涌。

"明天晚上两声钟响（二十一点）时再在这里集合。届时定好分工，确认彼此的任务后再执行计划。如果再磨磨唧唧，俘虏就会消失，所以越快越好。"

就这样，一生一次的作战就定在明晚进行，纳威悄悄回到了自己的吊床上，但是被忧郁支配的他难以入睡。

重回和玛利亚朝夕与共的生活，这个愿望至今都没改变。即便如此，纳威仍没有放下忧郁，刚被带到长戟号的时候，纳威觉得自己好像被关进了监牢，工作艰苦得让人精疲力竭，有时甚至会有丧命的危险。睡不好觉，食物也毫无滋味，这是一个用酒和歌声掩盖痛苦的世界。

然而，在这个世界里也有活生生的人。曼迪、盖伊、科格、拉姆齐、赵、杰克……纳威的脑海里浮现出了这些一直以来对他热情相待的餐桌组同伴的脸孔。虽然军官们的行为大都严厉，有时甚至可以说是冷酷无情，但他们之中也不乏关心水兵的人，比如弗农五副和军医莱斯托克。而且在与法舰作战的时候，其他军官不也都勇敢地挺身而出了吗？他们一直在为祖国奋战。

如今纳威并非孤身一人，他有一起生活的同伴，也是在对抗法舰的战斗中分享胜利的一员。他实在不忍让这些同胞置于死亡的危险中。

尽管如此，玛利亚的脸庞仍一次又一次地在脑海中闪现。要是参与加布里埃尔的计划，就可以回归和玛利亚相濡以沫的生活，而不必挑战从主计长仓库里偷钱这般不啻于上天摘星的试炼。丧失回到她身边的机会，是一件痛苦得几乎要将身体撕裂的事情。

当晚，纳威几乎一夜无眠。

翌日早晨，当纳威和餐桌组的同伴一起围着餐桌吃着加了糖浆的燕麦粥时，曼迪突然向他搭话道：

"纳威，你身体又不舒服了吗？"

"啊？"

纳威抬起头来，这才发觉每个人都在担心地看着自己。

"你的脸色看起来是灰色的。"拉姆齐皱着眉头说道。

"嗯，对对，你是不是哪里不舒服呢？"杰克的语气好像是在对朋友说话。

"要是感觉不舒服的话，就赶紧去找莱斯托克医生吧。"盖伊一边嚼着燕麦粥一边说道。

"我没事，只是昨晚有点没睡好。"

"哦，那就好，"曼迪嘟哝着说，"好不容易不用值夜班，这种时候更应该好好睡觉才对。"

"是啊，"赵讥嘲道，"在挤成一团的空间里，怎么可能每个人都睡得好呢？简直让人喘不过气。"

"我怎么睡得挺香呢？"曼迪反驳道。

"那是因为你这人太粗枝大叶了吧。"

"你说啥？"

"好了好了，"科格劝慰着两人，"别因为没得到登陆许可就像个火药桶似的，默里对规则本来就很挑剔，要是吵起来的话，可不是被停发格洛格酒那么简单。"

曼迪和赵之间的紧张空气消散了，有关纳威脸色的话题也就此中断，在接下来的餐桌上，只是时不时蹦出一句对默里的不满之言。

用餐结束后，当少年水兵着手收拾餐具时，从头上传来了手摇铃的声音。

"哦，拍卖啊，"盖伊突然想起什么似的说道，"自从海战打完后就没搞过了。"

"因为人数摆在那里，他们是想趁休假一口气搞定吧，"曼迪挠挠脸颊说，"我们也去吗？"

餐桌组的成员陆续站了起来，走上了露天甲板。纳威并没有闲钱购买遗物，但也随大流跟了上去。

和霍兰德那会儿一样，拍卖地点是在舰艏楼甲板的桅杆前面。拍卖静悄悄地开始了。

"托马斯·斯旺森，成交金将会送到他的父母手上。"

就这样，首先告知阵亡者的姓名和钱款的去向，然后开始竞拍。虽然尚未收到捕拿奖金，但在场的水兵都积极地参与了竞拍。多亏了他们，斯旺森那寒酸且寥寥的随身物品，竟然卖出了三镑六便士的高价。

在那之后，竞拍也在按部就班地进行着，纳威的心思一直集中在今晚的作战计划上，而当拍卖到某个阵亡者的遗物时，他就似冰块划过脊背般吃了一惊。

——多米尼克·库珀，成交金将会送到他的妻子和幼子手上。

不知从何处传来了水兵们的窃窃私语。

"我想起来了，他被带到这里的时候孩子才刚生下来吧。"

"孩子真可怜啊，长大后都不知道父亲长什么样吗？"

纳威环顾着周围的水兵，仿佛第一次看到他们似的。

对啊，这里有多少人是自愿站在这里的呢？绝大多数不都是跟我一样被强掳到这里的吗？他们在陆地上还有离散的家庭，或许有的水兵也像自己一样，在孩子即将出生之际被强征到了舰上。

加布里埃尔想出来的计划一定会害死很多人——和自身有着相同境遇的人，说不定会有数十人。要是参与了那个残酷的行动，自己也要背负相同的罪孽，这双手将沾满杀戮的血污。

我真能毫无顾忌地抱着自己的孩子——用这双血腥污秽的手吗？

＊

在舰艉楼甲板上，弗农五副正眺望着拍卖实况。没完没了的竞标声让人揪心不已。一想到即便赢得了战争，前方也会有无数泪水，看似鲜亮的胜利也总会黯然失色。

正当弗农沉吟之际，默里走了过来。

"弗农五副，案子调查得怎么样了？"

"很遗憾，没有任何进展。"

默里皱了皱鼻子。

"这一连串的凶案都是出自同一个人之手吧？"

弗农将自己的推理告诉了默里，于是副舰长也意识到凶手是军官级别的人物。两次盯上乔治，两次都搞砸了，为了灭口杀害了盖瑞。已经知道了如此多的信息，却还是不知道凶手的真实身份，这让默里很难相信。

"在人数众多的军舰里面反复杀人，怎么可能顺顺利利地逃走呢？你彻底调查过吗？"

"是的，当然。不过副舰长也知道吧，第一次作案时凶手混入了夜色之中，第二次作案时凶手以船舱和底层甲板的黑暗作掩护，第三次作案后又消失得踪迹全无。"

"我早就知道了，"默里说道，"我最烦一遍又一遍地听同样的话，我只想你把应该吊在帆桁上的那个人的名字告诉我，至少得知道候选人都有谁吧？"

"可疑人物倒是有，不过我觉得副舰长应该不喜欢听。"

"什么？"

"第一和第二起谋杀案发生的时候没有不在场证明的军官，分别是考夫兰三副、杰维斯四副、帕克主计长、菲尔德帆缆长、哈登炮长、福尔克纳船工长、莱斯托克医生，以上七人。"

"你是说只有船副和军官吗？尽是些地位高的人啊，"正如弗农说的那样，默里的语气听起来不太欢喜，"所有的下级军官都有不在场证明吗？"

"下级军官们经常混在一起，第二起凶案发生的时候，我确认了所有人的不在场证明。"

下级军官的人数仅次于水兵，同僚之间的联系很强。

默里独自一人若有所思地嘟哝着，过了片刻，他抬起头，在弗农耳边低语道：

"把那七个人一个一个地叫出来套话，怎样？"

弗农对此不大赞同，他也压低声音回答道：

"我觉得凶手只要蒙混过去就没事了，就算我以知道凶手是谁来胁迫，也仍旧不知道禁闭室杀人的真相。如果对方声称自己没法杀死沃尔登，我也无话可说。"

默里焦躁地摇了摇头。

"真是的！这到底算什么事？"

副舰长怒喝了一声，随后迈着粗鲁的步子离开了弗农。

"是啊，这到底算什么事呢？"弗农仰望天空喃喃自语。

"那、那个……"有人向弗农搭话。

弗农低头看去，来者是伍德菲尔德候补军官。

"伍德菲尔德候补军官，有什么事吗？"

"那个，我看到副舰长刚才在逼问长官有关案件的事情，我想您一定很不容易……"

"还没有到逼问的地步，副舰长愤怒的对象是凶手。唉，要是调查迟迟没有进展，我也会被指责的。"

"所以我就想，要是对调查有所助益就好了……所以我有些事要告诉您。"

"哦，什么事?"

"水兵在禁闭室里中枪的那天晚上，我和里奇候补军官最先进入舰艉区域，当我们轮流检查房间的时候……"

"嗯?"

"那个……我找里奇确认过了，他说自己没听见，或许真是我自己的错觉吧，但我感觉我听见了。"

"你听见了什么?"

"下甲板靠近吃水线，海浪的声音很吵，但在浪涛声中，我好像听到了咯吱咯吱的声音，像是拖着什么又重又硬的东西。但我不知道那声音是从哪来的，所以也在想是不是幻听……"

"不，你的话非常有用，谢谢。"

怯懦的候补军官似乎松了口气，嘴角微微放松。

当伍德菲尔德离开后，弗农将刚才的证词和目前查明的情况结合起来，仔细思考着。

隔着墙壁射击盖瑞，貌似用来包裹火枪的吊床，以及拖拽某物的声音……难不成!

弗农感到了一阵冲击从头顶传到了脚尖，只要用这个方法，就能解释凶手为何不在现场了！

弗农以脱兔般的速度冲向自己的房间，然后打开了私物箱的锁，从里边取出了火枪，随后以相同的速度返回露天甲板，以便在光线充足的地方观察。看到弗农单手拿着火枪奔跑的模样，不少人都被吓到了，但他并不以为意。一到露天甲板上，弗农就仔细查看了手中的火枪。

他几乎不曾仔细查看过这把火枪，案发当晚，他连拿都没拿，之后也只是在昏暗的船舱内随便瞥了一眼而已，并没有详查。要是没猜错的话，这把火枪的某个地方就一定有动过手脚的痕迹……没有吗？

这怎么可能！弗农一遍又一遍地仔细检查着火枪，但他预想中的东西并不存在。

就在他意气消沉的时候，首席卫兵长过来了。

"长官，怎么了？"迈耶很是困惑，"我们收到好几份报告，说长官拿着火枪面色严厉地跑着，大家都怕长官会去杀人。"

弗农向迈耶解释了自己的推理。

"哈哈，原来是这样。您到明亮的地方检查火枪，但结果并不符合预期，是吧？"

"就是这个道理。"

如果弗农的推理没错，那么凶手就一定是他。从案发时的位置来看，这是毫无疑问的。但根据案发后被派到舰艉区域的看守的说法，之后便再也没有人进入下层甲板的舰艉区域。此外，凶器火枪从现场移走后，就被弗农亲手锁进了自己的私物箱中。也就是说，这人没有机会接触火枪，抹消掉动过手脚的痕迹。

当弗农五副恨恨地俯视着手里的火枪时，一阵风吹了过来。饱含寒意的风冷峭彻骨，令他原本沸腾的思绪冷静下来。

与此同时，案发当晚的某个记忆在弗农的脑海中复苏。当晚交班之际，海上重新吹起了风。想到这里，弗农浑身一阵剧颤，他确信自己已掌握了真相。

他用认真的眼神看着迈耶。

"我有件事要确认一下，把小艇放下来。"

*

那天平静地过去了。没有获得登陆许可的水兵们洗濯了衣物，修补了破损，以备迎接至少会来到船上的妓女。在配发格洛格酒的时间里，大家互相抱怨着同伴和上司，抑或纵声歌唱，以港口城市采购而来的新鲜食材做成的晚餐抚慰着自己的心。一天结束时，众人也和往常一样，在猪圈一般极度憋屈的状态下入眠。对诸多船员来说，这只是持续了数百天的单调航海生活中的寻常一天。可是在日常的帐幕背后，将这天化为命运之日的瞬间正步步逼近。

夜里两声钟响（二十一点）之时，三个人围着提灯坐在船舱侧边的通道上，在那边的人的是加布里埃尔、休和佛莱迪，并不见纳威的身影。

"纳威这家伙，好慢啊。"佛莱迪说。

"他该不会突然害怕了？别到了最后一刻向军官告密了吧？"休有些担心地说道。

加布里埃尔保持着冷静。

"要是那家伙背叛，我们现在就已经被抓了……喏，说曹操曹操就到。"

放在船舱侧边通道的提灯映出了纳威朝三人走来的身影，纳威坐下

247

之后，加布里埃尔开始讲话。

"好，所有人都到齐了。从此刻起，我们将投身于获取自由的战斗中。为了这次作战，我们将赌上性命。"

"那个——"纳威打断了他，"还是算了吧。"

所有人都看了过来。休和佛莱迪露出了难以置信的表情，加布里埃尔则对纳威投以阴沉的目光。

"算了?"加布里埃尔平静地说。

纳威直视着加布里埃尔，他的眼中已不再有迷惘和痛苦。

"你们不能把不相干的人牵扯进来。这里的很多水兵和我们一样，都是被强掳上这艘船的。为了脱身而牺牲相同境遇的人，我觉得还是不要吧。即便我们成功逃了出去，你们能问心无愧地度过后半生吗? 我们不是还有坐补给船逃走的机会吗，我们可以等待那个机会。"

加布里埃尔深深地叹了口气。

"你现在打算背叛我们吗?"

"才没有背叛，"纳威热情洋溢地说道，"只要愿意，我可以随时把你们的计划告诉别人，但这样做你们就会被绞死。我之所以求你们放弃这个计划，是因为不希望你们死。我不想任何人死，拜托了，重新考虑一下吧。"

加布里埃尔一直盯着地板，过了片刻，他才站起来说:

"是吗? 我明白你的意思了。"

他明白了吗? 纳威松了口气，但他随即发现加布里埃尔的裤子口袋鼓了起来。

加布里埃尔的动作非常迅速，他把手伸进口袋，掏出了里面的东西。

那是一根用来把帆系在索具上的棍子——系缆销。加布里埃尔像挥棒般紧握着系缆销，朝纳威的头打了下去。

这一击准确地命中了纳威的头部，他呻吟着仰面倒在了地上。

"我这才明白，邀请你加入同盟是一个错误。"

加布里埃尔俯视着纳威。

"你就陪这艘军舰一起沉入海底吧。"

加布里埃尔向后抬起了脚。

"不、不要……"纳威用微弱的声音诉说道，但这并无效果。

加布里埃尔的一踢命中了纳威的太阳穴附近，纳威瘫软下来，动弹不得。

看到这一幕，加布里埃尔满意地说了声"好"。

"那我们开始行动吧。"

休和佛莱迪紧绷着脸"嗯"了一声，同时点了点头。到了这一步，已经无路可退了。

"我和休去释放法国俘虏，等骚动一起，弗雷迪就去装药室放火。然后我们在露天甲板上集合，从军舰逃出去。"

"要怎么逃?"休问。

"趁乱把小艇放下去，或者把有可能成为漂流物的东西扔下去，办法多得是。无论如何，在港口目击到爆炸的人应该会派出救援的。我们只需漂在海上，直到被他们救下。没什么难的。"

"知道了。"休点了点头。

"好，够了，这就放手干吧。为了自由!"

加布里埃尔三人离开了船舱，把纳威留在了这里。纳威并未彻底晕厥，虽说朦胧不清，意识仍勉强飘荡在现实和梦境的夹缝里。他在浑浊的意识中看到了玛利亚的幻影。她正对纳威微笑着伸出手，纳威试图抓住那只手，但就在那一瞬间，她的身影宛如化在水里的盐一般消失无踪。

我再也见不到玛利亚了——纳威本能地这么认为。

"玛利亚……"纳威的嘴唇微动，发出呓语，"玛利亚，对不起，对不起……"

就在他气力枯竭，意识即将彻底被拖入黑暗的深渊时，一盆冷水突然浇在了他的脸上。水流进了鼻孔，纳威剧烈地咳嗽起来。

"振作点!"某人呼唤着纳威，并拍打着他的脸颊。

纳威的意识得以安然地回到了头脑，当他睁开眼睛，聚焦目光时，几乎屏住了呼吸。

在他面前的，是本应死去的乔治·布莱克的脸。

*

就在此刻，弗农领着迈耶来到了舰长办公室，默里正坐在办公桌前，把眼睛瞪得老大，好似目睹了天雷击中主桅的瞬间。

副舰长鹦鹉学舌般地重复着弗农刚才说过的话。

"是的，"弗农自信地说，"而且这也能解释凶手在杀害沃尔登时为何消失。"

默里向前探出了身子。

"那个让人费解的事实能解释清楚吗？凶手到底用了什么魔法？你快说。"

"明白了。先说说盖瑞·沃尔登遇害的真相吧？"

弗农首先做了简单的温习。

"有关于沃尔登遇害一事，案发时间是晚上的八声钟响的午夜零点过后，枪声就响起于这个时间。第一发现者是伍德菲尔德候补军官和里奇候补军官两人，在枪声响起的时候，他俩刚好站在通往下层甲板舰艉区域的入口前，为了确定枪响的真实情况，他们直接进了舰艉区域，发现了被击毙的沃尔登。随后我抵达了舰艉区域，其他军官也赶来了，但到处都找不到凶手的踪影。到此为止没错吧？"

"那凶手究竟消失到哪里去了？"

"凶手从一开始就不在那里。"

默里大张着嘴，随后皱起眉头。

"凶手不在那里？这怎么可能？既然有人开枪，凶手必须在场并扣动扳机。"

"即便不在现场，也能扣动扳机。凶手是把线绑在火枪的扳机上。"

"线？"

"没错，只要绑上线往后一拉，即便不在现场，也能扣下扳机。"

默里并未感到惊讶，反倒把怀疑的目光投向了弗农。

"弗农先生，我懂你的意思，但这是不可能的，要是把线绑在扳机上，在击铁落下之前，枪身都没法移动吧？这样根本就不能瞄准。还有，若是用线扣动扳机的话，凶手是从哪拉线的？"

对于早有预料的疑问，弗农平静地展开了解释。

"我会依次回答您的问题，首先是枪弹发射时火枪移动的问题。事实上凶手把火枪固定好了。沃尔登所在的禁闭室和工具仓库之间的隔板墙被法舰的炮击打出了一个洞。案发之后，在那个洞的附近找到了两张掉落的吊床。凶手把枪管插入炮击造成的洞里，然后塞进一张卷成一团的吊床，把洞的缝隙完全填满，以此固定枪身。如此一来，就能防止火枪在扣动扳机之前发生位移，同时也防止了火枪射出弹丸时由于后坐力导致打偏。按照这条思路，就能解释沃尔登为何后背中枪而死了。"

"虽然有了解释，但那个真能行得通吗？不瞄准就开枪。"

弗农提出了他之前向迈耶展示过的点与点连线的理论。炮弹途径的直线正是杀死了被拘束在禁闭室里的波洛克的路径。所以只需在墙壁的洞和甲板上砸出的凹坑之间的连线上布置火枪，无须瞄准也能命中盖瑞。

默里点了点头，但仍旧眉头紧锁。

"道理我都懂，但仍有些地方难以信服。"

"什么？"

"把火枪插入墙洞的时候，禁闭室里的受害者就不会发现吗？就算发现不了，万一受害者心血来潮转过头去，看到枪口正对准自己，会不会呼救呢？"

"首先，火枪是晚饭后到夜里八声钟响的那段时间里设置的，如果不在那段时间，送晚餐的人就会发觉这些手脚，因此，在凶手设置火枪的时候，受害者应该已经睡着了。"

"凶手是在赌这样的可能性吗？那应该相当危险吧？"

"嗯，凶手当然没那么愚蠢。他还准备了一张吊床，将火枪包裹起来，尸体被发现时，工具仓库的吊床发生了起火的骚动，那是因为药池中喷出的引燃药点燃了吊床。此外，在燃烧过的吊床上有子弹穿过的洞，周围有枪口喷出的火焰留下的焦痕。将那个洞与火枪的枪口叠在一起，烧焦处就正好对上了药池的位置。这足以证明火枪曾被吊床包裹着。"

"用吊床包起来的话，危险的气息也就消失了，除非枪管突出太多，否则对于被关在禁闭室的人而言，看上去就像是炮击后紧急塞入的填充物。战斗结束后，船工组的人每天都在各处修修补补，哪怕沃尔登发觉墙上的洞被堵住了，也会把这当作修复工程的一环。"

默里叹了口气。

"嗯。的确如此，这样一来，受害者也就不会有什么防备了。看到塞在墙上的白布，尽管有些奇怪，但绝对想象不到那是用来夺走自己性命的凶器。"

副舰长提出了下一个疑问。

"那么凶手是在什么地方拉线的呢？"

"吊床掉在了禁闭室和工具仓库的隔板墙附近，而发现火枪的位置则是在对侧的墙边，也就是说，火枪被拉到了后面。"

"既然说是后面，可工具储藏室的后面几乎什么都没有，有的只是大炮。"

"既然有大炮，那当然就有炮门了。舰艉的炮门是滑动式的。凶手可以留出一条小缝，让线穿过炮门。另外，隔板墙是用木板钉在方材上做成的，板和板之间也有足以穿线的缝隙。"

弗农总结了穿线的通道。

"绑在火枪扳机上的线是从工具仓库隔板墙的木板缝隙中抽出来的，横向的缝隙有好几条，线穿过的应是低处的缝隙，因为要是从太高的位置往外拉线，枪托就会被提起，枪口会指向下方。穿线的缝隙可能在地板和隔板墙之间。总之，从工具仓库里穿出的线接着从炮门伸到了舰艉。"

"舰艉，也就是说线的另一头穿到了海上吗？"

默里试着想象那个场景。舰艉之外自然是海面了，不可能站在那里拉线，那么线的去向只有一个——上面。

"凶手是站在舰艉楼甲板上拉线的吗？"

因为下层甲板再往下就是吃水线，所以只能是上面。中层甲板，上炮列甲板的舰艉全是嵌死的窗，没法从那里拉线，那么就只有最上层的甲板和舰艉楼甲板了。默里想象着凶手在帆下猛力拉线的样子。

"不，不是。"

默里愣住了，好似被当头浇了一盆冷水。

弗农觉得副舰长踩到陷阱也是无可奈何的事，事实上，他最初作出的推测和默里并无二致，也认为凶手是从舰艉楼甲板上拉的线。

而嫌疑人中唯一能做到这点的就只有考夫兰。事发当时，他担任继弗农之后的舰艉楼甲板当值主管。他预先在舰艉楼甲板的某个不起眼的地方系好线，然后将线放到下甲板的位置，从炮门拉入舰内，绑在了火枪上。原本推测他是在主管当值期间解开舰艉楼甲板上的线，拉动线发射了火枪。

但事实并非如此，倘若考夫兰是凶手，那他是在什么时候回收绑在火枪扳机上的线呢？案发之后，考夫兰因主管当值无法赶往现场。在发现尸体并搜过舰艉区域后，就在舰艉区域的入口安排了守卫。守卫作证说，自从他们受命看守以来就没有人进过舰艉区域，所以考夫兰不可能在当值结束后触碰火枪。在这之后，弗农回收了凶器火枪，锁进了自己的私物箱里。所以考夫兰无法回收设置机关的线。因此他不是凶手。

默里困惑到了极点，用疑惑的目光看着弗农。

"要是拉线的地方不在舰艉楼甲板，那么凶手是从哪里拉线的？"

"准确地说，凶手并没有拉线。"

"你说什么？"

"拉线的是长载号。"

面对始料未及的回答，默里一时间哑口无言，副舰长的面具现出裂痕，簌簌而落。

"啊？不……你到底在说什么？"

这声惊呼丝毫不见代理舰长的威严，是人类默里在说话。

"请回想一下案发当天的情形。那天从白天开始就没有风，长载号被困在了原地，这般停滞的状态一直持续到了夜里。在我交班的前一刻，风终于回来了。因为风的归来，长载号又开始前进，在这之后……"

弗农故意顿了一顿，接着又加重了语气。

"也就是说，长载号拖曳阿凯约号的绳索再次被绷直了。"

然而，默里似乎对弗农的话并没有反应。

"那又如何？"

弗农开始了更详细的解释。

"当天，在长载号停止航行的时候，后边的阿凯约号受到风浪影响慢慢靠近，当时我们不是还担心会撞上吗？当长载号和阿凯约号靠近时，连接两艘船的牵引绳就会下垂，直到风回归之前，牵引绳就这样垂落在阿凯约号的舰艉，凶手正是把线系在了这根绳子上面。"

"你说什么？"默里瞪大了眼睛说道。

"凶手应该是利用了存放在工具仓库里的钩杆，把垂在下层甲板舰艉炮门前的绳索拉了过来。凶手就是这样把系在火枪扳机上的线的另一头绑在了绳子上面。当然了，线的长度并没有留下余量。那么接下来会发生什么呢？"

凶手卑劣的伎俩终于到了原形毕露的时刻。

"牵引绳在放松的时候，连在火枪扳机和牵引绳的线是松的，当风回来之时，长戟号开始移动，牵引绳就会逐渐收紧，从舰艉抽离。到了此刻，绑在牵引绳上的线会越拉越紧，随着张力的增加，最后变成足以扣动火枪扳机的力量，子弹就这样被发射了出去。子弹射出后，牵引绳拉线的力量仍未减弱，于是火枪连同堵洞的吊床一起从洞口掉了出来，一直拽到了对侧的隔板墙。火枪撞到了隔板墙上，但随着线越拉越紧，最终断裂，火枪就被留在了工具仓库的地板上。根据伍德菲尔德候补军官的说法，当他进入舰艉区域时，听到了某物被拖拽的声音，这正是火枪被拖走的声音。自火枪上脱落的线，就这样在牵引绳的拉动下，消失在了炮门外面。"

虽说推理条理分明，但默里仍有一个疑问。

"的确，这一切听起来都很合理，但这真的是事实吗？弗农先生，你打算如何证明这不是你的幻想呢？"

弗农冷静地说。

"我有证据能支持这个推理。白天我和迈耶先生一起上了小艇，检查了连在长戟号和阿凯约号之间的牵引绳。绳子的中段系着一根线，是用来修补帆布的坚固黑线。凶手虽能回收绑在火枪上的线，但显然没法回收绳子上的那部分。几天之后，当造船厂派来的船接走阿凯约号时，只需将牵引绳接到拖船上，证据便会随着阿凯约号一起消失。但我的行动快了一步。"

默里揉了揉脸，似在甩脱各色各样的情绪。

"真是的，这个凶手真是个荒谬绝伦的家伙，竟想出了如此手段。而且运气似乎也站在了凶手那边。在沃尔登被杀一案中，凶手摆完机关后风就回来了。要是一直没有风，到了早上，凶手的伎俩就败露了吧。"

"凶手的确是个头脑敏捷的人物，一旦发觉对自己有利的机会，便立刻制订计划并付诸实施。不过，真的能说运气就完全站在了凶手这边吗？"

"什么？"

"的确，夜间吹起的风对凶手来说是一桩幸事，但与此同时，枪声响起的时候，有两个人刚好站在下甲板舰艉区域的正前方，这对凶手而言可以说是莫大的不幸。因为有了这两个人，才会出现凶手从案发现场消失这般离奇古怪的状况。

要是舰艉区域的前面没人，我们就会以为凶手在他人到来之前逃离现场，如果来的不是两人，而是一人的话，一定能把怀疑的目光转移到那个人身上。当子弹发射的时候，舰艉区域刚好有不止一人，这才得以查明凶手的机关。"

"唔，这样啊。"

"这一连串的凶案，对凶手而言，就像是交替吹起的顺风和逆风一样。第一次谋杀正值新月之夜，军舰采取了交叉撑，为凶手带来了作案的机会。第二次谋杀之时，凶手找到了秘密解决目标的机会，但这两次都出现了意想不到的干扰，最终导致他杀害了毫不相干的人。此外，第一次谋杀时由于无法回收凶器，以致军官成了怀疑对象。而第二次谋杀时，凶手又被沃尔登目击而遭到勒索，才不得不对他实施封口。站在凶手的角度看，本以为是顺风而行，却不知不觉被逆风作弄了。但他的行凶已经终结，他将被判处绞刑，为自己的所作所为付出代价。"

"哦哦，对了，"默里把脸涨得通红，"那么，最关键的凶手呢？快告诉我那家伙的名字。"

"凶手是……"

弗农没能继续说下去，自脚底传来的冲击和令人心惊肉跳的爆炸声夺走了他的言语。

*

时间稍稍倒流，加布里埃尔击倒纳威后，带着休和佛莱迪从底层甲板往上走去。

"佛莱迪，装药室就交给你了。"

"明白。"

"我们释放完俘虏后，马上大喊'青蛙们跑了'，到时候你就在装药室放火。这样一来，就可以假装是那些法国佬干的。放完火立即去后甲板集合。"

就这样，装药室被交给了佛莱迪，加布里埃尔和休赶往位于装药室前方的前舱口，为了防止法国人逃跑，通往船舱的楼梯被拆了下来，用绳子绑在紧挨舱口的木柱上。没了楼梯的舱口只剩下一个洞，上面盖着格栅板。一名海军陆战队士兵正在格栅板周围巡视，看守着主计长仓库。

自从有了俘虏，主计长仓库的看守也兼做了俘虏的看守。既然知道仓库看守无论如何都会成为妨碍，加布里埃尔和休便采取了事先商量好的行动。两人小跑着朝海军陆战队士兵靠了过去，海军陆战队士兵手里端着上了刺刀的火枪，当他注意到不明人员接近时，本能地举枪摆好架势。

"站住!"看守用紧绷的声音说,"出什么事了?"

"出大事了,"休焦急地说,"尸体,船里又出现尸体了!"

"你说什么?"海军陆战队士兵毫不怀疑地信了他的话。

休朝着舰舷的黑暗处伸出了手指。

"那边躺着一具尸体。"

海军陆战队士兵像是受钓饵诱惑的鱼般,目光追随着休的指尖而去。就在他注意力转移的一瞬,加布里埃尔飞速绕到他身后,使出浑身气力,将系缆销砸向对方毫无防备的后脑。海军陆战队士兵闷哼一声,倒地不起,加布里埃尔又抢起系缆销朝这人的头上补了两下。见海军陆战队士兵的身子仍在抽动,加布里埃尔拾起对方掉在地上的带刺刀的火枪,将刀尖对准地上的男人,冲着脖子狠狠地扎了下去。待刺刀拔出后,加布里埃尔已然气喘不止。

他低头看着脖颈喷血气绝而死的男人,对休吩咐道:

"拆下格栅板,安装楼梯。"

这样下去就无法回头了,唯有一条路走到黑。

加布里埃尔和休解开连接木柱和楼梯的绳子,将楼梯缓缓放入拆下了格栅板的舱口里。大概是对三更半夜之际突然装上楼梯感到惊诧吧,被关在前船舱的法国人开始骚动起来。

加布里埃尔端着火枪,休拿着系缆销和提灯,两人沿着楼梯走了下去。虽说是俘虏,但法国人毕竟还是敌人。一想到要踏进被那群人占据的空间,两人的身体就紧绷起来。

当他俩走下最后的台阶时,许多伫立在黑暗中的俘虏将视线汇集在了他们身上。由于意料之外的闯入者登场,俘虏们的骚动非但没有停止,

259

反倒越闹越大。

"安静！安静一下！"加布里埃尔威胁道。

因为是简单的英语，对方大概听懂了吧，说话声多少缓和了一些。加布里埃尔咽了口唾沫继续说道：

"这里有懂英语的人吗?"

"我懂一点英语，到底怎么了?"

一个男人从黑暗中走了出来。他是个手臂上长满浓密体毛的小个子，眼睛里充满了猜忌和警惕。

"去告诉其他人，我们是来解救你们的。"

那个站出来翻译的人从一开始就眉头紧锁，这句话令皱纹愈加深重。

"你在说什么?"

加布里埃尔咂了咂嘴。

"上面的守卫已经被我们解决了，你们可以离开这里，你们自由了，自由，可以上去大闹一场了。"

翻译应该是转述了加布里埃尔说的话。俘虏们不仅没有热血沸腾地叫嚷，反倒露出了像是搁置了一个月的水果片般的干瘪表情。

"怎么了？你们可以离开这里了啊。"

加布里埃尔被俘虏弄得摸不着头脑，他原本想象着一群满怀仇恨的法国人跳出船舱，闹得天翻地覆。

"出来又如何呢?"翻译对加布里埃尔说，"我们待在这里，就会被抓进监狱，监狱没有自由，但是很安全。只需忍耐几年，就有机会交换俘虏回国了。"

翻译摇着头继续说道：

"可要是在这里发动叛乱，实在太鲁莽了。这里不是法国，而是英国，就算逃了，周围也尽是敌人，马上就会被抓，还会以叛乱罪被处决。"

见事情没有照自己的预想发展，加布里埃尔感到焦躁和愤怒。

"那就抢走这艘船，开回法国就行了吧！"

翻译姑且把这话转述给了同伴，但很多俘虏毫无干劲地说了些话。

翻译将同伴们的意见传达给了加布里埃尔。

"我们这点人根本就开不动这艘船，而且没有武器，要怎么镇压英国人？告诉我啊，天才的军师先生。"

最后的讥讽终于让加布里埃尔忍无可忍。

"够了，快逃吧！不逃就死定了！"

"你说什么？"

"这艘船马上就要被我们炸沉了，大量火药会被点燃，现在我的同伴正打算这么干！"

加布里埃尔拘泥于最初的计划，一心想把俘虏放出去，结果暴露了自己的底牌。这着实是一着败笔。

翻译惊慌失措地把这一消息传达给了同伴，俘虏们意识到了事情的严重性，照这样下去，他们会与异国的战舰共存亡。为了活命，俘虏们一齐呼救。

见这些人全都一步不离地站在原地，加布里埃尔急得像热锅上的蚂蚁。再这样下去会有人赶过来的，然后上边的尸体就会暴露，自己也将被捕。加布里埃尔意识到自己无法控制这一场面。

"休，过来！"

加布里埃尔冲上楼梯，径直奔向装药室，佛莱迪正在那里等待。

看到加布里埃尔和休的身影，佛莱迪吓了一跳。

"别吓我啊，我还以为是海军陆战队的人来了呢。信号呢?"

"没有信号。那些混蛋青蛙一个都不想逃。我们就这样点燃装药室，然后逃跑!"

加布里埃尔一把抓起放在架子上的布袋，粗暴地将里面的火药撒在地上。

"那就不能把纵火栽赃到俘虏的头上了吧。"佛莱迪担心地说。

"别废话!到了这种时候哪还管得了火是谁放的!只要能离开这艘船，不管是被通缉还是被追捕，我都要逃!你们也来帮忙!"

休和佛莱迪默不作声地照做了。若想安全地逃脱，就唯有在舰内引发更大的混乱。正当他们接连把袋子里的火药倒在地板上的时候，外边传来了奔向装药室的脚步声。

"可恶!已经来了!"

加布里埃尔举起了背在背上的火枪，往药池里加入火药，瞄准了入口处的湿帘。

帘子一动，加布里埃尔瞬间扣下了扳机。

这就是叛乱者的终幕。加布里埃尔原本就没必要把火药从袋子里倾倒出来，麻袋里胡乱撒出的火药细末在空中飘舞，而他在这种地方发射了火枪。从枪身喷出的火引燃了空气中的火药，烈火瞬间蔓延到了整个装药室。火焰吞没了倾倒在地板上的火药，以及那些仍放在架子上的袋装火药。

装药室被炸碎，加布里埃尔一行人消失在了火光之中。

当看到乔治时，纳威的意识被彻底拉回了现实。

"乔治!"纳威大喊了一声，头传来了割裂般的疼痛。

"冷静点，你被打得挺重吧?"

见此情景，保持冷静当然是不可能的。

"你不是已经死了吗?"

乔治默默无语，他把手伸进装满水的小桶里，毫无意义地搅动着里边的东西。

"乔治，说点什么吧。"

乔治面带愧色地说了起来。

"在那场海战中，我所在的舰艉楼甲板被炮弹直接击中了，当时场面一片混乱。我就趁乱逃了出来，一直躲藏在船舱里。我清空了一个水桶，听到有人过来就躲进去。剩下的就是靠船舱里的食物和饮水，像老鼠一样过活。

"当然了，你们那些鲁莽的计划，还有盖瑞被杀的事情，全都被我听去了。而且刚才我也听到了你们的争执。纳威，我是担心你被打倒才跑出来的。好吧，我是觉得船可能要沉了，继续躲着也没什么意义。"

"你到底是怎么躲到现在的并不重要。为什么要突然在大家面前消失? 餐桌组的人都以为你已经死了，大家都难过得不行。到底为什么……"

就在此刻，纳威才骤然醒悟。

"难不成是因为霍兰德和霍斯尔被杀的事? 霍斯尔遇害后，你说凶手的目标有可能是自己，你感到危险了吗?"

乔治痛苦地低下了头。

"是的，因为……我的命被人盯上了。即便在海战中侥幸没死，要是过着和平时一样的生活，还是会被盯上的。所以我才会躲起来，就算明知道这只是苟延残喘。"

纳威把手搭在乔治的肩膀上，拼命摇晃着。

"为什么？你没必要逃啊，向正在调查这桩案子的弗农五副求助不就行了？"

乔治使劲摇晃着头。

"没用，没用的！要是我告诉他对方觊觎我性命的理由，那我就没命了。"

"怎么回事？"纳威诧异地问。

"纳威，我说过我曾是在商船上工作的水手对吧？"

"啊，对，你是在展示了高超的爬桅杆技术后说出来的。"

乔治双眼含泪地说：

"这是谎话。"

"什么？"纳威突然觉得眼前这个名为乔治的人很是陌生，"你说你不是水手？"

乔治的脸上写满了悔恨。

"我没有上过商船。我以前待的地方是军舰。过去我被强征到了海军的军舰上，在那里学会了水兵的技能。但我实在忍受不了舰上的生活，就拟定了一个逃跑计划，就是你也很熟悉的那个，用钱贿赂补给船把我带走。我告诉你们的逃生计划就是我曾经实施过的。按照计划，我登上了补给船，从军舰逃了出来。"

光是这一条，就足以把纳威震惊得说不出话，而接下来的话更让他毛骨悚然。

"而且我在逃亡的时候还杀了我的同伴。你懂了吧。我既是逃兵，也是杀人犯。要是照实说的话，会被判死刑的。"

纳威就似侧脸被人抽了一记耳光般大受冲击。乔治是杀人犯？

看着哑口无言的纳威，乔治又说：

"你看起来并不相信，但这是真的。事实上，乔治·布莱克并不是我的真名，我的真名是乔治·怀特。改了姓氏背井离乡，以杀人和脱逃被海军通缉的罪犯才是我真实的面貌。"

面对层出不穷的新事实，纳威就像漂浮在狂暴海面的孤舟般颠簸不停。一连串震撼的话语让纳威瞠目结舌，但乔治随后的话语又唤回了他的意识。

"我一直隐瞒到了现在，可在军舰即将沉没之际，继续保守这个秘密也没用了。我只希望最后时刻能让你知道真相。"

"最后？"纳威把手按在过道上，将身子朝乔治凑了过去，"最后是什么意思？"

乔治并没有理会纳威的疑问。

"快走吧，"乔治说，"继续待在这里很危险。要是装药室爆炸，船舱里的弹药库就有被引爆的风险，你待在这里会被炸飞的。"

"回答我的问题！你说的最后是什么意思？"

"就是字面上的意思。我横竖都得死。要是留在这里，就和这艘船一起沉，要是逃走的话会被其他人发现，被迫说出真相，然后被绞死。反正最后都难逃一死。"

爆炸就是在这一刻发生的。震耳欲聋的轰鸣和麻痹皮肤的冲击向两人袭来。失去了上下左右的方向感，纳威等人只能趴在原地。当爆炸的冲击波过去后，滚滚浓烟奔袭而至，随之而来的还有木材猛烈燃烧的声音，以及船员们的呼喊。

"话说得太多了，"乔治一边站起身一边说，"幸好弹药库没有起火，要是烧到了那里，我们现在已经被炸成碎片了。但这只是时间问题，火已经开始蔓延了。"

乔治对纳威喊道：

"去吧，纳威，快走！"

纳威站了起来，但这并非为了逃命，而是激励自己的行为。

"你也一起来。"

"我告诉过你了，"乔治的语气里透着焦躁，"就算逃走了，我也会被绞死。"

"现在是夜里，被别人看到的可能性很小。再加上港口的人看到军舰着火应该会赶来救援。跳进大海的话，就能得到民间船只的救助，一旦上了岸，你想逃到哪就逃到哪吧。"

乔治目不转睛地看着纳威，就是在确认他的神志是否清楚。

"你是想给我指一条活路吗？为我这个杀人犯？"

纳威用饱含热情的语调说：

"说实话，你就算突然自称是杀人犯，我也不明白是怎么回事！你突然向我坦白罪行，可我和乔治一起度过的那些日子并没有消失。在我心目中，你不是乔治·怀特，你还是乔治·布莱克，我的大哥兼朋友。我不能抛下你不管！"

乔治在纳威脸上看到了坚定的意志。倘若自己不走，纳威也不肯迈步。

"好吧，"乔治站起身来，"既然已经不顾体面地活到了现在，最后不妨再挣扎一把！"

由于中央舱口淌下了大量黑烟，两人便沿着后舱口往上爬。

位于爆炸中心的装药室已经不见了踪影，底层甲板的天花板已经被掀掉了，唯有翻腾着的热气，火焰正以此为中心不断向四面八方伸展，不断扩大着版图。

地上还躺着几具受损更重的尸体，应该是在装药室正上方安置吊床的水兵。在爆炸的冲击下，他们的身体四分五裂，破烂不堪的亡骸被火焰吞没。

"太惨了。"

纳威边说边使劲眨眼。烟气正无情地摧残着他俩的眼睛和喉咙。

"往上走！"乔治催促道，"继续留在这里，我们也很危险！"

"从下层甲板的炮门逃到海上吧。下层甲板的舰艉上也有炮门，从那里走的话，被别人看到的可能性很小。"

"好吧。"

在背靠背的纳威和乔治的视线之外，有人在后舱口听到了他们的对话。这人奉长官之命去往底层甲板，去确认是否有来不及逃生的人。就在他走下后舱口的楼梯时，恰好撞见了纳威和乔治。

这人惊愕得屏住了呼吸，因为自己多次尝试杀死的人就在那里。只见他迅速转身，进入了下层甲板的舰艉区域，他从军刀库里取出一把短弯刀，随即去枪械库给手枪装了弹。

就在他潜身于枪械室的时候，舰艉区域的门打开了。有人走了进来，还传来了说话声。这无疑是刚才那两个人的声音。这人屏住呼吸，当脚步声经过枪械室前方时，他从房间里冲出来大吼一声：

"乔治！"

纳威和乔治惊诧地转过身来。

纳威瞪大了眼睛。

站在那里的是被憎恶扭曲着脸的主计长威廉·帕克。在两人作出反应之前，帕克就扣动了手枪的扳机。

＊

凶手除去帕克，再无他人。

嫌疑人中唯有帕克在案发当晚进入了工具仓库，只有他有机会拆下绑在火枪上的线。

弗农回顾了当时的情况。在禁闭室发现了盖瑞的遗体后，众人随即发现工具仓库里有东西在燃烧。弗农立刻冲进隔壁房间，踩灭了吊床上已经腾起的火焰。紧随而至的正是帕克，他将一桶沙子倒在了吊床上，这是很自然的行为，因此弗农并没有注意到帕克的动向。

之后的寻凶工作被交给了候补军官，因此有嫌疑的军官们全都聚集在走廊里，之后便再也没人进入工具仓库了。因此，倘若是帕克的话，在离开工具仓库之前，他完全有机会若无其事地摸一下火枪，取下绑在扳机上的线。

如果凶手是帕克，很多事情便能说得通了。主计长的床和福尔克纳在同一个房间，从船工长的工具箱里窃取一把锤子应该是不费吹灰之力的事情。此外，他还是水兵出身的军官，自然有胆量在帆桁之间移动，也敢滑下绳索。还有盖瑞作出虚假供述的事情。霍斯尔遇害后进行调查时，盖瑞明明在船舱里看到了凶手，却隐瞒了下来。当时的他便已打算实施勒索了吧，因此他撒了谎，说什么人都没看见。不过霍斯尔遇害的时候，我方并没有俘虏阿凯约号，奖金什么的也无从谈起。船员随身的钱并不多，为什么还要冒着风险策划勒索呢？如果凶手是帕克便能解释清楚了。帕克的职位是主计长，管理着这艘军舰上的所有物资，自然也包括金钱。在俘虏敌舰以前，他可以说是唯一一个可以榨出可观油水的人。

但弗农的推理被爆炸打断了。这场爆炸的冲击是如此强烈，弗农等人根本无法站稳，架子倒了，挂在墙上的画掉了下来，桌上的物品被尽数震落在地。就在这时，点燃的蜡烛也熄灭了，舰长办公室陷入了一片黑暗。

爆炸平息后，杀人案的事情瞬间从弗农脑中抽离，意识切换到该如何应对这一紧急事态。

"发生什么了？"副舰长大吼道，"到底是怎么回事！"

弗农和迈耶自然无法回答，为了把握状况，弗农急忙冲到露天甲板上。

刚来到露天甲板，只见中央舱口腾起了滚滚黑烟。为了逃离浓烟，舰内的水兵们从舰内鱼贯而出。弗农一把抓住了身边的水兵，以骇人的气势问道：

"到底怎么了？"

"底下发生了爆炸。"水兵一脸茫然地应道。

"爆炸？"听到背后的喝问，弗农扭过了头，只见默里脸色铁青地站在那里。

"损害有多大?"默里逼近水兵。

"我、我不知道。反正我只想拼命地逃……"

"没用的东西!"

默里骂了一句,推开似泉水般涌出的水兵,径直从后舱口走了下去。弗农想亲眼确认损害状况,也跟着副舰长走了下去。中层甲板上只有烟雾和乱成一团的水兵,下到下层甲板上就能看到爆炸造成的破坏和熊熊燃烧的火焰。眼看着火焰迅速蔓延开来。越往下走,空气就越潮湿,但并没有足够的力量压制住猛火的势头。

炸出大洞的位置恰好位于装药室的正上方,因此弗农出于直觉判断是有人在装药室里放了火,与此同时,一股战栗自他的体内涌起。装药室的下方是弹药库,如果弹药库和装药室一起爆炸的话,船底也会被炸飞,此刻的长戟号应该已经开始下沉。但军舰仍然漂浮于海面上,也就是说弹药库里的桶装火药姑且无恙。但这一事实也意味着,要是火势就这样蔓延开来,还会发生比刚才更剧烈的爆炸。

"混蛋!"默里的喊声已经近乎疯狂,"为什么会发生这种事!"

"副舰长!"

一个声音从烈焰翻腾的大洞的另一边飞了过来,弗农在黑烟和火焰的前方看到了杰维斯四副的身影。猴子蒙大拿也和他同在,只见它发出吱吱的叫声,在杰维斯的肩膀和脑袋上疯狂地来回跃动。

"是叛乱!几个水兵引发了爆炸!法国俘虏们都这么说。"

"杰维斯先生!"弗农大声喊道,"没时间多说了!赶快从舰上撤离!"

"不行!"默里嘶吼般地叫道,"把水兵们集中起来,指挥灭火行动!"

弗农呆然地看着副舰长。

"代理舰长，已经来不及了，应该从舰上撤离！"

默里瞪向了弗农。那是一张混杂着愤怒、恐惧和焦躁的脸，在赤焰的映照下宛如恶魔。

"撤离？开什么玩笑！你是想让我抛弃国王陛下的军舰吗？这艘军舰既然托付给了我，我绝不会让它沉没！"

"弹药库应该马上就要爆炸了！已经来不及了！"

"现在这艘军舰的指挥官是我！都要听从我的命令！水泵不是还能用吗？把水兵们都叫回来，水桶接力！所有人一起上！"

默里威慑似的看向火焰。

"这点火算什么！马上就能扑灭！"

或许是想证明这点，默里跑去捡滚落在不远处的消防桶。桶倒翻了，里边的沙子撒了一半，但默里毫不犹豫地拿起了桶，小跑着向大洞靠了过去。

就在默里打算将沙子倒出来的瞬间，他的脚底崩塌了。洞口周围的甲板背面在火焰的不断舔舐下，早已不再牢固。伴随着一声嚎叫，默里坠入了烈焰之中。

弗农和杰维斯呆然地见证着副舰长的身影消失在火海中，但也不能一直在此发怔。

"杰维斯先生，"弗农强忍着震憾说，"请下达舰艉区域的避难指示，我去命令水兵到露天甲板上放下小艇！"

"好。"

回过头来的时候，弗农又吃了一惊，想告发的凶手帕克主计长就站在那里，他的脸上写满了不安。

"帕克先生，你在干什么？"弗农的语气自然而然地严厉起来。

"不，我是担心楼下仓库里的军队资金……"

眼下并非给帕克定罪的时候，尽快让船员平安脱困才是第一要务。

"军舰马上就要沉了，资金就放弃吧。现在优先撤离……不，主计长，你等一下！"弗农意识到他还没来得及检查底层甲板，"主计长，你能不能去底层甲板确认一下有没有来不及撤出的人？我要去露天甲板上指挥。"

"遵命！"

"不要冒无谓的险。"——因为你还必须受到公正的审判。

就这样，帕克在那里发现了纳威和乔治。

*

帕克射出的弹丸击中了乔治的腹部，乔治嘶喊一声，仰面倒了下来。

"乔治！"纳威喊了一声，但他的脚就似与甲板融为一体般动弹不得。看着悬在梁上的油灯照亮了帕克主计长的身影，纳威的心底传来了震惊和恐惧。这家伙，这家伙就是杀人凶手！

"为、为什么？"纳威呓语般地脱口而出。

"为什么？"帕克的眼皮微微一跳，"我开枪的理由吗？很简单啊，这人杀死了我的哥哥，所以我要杀了他。"

乔治捂着伤口呻吟起来，看着痛苦的乔治，帕克露出了满足的微笑。

"从一开始我就感觉哪里不对。当我看到补充人员名册上的乔治·布莱克这个名字，就一直非常在意，布莱克和怀特，黑与白，正因为完全相反，我立刻就想到了乔治·怀特。尽管如此，我还是觉得不太可能。

但当我悄悄去食堂确认你脸时，我还是感谢了上帝。如果要用假名，本可以藏得更好一点。还是说你出于对过去的罪恶感，才想到了这样的名字呢？"

帕克嘻嘻笑了起来。

"那把当作见面礼的刀看来你也很中意呢。见你有那样的反应，我也兴奋得不行。看到这一幕，我就知悉一切了，看来我多年以来的想法并没有错。"

那把刀？纳威一瞬间不知道他指的是什么，但随即就想起来了。那是某天晚上出现在餐桶里的刀柄上嵌有绿色石头的小刀。看到这样的东西，乔治显得十分惊慌。

帕克继续说道：

"幸好你还记得这个。我哥就是被那把刀子刺死的。你看到这东西慌成这样，也就说明就是你杀了我哥，对不对？"

乔治只能呼呼喘着气。

"我一直在烦恼，在船员众多的船上，该怎样避人耳目地杀了你，但机会顺理成章地来了，"帕克焦躁地摇了摇头，"当然了，我没能抓住这个机会。第二次杀人的时候，被一个水兵撞见了，还遭到他的勒索，真是栽了个大跟头。因为这个，我才不得不做多余的事情……"

说到这里，帕克突然意识到了什么。

"哎呀，真不该说什么多。看来这船已经撑不了多久了，我得杀了你们赶快逃走。"

帕克扔掉了手枪，拔出了短弯刀。

"最后的最后，最好的机会还是来了，在这场大混乱里，我可以毫无顾忌地做！"

"不、不要，"乔治的声音颤抖着，"这和纳威无关！"

"就算没关系……既然被瞧见，就只能杀了他了！"

"纳威，快逃！"

纳威不可能撇下乔治逃走，而且就算逃跑也会立刻被追上吧。想要逃离帕克，就必须冲到舰艉的炮门，把炮门打开，然后从那里探出身子跳进海里。可若是付诸行动，恐怕在跳进海里之前就会被背后挥来的刀砍中。纳威和帕克的距离是如此之近。

纳威下定决心，若想得救，就只能对抗帕克了。但周围并无可以当作武器的东西，徒手面对拿着短弯刀的帕克，事态无比绝望。

但考夫兰三副的话突然在脑海中复苏了。在战斗训练之际，考夫兰就不断地重复着这样的话，将白刃战的基础敲打进水兵们的头脑里。

短弯刀的基础是刺。

没有别的选择了。纳威前所未有地集中精力，和帕克对峙着。

帕克手握短弯刀，一点一点地靠了过来。

"唔哦哦哦哦哦哦哦哦！"

纳威大吼了一声，向前迈出一大步。帕克以为纳威会朝自己冲来，立即将短弯刀往前一刺，然而刀尖只戳到了虚空。纳威仅是向前迈出了一步，下个瞬间就猛然侧身一跃，后背撞上了隔板墙，随即利用碰撞的反作用力，飞速扑向了帕克握刀的手臂。纳威死命抓住帕克的右手，奋力抢夺短弯刀。

"放开！"

帕克用空着的手击打着纳威的后脑，刚才加布里埃尔造成的伤害犹在，脑袋里传来了火花迸散般的疼痛。尽管如此，纳威仍不松手地抵抗着，倘若在这里放手，一切都结束了。

第二次打击袭来，尖锐的疼痛试图将纳威的力量抽离。但他拼命忍耐着这一切，继续死死抓住杀人者的手臂。突然间，纳威的视线捕捉到了帕克右手臂上的骷髅文身，裸露的牙齿似乎在嘲笑纳威的努力。事实上，纳威正处于极大的劣势，尽管他出其不意地成功突袭了帕克，但对方毕竟是经年累月在海上服役的壮汉，在力量方面更胜一筹。帕克大幅扬起手臂，仿佛在说到此为止了。

然而帕克的手并没有挥下。纳威和帕克的打斗被某种不可抗拒的力量突然中止了。侵入弹药库的火焰终于引燃了第一桶火药，引发了爆炸。这场爆炸将周围的火药桶尽数卷入，成为给长戟号致命一击的大爆炸。巨大的冲击力将下层甲板舰艉区域的隔板墙彻底撕成了碎片，纳威和帕克像是被巨人之手推搡般猛摔在地。

纳威的左肩遭到了剧烈的撞击，整个左臂火辣辣的没了知觉。外加倒地的时候松开了抓着帕克的手，所以刀尖随时可能袭来。纳威不顾一切地站了起来，转身面向帕克。

但已无焦虑的必要了。刚才仍是墙壁一部分的大块木片，此刻已经深深地扎入了帕克的脖颈。血不住地涌了出来，帕克再也没能站起来。

纳威大口喘气，低头看向帕克。当他认清了事态后，迅速冲向了乔治。

"乔治，乔治，你还好吧?"

"嗯，嗯……"

乔治的身体上洒满了细小的木片，但并未像帕克那样刺破皮肉，而他被帕克击中的部位却出现了大片血迹。

"乔治，能站起来吗？快跑吧。"

纳威用肩膀支起乔治，勉强帮他站了起来。两人打开了舰艉的炮门。长戟号确乎正在下沉，炮门距离海面出奇地近，纳威先将乔治推出炮门，自己也跟着跳了出去，海水冷得让人全身紧绷，要是泡得太久会没命的，纳威心想。

"乔治，你没事吧？"在夜色浸染的海面上，纳威对漂浮着的乔治喊道。

"嗯。"虽然得到了回应，但是声音非常虚弱。

某物撞上了纳威的后背，伸手一探，是一块大木板。应该是用在外板上的东西。

"乔治，有军舰的残骸，快抓住它！"

两人抓着木板等待救援，虽说被船体遮挡看不见具体情况，但船的侧面充斥着喧嚣，众人从甲板上次第跃入大海的声音，混乱的叫喊，命令小艇转往某处的咆哮——纳威的脑海中浮现出了船员们拼命求生的情景。

火焰此刻已喷出舰外，成为照亮暗夜的巨大篝火。

"喂，乔治，"纳威开口道，"刚才帕克说的那些……"

乔治用平静的语调述说起来。

"我说过去逃离军舰时杀了一个同伴吧。那人就是帕克的哥哥凯恩。我之前被带上的船是一艘护卫舰，帕克的哥哥是船上的上级水兵。凯恩和我被分到了同一个餐桌组，他对我很是照顾。可是我却杀了这个对我很好的人。"

"为什么?"纳威情不自禁地问道,"你为什么要这样做?"

乔治叹了口气。

"为了钱啊。我需要逃跑时贿赂补给船的钱。当时我身上的钱不足以让补给船带我偷渡。我知道凯恩手上有一大笔钱,要是加上这些钱,就足够了。"

"要多少钱?"

"我和船长交涉,那边要十枚金币。我的钱和凯恩的钱加在一起,就能支付这个数额。"

纳威吃了一惊。

"仅仅两个水兵就有这么多钱吗?"

"护卫舰有时能俘虏敌国的商船。登上被俘的商船时,除去物资以外,还有卖货的现钱。我和凯恩被选入商船的押送队那会儿,曾偷拿了几个钱,算是这个差使的额外好处吧。"

乔治紧咬牙关叹了口气,他的身体虽浸在冰冷的海水中,额头上却闪着汗珠的光亮。

"当我决意利用补给船逃跑时,便把凯恩叫下船舱,解释了我的苦衷,并请求他把钱让给我。但他断然拒绝了。现在想想,这也是没办法的吧,但当时的我一心渴求自由,期盼多年的离舰机会近在眼前,我觉得那是我逃离地狱的最后的机会。所以我便用手里的刀杀了凯恩,夺走了他的钱。"

纳威默默无语,听着乔治继续往下说。

"我虽然逃了出去,但阴差阳错又回了海军,而且帕克也在这艘船上。当我再次面对曾亲手刺入凯恩胸膛的那把刀时,我觉得上帝在对我说，我无法逃避过去犯下的罪愆。这艘船上发生凶案全都是我的过错，全怪我没有清算我的罪……"

乔治咳了起来。

"终于还是到遭报应的时候了……"

"乔治……"纳威情不自禁地流下眼泪。

"纳威，最后告诉你一件事……关于加布里埃尔他们的计划，你一个字都不要说，就算被人问到也要装作不知。否则你会被当作造成这场破坏的一份子，被判绞死的。"

"可是，我确实与加布里埃尔他们勾结了。"

"最后还是分道扬镳了吧。你不是打算阻止那些家伙的计划吗？哪怕没有成功，你也表现出了踏上正道的意志，你的意志，我能理解。"

乔治缓缓闭上了眼睛。

"我能理解，上帝也能理解的。你和我不同……没必要怀抱罪恶感，挺起胸膛，好好活下去吧……"

长戟号的赤红光焰照亮了乔治的脸，那张脸平静安详，就像是风暴过后望见港口的舰长一样。

"乔治？"纳威叫了一声，但没有得到回应。

一个格外大的浪拍上了两人倚靠的木板，乔治的身体轻易地离开了木板，开始随着海波漂流。

"乔治……乔治！"

纳威唯有不断地呼喊友人的名字，即便他知道这全无意义，却也无法把嘴闭上。

纳威的声音渐次变大，最终化为嘶喊。

"喂，那边有人！"不知从哪传来一声大喊。

听到纳威的叫喊，一艘小艇拨开烈焰映照下的碎金浮光，朝着他的位置靠了过去。

那艘小艇是弗农五副指挥的，水兵们把哭泣不止的纳威拉上了小艇。

"这不是纳威吗？"

是曼迪的声音。

盖伊、科格、拉姆齐、赵和杰克也在同一条小艇上，他们安抚着陷入错乱的纳威。

"那里也有人！"一名水兵指着漂浮在水面上的乔治喊道。

弗农诧异地望向了那张被火焰照亮的脸。

"乔治·布莱克？怎么是他？他不是在海战中战死了吗？"

"刚才，刚才他还活着。"纳威流着泪说。

弗农的脑海里浮现出了好几个疑问，但眼下还有不得不优先考虑的事。

"详细情况等下再问，首要任务是救助幸存者。"

纳威获救后，救援活动仍在继续，从港口驶出的船也加入进来，尽可能地救助船员。

当所有船只都开始向岸边返航时，长戟号——这艘曾是英国海军的骄傲，也是纳威的监狱的军舰，已然沉没在了海底。

尾声

家里即将迎来新的生命。亲属们纷纷聚集在卧室门前，焦急地等待着那一刻的到来。然而在迎接新生命的氛围里，却笼罩着一丝阴霾。

　　卧室里，女人忍受着撕裂身体的疼痛，将新生命带到了这个世界。接生婆抱起婴儿，为其洗濯身体，裹在干净的布里，轻轻放在已为人母的女人身边。

　　亲属们走进房间，说着祝福的话语，但他们的笑容中隐隐渗着一丝担忧。

　　待亲属们离开卧室时，房间里只剩下女人和婴儿，女人起身将孩子抱在怀里。

　　此刻她并无喜悦，占据内心的全是不安。自那一天起，日常崩塌了，设想的未来也崩塌殆尽。一想到之后的事情，泪水就从女人的眼睛里溢出，滴落在婴儿的脸颊上。

　　就在这时，玄关传来了开门的声音，接着是亲属们的齐声惊叫。叫声尚未平息，喧闹接踵而至。在那片喧闹声中，女人听到了他的名字。

　　她的心脏猛然悸动起来，如同被魅惑一般，目不转睛地盯着卧室的门。片刻之后，门被推开，一个男人走了进来。

　　虽说被晒得黝黑，面庞也更显精悍，但她绝不会看错，那个誓言要和她厮守一生的男人就在那里。

男人和女人互相喊着对方的名字，两人的眼里已噙满泪水。

男人所在的军舰沉没了，船员们没了归属。因此海军受理了志愿退伍的水兵。愿意继续留在军队的人被分配到了其他军舰，而那些希望退役的人可以从此退出军籍。军官，下级军官，以海上男儿为傲的水兵和满怀爱国心的人选择继续服役，登舰不久的人和疲于舰上生活的人纷纷告别大海。

男人属于后者，他毫不犹豫地要求退伍。男人和在舰上结交的朋友——相拥道别后，便直奔思念已久的家。此刻，他就这样回到了她的身边。

男人情不自禁地呜咽起来，在黑暗的战舰中无数次渴望重逢的女人，如今就在他的眼前。男人走到床边，将女人和婴儿拥入怀里，然后哽咽地说："我回来了。"

图书在版编目（CIP）数据

帆船军舰谜案/（日）冈本好贵著；佳辰译. —上
海：上海文化出版社，2024.6
ISBN 978-7-5535-2995-0

Ⅰ.①帆… Ⅱ.①冈…②佳… Ⅲ.①长篇小说-日
本-现代 Ⅳ.①I313.45

中国国家版本馆 CIP 数据核字（2024）第 102326 号

Original Japanese title: HANSENGUNKAN NO SATSUJIN
© 2023 Yoshiki Okamoto
Original Japanese edition published by Tokyo Sogensha Co., Ltd.
Simplified Chinese translation rights arranged with Tokyo Sogensha
Co., Ltd.
through The English Agency (Japan) Ltd.

图字：09-2024-0306 号

出　版　人：姜逸青
责任编辑：王皎娇
封面设计：一亩幻想

书　　名：帆船军舰谜案
作　　者：［日］冈本好贵
出　　版：上海世纪出版集团　上海文化出版社
地　　址：上海市闵行区号景路 159 弄 A 座 3 楼　201101
发　　行：上海文艺出版社发行中心
　　　　　上海市闵行区号景路 159 弄 A 座 2 楼　201101　www.ewen.co
印　　刷：上海盛通时代印刷有限公司
开　　本：889×1194　1/32
印　　张：9.125
版　　次：2024 年 8 月第 1 版　2024 年 8 月第 1 次印刷
书　　号：ISBN 978-7-5535-2995-0/I.1160
定　　价：59.00 元
告 读 者：如发现本书有质量问题请与印刷厂质量科联系 T：021-37910000